Nina Schiffer

Nur du und ich und über uns die Sterne

Die Autorin
Nina Schiffer, geboren 2001, ist noch Schülerin und lebt in der Nähe von Düsseldorf. Sie hat schon mehrere Schreibwettbewerbe gewonnen, unter anderem war sie 2017 Stipendiatin des sechsmonatigen Mentorenprogrammes des Friedrich-Bödecker-Kreises NRW. Sie wurde dabei von der Kinder- und Jugendbuchautorin Aygen-Sibel Çelik exklusiv betreut. Auf der kanadischen Plattform Wattpad hat sie viele Leser mit ihren Büchern begeistert. Sie liebt deutsche Popmusik, Schokolade und gute Bücher. Auf Instagram führt sie einen erfolgreichen Buch-Blog.

Das Buch
Eigentlich liebt Mia ihren Freund Jonas. Nach einem Jahr ist das Bauchkribbeln zwar weg, aber das ist doch ganz normal, oder? Mia ist sich sicher, das kriegen sie wieder hin. Wenn nur die Neue nicht wäre, Luca, und ihre strahlend grünen Augen. Als Luca auf einer Party ein Mädchen küsst und dadurch die halbe Schule gegen sich aufbringt, muss Mia eine Entscheidung treffen: Soll alles so bleiben, wie es ist? Oder soll sie endlich zu ihrer Meinung stehen – und zu ihren Gefühlen …

Von Nina Schiffer sind bei Forever erschienen:

Deine Worte in meinem Herzen
Nur du und ich und über uns die Sterne

Nina Schiffer

Nur du und ich und über uns die Sterne

Liebesroman

FOREVER

MIX
Papier aus verantwortungsvollen Quellen
FSC® C083411
FSC
www.fsc.org

Originalausgabe bei Forever
Forever ist ein Digitalverlag
der Ullstein Buchverlage GmbH, Berlin April 2018

Umschlaggestaltung: zero-media.net, München
Titelabbildung: © FinePic®
Satz: Pinkuin Satz und Datentechnik, Berlin
Druck- und Bindearbeiten: CPI books GmbH, Leck
ISBN 978-3-95818-960-7

Diese Geschichte ist für alle, deren Herz bis zum Hals schlägt,
wenn sie in bestimmte Augen blicken.
Für alle, die manchmal gerne mutiger wären.
Für alle, die nicht in irgendeine Schublade passen.
Für dich.

Und besonders für Julia Engelmann,
denn sie hat mir mit ihren Grapefruits meinen Weg gezeigt.
Dinge werden wahr …

Kapitel 1

»Jonas?« Ich sehe zu meinem Freund hinüber, während ich in meinem Gehirn nach den richtigen Worten krame.

»Mhm?« Er blinzelt ein paarmal gegen die Sonne.

»Findest du, dass noch alles so wie früher ist?« Als ich meine Frage zu Ende formuliert habe, beiße ich mir sofort auf die Zunge. Vielleicht war das etwas zu hart ausgedrückt. So endgültig. Aber es war nur eine Frage – doch eine, die ihm die Antwort eigentlich schon vorgibt, zumindest meine. *Es ist nichts mehr so wie früher.*

Er rollt sich auf die Seite und stützt seinen Kopf auf seiner Handfläche ab. Seine Augen treffen genau auf meine und ich sehe schnell weg, raus auf den See. Ich habe Angst vor seiner Antwort, davor, dass es für ihn auch nicht mehr so ist wie am Anfang, weil ich mich dann mit meinen Gefühlen auseinandersetzen müsste. Doch vielleicht habe ich auch viel größere Angst davor, dass für ihn noch alles okay ist. Dass ich ihm nicht erklären kann, was sich verändert hat, obwohl ich es müsste. Er lässt sich lange Zeit für seine Antwort. Zu lange. Dann atmet er hörbar laut ein und sieht mich an. Er will, dass ich ihn auch ansehe, das merke ich, aber ich kann nicht. Doch ich spüre seinen Blick ganz genau.

»Na ja …« Er macht eine weitere Pause. Ich glaube, dass es ihm unangenehm ist, darüber zu sprechen, aber genau das ist ja das Problem: Er schluckt immer alles hinunter. Probleme kehrt er unter den Teppich, lebt lieber in seiner perfekten

Scheinwelt. Er redet viel, über belanglose Sachen, manchmal auch über ernste Themen – aber kaum über das, was in unserer Beziehung nicht mehr stimmt. Aber das kann auf die Dauer nicht gutgehen. Das hat ihm nur noch niemand gesagt. Ich beobachte die Kinder, die fröhlich durch den Sand toben. Wenn sie wüssten, was ihnen noch bevorsteht …

»Natürlich ist es nicht mehr so intensiv wie zu Beginn. Da sind wir abends ins Kino gegangen und am Ende des Films einfach sitzen geblieben, weil wir die Stühle so gemütlich fanden und uns nicht loslassen wollten. Und du hast Omas Erdbeermarmelade gegessen, obwohl du Erdbeeren hasst. Erinnerst du dich noch?« Ich höre ihn leise lachen. »Mittlerweile sind wir aus dieser Phase raus, wir sind eben nicht mehr frisch verliebt, sondern zwei Menschen, die sich lieben. Inzwischen hast du dich getraut, mir zu sagen, dass du Erdbeeren hasst. Du verstellst dich nicht mehr, um mir zu gefallen, weil du weißt, dass ich dich für das liebe, was du bist. Also hat sich unsere Beziehung natürlich verändert, ja, aber das ist doch normal, oder?«

Ich schlucke. Seine Worte bringen mich zum Nachdenken. Ich erinnere mich noch so gut an unser erstes Date im Kino. Wir haben uns irgendeinen schnulzigen Kitschfilm angesehen und ich bin mir sicher, dass Jonas ihn ganz schrecklich fand, aber er hat ihn bis zum Ende mit mir gemeinsam angesehen und meine Tränen weggewischt, als ich am Ende so gerührt war, dass ich hemmungslos angefangen habe zu heulen. Ich bin das erste Mal in meinem Leben ins Kino gegangen ohne Nachos zu bestellen, weil ich mich vor ihm nicht getraut habe zu essen. Ich wollte in seiner Gegenwart keine Fehler machen. Das änderte sich mit der Zeit, irgendwann musste ich dann auch einmal vor ihm essen. Und es war okay.

Dieses nervöse Kribbeln in meinem Bauch, wenn ich bei ihm bin, ist auch verschwunden, denn inzwischen ist seine Nähe selbstverständlich geworden. Wir sind eben zwei Liebende und nicht mehr zwei Verliebte, das stimmt. Und trotzdem glaube ich, dass da irgendwie mehr sein müsste, dass da irgendwas fehlt. Vielleicht sollte ich ihn einmal auf das Thema Streitigkeiten ansprechen. Ich sehe ihn an.

Doch ehe ich das Wort ergreifen kann, kommt er mir zuvor. »Meine Oma hat gestrahlt wie ein Honigkuchenpferd, nachdem du ihre Erdbeermarmelade in den höchsten Tönen gelobt hast.« Er grinst.

Ich drehe mir eine meiner nassen blonden Haarsträhnen um den Finger. »Ja, natürlich erinnere ich mich noch daran! Die Marmelade deiner Oma ist gut gewesen – doch eben nur für die Menschen, die Erdbeeren mögen. Aber als neue Schwiegerenkelin musste ich mich ja erst einmal beliebt machen, da muss man eben Opfer bringen.«

»Das stimmt! Und das hast du getan. Sie findet dich noch immer super!«

Ich lächle gequält. Auf der einen Seite freut es mich, dass Marianne mich so gerne mag, aber andererseits drängt mich das auf einen Weg, den ich vielleicht gar nicht mehr gehen möchte. Wenn Jonas und ich das nicht mehr hinbekommen sollten, werde ich ihn verlassen müssen. Marianne auch. Und ich weiß, dass es beiden das Herz brechen wird. Irgendwie tut mir das jetzt schon unglaublich leid, obwohl noch überhaupt nichts passiert ist. Vielleicht kann ich ja doch noch wieder mit ihm glücklich werden.

»Meine Eltern finden dich auch toll!«

»Und meine dich erst!« Ich lache. Meine Eltern sind tatsächlich richtige Fans von ihm. Irgendwie süß. Doch ich hätte nicht gedacht, dass es einen so langen Rattenschwanz nach sich zieht, wenn man merkt, dass die Beziehung nicht mehr so funktioniert wie früher. Man enttäuscht nicht nur den Partner, sondern auch noch ganz viele andere, die den Menschen gemocht haben. Ich blicke in den Himmel und suche nach den passenden Worten, um ihm zu erklären, was ich eigentlich sagen wollte. Und irgendwie fällt mir das unfassbar schwer, jetzt, wo ich die ganze Zeit an seine Oma denke. Aber da muss ich jetzt durch. Noch ist der Kampf nicht verloren. Er beginnt jetzt erst.

»Weißt du, meine Eltern haben sich gestern so richtig gefetzt. Natürlich haben sie das schon öfter getan, aber es war das erste Mal, dass ich es komplett mitbekommen habe, normalerweise halten sie so was von mir fern. Gestern habe ich sie aber belauscht«, beginne ich zu erzählen.

Jonas sieht mich erschrocken an. Das passt zu ihm. Probleme machen ihm sofort Angst. »Oh Mann, Mia. Und jetzt? Haben die beiden sich wieder vertragen? Worum ging es in dem Streit?«

Ich erzähle ihm von der Diskussion und dem Vorwurf meiner Mutter, mein Vater hätte kaum noch Zeit für sie. Außerdem sage ich ihm, dass sie sich wieder vertragen haben und dass alles wieder gut ist. Doch das Eigentliche habe ich noch nicht ausgesprochen: Dass dieser Streit das ist, was mir bei uns fehlt. Jonas' Gesichtszüge entspannen sich wieder. Puh. Alles ist gut. Die Sonne brennt auf uns nieder. Es ist ein schöner Tag am See. Jonas strahlt diese Fröhlichkeit aus, die auch dieser Tag an sich hat, und ich nehme sie ihm so ungern. Doch es brennt mir auf der Seele, alles loszuwerden.

»Weißt du, Jonas, ich habe das Gefühl, dass uns genau das fehlt. Bei uns ist immer alles perfekt. Wir albern herum, wir lachen zusammen, wir sind füreinander da. Aber nie werden unsere Differenzen sichtbar, nie knallt es.« Ich weiß nicht, ob ich die passenden Worte gewählt habe. Plötzlich frage ich mich wieder, ob es richtig ist, unsere Scheinwelt in Frage zu stellen. Aber das ist besser, als mit einer Lüge zu leben. Denke ich. Ich gucke in den Himmel, an dem Wolken wie kleine Wattebäusche hängen, die dem strahlenden Blau seine Makellosigkeit nehmen. Er ist perfekt. Wunderschön. Eben weil er nicht aussieht wie von einem perfektionistischen Künstler gemalt, sondern so, wie ihn die Natur geschaffen hat. Mit all seinen unschönen Schwächen. So wie das Leben auch.

»Findest du, dass wir uns zu wenig streiten?«, fragt mein Freund nach. Sein Unterton verrät mir schon seine Ansicht der Dinge. Für ihn ist alles gut. Wie immer.

»Ja. Ich glaube, es belebt eine Beziehung, wenn man auch mal austeilt. Mit Worten natürlich, nicht mit Fäusten, versteht sich.« Ich überlege, wie ich es ihm am besten erklären könnte. Ich möchte ihn nicht verletzen und ihm erst recht nicht das Gefühl geben, dass ich nicht glaube, dass unsere Beziehung noch eine Chance hätte. Das hat sie. Aber dann müssen wir beide an ihr arbeiten. Und das muss ich ihm irgendwie klarmachen. Sonst haben wir diesen Kampf verloren. Alle beide.

»Als meine Eltern gestern mitten in dieser Diskussion gesteckt haben, habe ich gedacht, dass das ja total schlimm wäre. Ich habe ein ungutes Gefühl im Bauch gehabt, weil ich es nicht kannte, dass sie sich so fetzen. Doch kurz danach haben sie sich vertragen und alles war wieder gut. Und ich glaube, so spielt das Leben: Es ist keine Kirmes, auf der es Karussells und glasierte Früchte gibt, nur manchmal ist es das. Eigentlich stehen wir die meiste Zeit im Ring und müssen kämpfen. Um wen oder was auch immer.« Ich fahre mit meiner Zunge über meine trockenen Lippen. Plötzlich legt sich eine Gänsehaut auf meinen Körper, obwohl ich von der Sonne gewärmt werde. Ich nehme mir eins der trockenen Handtücher und lege es über meine Beine.

Jonas schluckt. Er braucht einen Moment, um meine Worte zu verdauen. Ich möchte ihm diese Zeit geben. Er legt sich wieder auf den Rücken und sieht in den Himmel. Dann beginnt er zu sprechen. »Vielleicht hast du recht. Ich wollte immer, dass dein Leben ein Rummelplatz ist – um mal bei deinem Vergleich zu bleiben. Die Schmetterlinge, die am Anfang in deinem Bauch tanzen und dafür sorgen, dass du dich fühlst, als seist du auf Drogen – die sind irgendwann nicht mehr da. Aber ich möchte trotzdem einfach nur, dass du glücklich bist. Eigentlich finde ich deinen Bikini total hässlich, und ich hasse es, dass du so oft vergisst, die Zahnpastatube zu schließen. Das habe ich dir nur nie gesagt, weil ich weiß, dass du diesen Bikini liebst und dass das mit der Zahnpasta eben deine Macke ist. Vielleicht wäre es besser gewesen, wenn wir offen darüber gesprochen hätten.«

Puh. Jetzt bin ich baff. So ehrlich ist er noch nie zu mir gewesen. Ich dachte, ich würde ihn schocken. Doch das Blatt hat sich gewendet. Jetzt lasse ich den aufgeschütteten Sand durch meine Finger gleiten weiß nicht, was ich sagen soll. Das war ein sehr fester Schlag. Ich sehe an mir runter, betrachte meinen Bikini. Er findet ihn hässlich. Und hat es mir nie gesagt. Irgendwie bin ich froh, dass es jetzt raus ist.

»Ganz schön hart, so ein Boxkampf, was?«, spricht Jonas nach einer Weile in die Stille.

Jetzt muss ich auch etwas sagen. Irgendwie ist es doch gar nicht so leicht, im Ring zu stehen, obwohl ich mich eben noch so gut vorbereitet gefühlt habe. Und trotzdem muss ich so tun, als würde ich den nächsten Move kennen, damit Jonas nicht merkt, wie unsicher ich eigentlich bin.

»Ja. Aber er wird uns guttun. Ich glaube, diese Ehrlichkeit ist es, die uns gefehlt hat. Dass wir nicht nur über die Probleme reden, die wir mit anderen haben, sondern auch über unsere eigenen. Fühlst du dich jetzt nicht viel besser, weil du mir endlich mal sagen konntest, wie scheiße du es von mir findest, dass ich die Zahnpasta immer offen lasse?« Wir senden unsere Worte in den Himmel, sehen einander nicht an.

»Ja, vielleicht stimmt das, was du sagst.« Seine Stimme klingt nachdenklich.

Ich nicke und lächle dabei. Vielleicht hat unsere Beziehung tatsächlich noch eine Chance. Und vielleicht sind wir gerade mit diesem Gespräch den ersten Schritt gegangen. Ich hätte nicht gedacht, dass es mich so glücklich machen würde, dass er meinen Bikini hässlich findet. Doch das tut es, und ich bin froh, dass er es mir gesagt hat. Den ersten Kampf haben wir beide gewonnen. Ob es für die Weltmeisterschaft reicht, wird die Zeit zeigen. Ich würde es mir wünschen. Und er sich auch, das weiß ich.

Kapitel 2

Es ist Donnerstagmorgen, acht Uhr neunzehn und dreizehn Sekunden. Meine Biolehrerin strahlt, wie sie es immer tut. Sie macht das Licht an – ein Reflex bei ihr –, geht in den Materialraum, der unsere beiden Biologieräume miteinander verbindet, und sortiert ihre Sachen. Sie macht es, wie sie es immer macht. Doch heute ist kein gewöhnlicher Vormittag. Heute hat sich etwas in meinem Leben verändert. Für immer. Ich spüre es, wie einen urmenschlichen Instinkt. Ich spüre, dass dieser Tag wie ein gewaltiges Gewitter über mir wütet und noch lange Spätfolgen mit sich bringen wird. Ich weiß noch nicht, welche es sein werden, aber sie werden kommen – da bin ich mir sicher. Denn jetzt ist *sie* da.

Sie hat lange braune Haare und grasgrüne Augen, die sich vorsichtig und gekonnt unauffällig im Raum umsehen. Ihr Gesicht wird verschönert von zarten Sommersprossen wie perfekt platzierte Farbsprenkel. Bei ihr sehen sie süß aus. Und obwohl *sie* noch kein Wort gesagt hat, habe ich das Gefühl, dass wir Freunde werden könnten. Ich weiß nicht warum, aber ich würde sie gerne näher kennenlernen. Ich würde gerne wissen, warum sie jetzt, nicht einmal drei Monate vor den Sommerferien, noch in eine neue Klasse kommt. Ob sie Geschwister hat und ob ihre Eltern noch zusammen sind, welche Musik sie gerne hört, ob sie irgendwelche Serien guckt. Wie sie so tickt – schüchtern oder offen, fleißig oder faul. Dieses Mädchen wirkt interessant, ohne dass sie irgendwas getan hat. Ich habe keine

Ahnung, warum das so ist, aber ich habe das Gefühl, ich würde von ihr angezogen werden wie von einem Magneten.

Ich zwinge mich dazu, sie nicht anzustarren. Ich kenne noch nicht einmal ihren Namen. Ich sehe zu Jonas, der auf der anderen Seite des Raumes sitzt. Früher habe ich Frau Korn dafür verflucht, dass sie uns so weit auseinandergesetzt hat, doch jetzt finde ich das gar so schlecht. Es könnte sein, dass es uns nicht nur guttun würde, auch einmal zu streiten, sondern auch, nicht ständig wie Kaugummi aneinanderzukleben. Vielleicht hatte meine Lehrerin auch einfach keine Lust, jedes Mal, wenn irgendein Pärchen Probleme hat, die Sitzordnung wieder ändern zu müssen. Clever.

Mittlerweile sind fünf Minuten vergangen. Minuten, in denen viele mit ihrem Sitznachbarn gequatscht oder noch schnell die Hausaufgaben abgeschrieben haben. Doch ich habe meine Zeit damit verbracht, meine beste Freundin Melissa zu vermissen, weil sie ausgerechnet heute krank ist und gar nicht mit mir gemeinsam die grasgrünen Augen des neuen Mädchens analysieren kann. Und ich habe mich krampfhaft darauf konzentriert, meinen Freund anzusehen, obwohl ich viel lieber mit der Neuen geredet hätte. Wäre ich eines dieser vorlauten Mädchen aus der letzten Reihe, die die ganze Zeit gackern wie Hühner, die gerade aufgespießt werden, würde ich jetzt einfach auf sie zugehen und sie mit Fragen löchern. Doch das tue ich nicht, weil ich mir denken kann, wie unangenehm es ist, neu an einer Schule zu sein und die ganze Zeit angestarrt zu werden. Ich habe das Gefühl, den dicken Klumpen, der bestimmt in ihrem Bauch liegt, nachspüren zu können. Niemand hat Lust, sich vorzustellen, weil in solchen Momenten sowieso keiner zuhört. Oder es hören zu viele zu. Und am Ende sind wir doch eh alle gleich.

Die Zeit ist um. Meine Biolehrerin betritt unseren Raum, sie hat ihre Zwischenwelt top gestylt verlassen, reibt ihre Hände aneinander und lacht. Sie lacht so viel. »So, leise jetzt, es gab genug Zeit, um zu quatschen!«, sagt sie und guckt erwartungsvoll in die Klasse. Ich sehe ihr an, dass sie genau in diesem Moment das neue Gesicht entdeckt. Das Gesicht, das noch keinen Namen trägt. Doch sie sagt nichts, löst ihren Blick von ihr und als endlich Ruhe eingekehrt ist, begrüßt sie uns. »Guten Morgen!«

Ein leiser »Guten Morgen Frau Korn!«-Gesang folgt. Wieder fixieren ihre Augen das Mädchen in der vorletzten Reihe. Dessen Blick huscht zwischen unserer Lehrerin und der Tischplatte hin und her. Und plötzlich liegen achtundzwanzig Augenpaare auf der Neuen, als wäre sie eine Schwerverbrecherin.

»Wir haben eine neue Schülerin!«, verkündet Frau Korn. »Wie lautet dein Name?«, richtet sie ihre erste Frage an das Mädchen.

»Luca.« Viele verständnislose Blicke folgen. »Ja, ich weiß, das ist ein Jungenname, aber meine Eltern haben mich nun mal so getauft, kann ich auch nichts für.« Stille. Wir sehen sie alle an, als hätte sie uns mit einem einzigen Satz hypnotisiert.

Plötzlich haben die schönen grasgrünen Augen einen Namen. Luca. Auch wenn der Name eigentlich für Jungs ist, finde ich ihn gut.

Frau Korn nickt. »Und warum bist du so kurz vor Ende des Schuljahres hierhergezogen?« Es sind die typischen Lehrer-Fragen, die sie stellt. Doch auch als ihre neue Mitschülerin interessieren mich die Antworten. Aber ich glaube, wenn man als Neuling in einem Kurs sitzt, ist es äußerst unangenehm, dass sich alle Augenpaare auf einen richten und man wie in einem Verhör mit Fragen gelöchert wird. Man fühlt sich wie ein unschuldig Angeklagter. Glaube ich zumindest. Ich bin noch nie neu gewesen. Zumindest nicht dann, wenn sich alle anderen schon gekannt haben.

»Weil mein Stiefvater einen neuen Job hat. Er hat gefragt, ob er den Job auch erst später antreten kann, aber sie wollten unbedingt, dass er jetzt schon kommt«, erklärt sie ganz geduldig.

Typische Antwort. Meistens zieht man wegen eines neuen Jobs um, oder aber, weil die Eltern sich getrennt haben.

Frau Korn nickt. »Oh, okay. Hast du denn von deiner alten Schule ein Zeugnis ausgestellt bekommen?«

»Ja, hab ich.«

»Sehr gut. Hattet ihr die Mendelschen Regeln schon?« Auch wenn ich Frau Korn mag, tut Luca mir leid. Doch ihr Gesicht ist immer noch vollkommen entspannt.

»Nein.«

Mit einer so knappen Antwort hat Frau Korn nicht gerechnet, das sehe ich ihr an, denn für eine Sekunde verliert sie die Fassung. Doch schnell fängt sie sich wieder und nickt. »Okay. Dann hör erst mal einfach zu und versuch dem zu folgen, was ich sage. Die anderen hier verstehen das größtenteils auch noch nicht, also machen wir das Ganze auf einfachem Niveau.«

Luca nickt. »Okay.«

Dann blickt Frau Korn in die Klasse und richtet ihre Worte an uns alle. Mit ihr lösen sich die anderen neugierigen Blicke von Luca, und sie ist wieder nur irgendein Mädchen. Jetzt richtet sich der Scheinwerfer auf unsere Biolehrerin. Luca sitzt nur im Publikum und hört ihr zu. Ab und an wirft ihr jemand einen Blick zu, auch ich, aber das macht man in einem Publikum eben so. Jonas sehe ich auch oft an. Und manchmal, da lächelt er mir zu und ich erwidere seine erhobenen Mundwinkel. Und dann wird mir warm ums Herz und ihm vielleicht auch. Aber mein Herz rast einfach nicht mehr.

»Erinnert sich denn noch irgendjemand von euch daran, was Gregor Mendel anhand der Spaltungsregel erforscht hat?«, fragt Frau Korn. Müde schwingen ein paar Arme in die Höhe, doch der Großteil des Kurses sitzt einfach nur da und beschäftigt sich mit anderen Dingen. Aus dem Augenwinkel kann ich problemlos einen Blick auf Luca erhaschen. Vor ihr liegt ein Collegeblock und ein geöffnetes Federmäppchen, aber sie macht keine Anstalten, mitzuschreiben.

Ben beginnt die Regel zu erklären. Luca bewegt sich immer noch nicht. Wahrscheinlich versteht sie genauso wenig wie neunzig Prozent unseres Kurses. Und so nimmt die Stunde ihren Lauf und ich denke die ganze Zeit nur darüber nach, wer das Mädchen hinter den grünen Augen ist. Wenn Melissa da wäre, würde sie mir bestimmt dabei helfen, mehr über Luca zu erfahren. Manchmal wünsche ich mir, ich wäre auch eins von diesen vorlauten Mädchen, die ohne viel nachzudenken genau das machen, was sie wollen. Doch ich kann meine Schüchternheit nicht ablegen. Leise äußert eine Stimme in meinem Kopf den Wunsch, gleich einfach mal mit Luca zu reden – was soll schon passieren, sie wird doch bestimmt froh sein, wenn es jemanden gibt, der sich für sie interessiert. Doch sofort kontern die Zweifel, dass sie vielleicht auch einfach nur alleine sein möchte, vielleicht reicht es ihr schon, von allen angestarrt zu werden, wenn sie sich vorstellen muss, und will einfach nur ihre Ruhe. In meinem Kopf sind die Zweifel immer am lautesten, auch wenn ich mir so oft wünsche, dass das nicht so wäre. Das interessiert sie nicht. Sie schreien weiter. Zu laut. Und ich bin nicht stark genug, um mich dagegen zu wehren.

Kapitel 3

Am Nachmittag statte ich Melissa einen Krankenbesuch ab. Sie muss unbedingt von dem neuen Mädchen erfahren! Ich habe heute zwar noch kein Wort mit ihr gewechselt und auch sie hat nach ihrer Vorstellung nur noch wenig zu den restlichen Unterrichtsstunden beigetragen, aber trotzdem konnte ich nicht anders, als sie immer wieder anzusehen. Ihre grünen Augen faszinieren mich. Ich wäre gern mit ihr befreundet. Aus irgendeinem Grund sticht sie einfach aus der Menge heraus.

Davon muss ich meiner besten Freundin unbedingt erzählen. Bestimmt wird sie sich schwarzärgern, dass sie heute nicht in der Schule war und nicht mitbekommen hat, dass wir eine neue Schülerin haben. Wie das eben immer so ist: Ist man einmal krank, verpasst man den spektakulärsten Schultag des Jahres.

Wahrscheinlich wird sie mich dann noch anfahren, weil ich ihr kein Foto von Luca geschickt habe, aber es hat sich einfach keine Möglichkeit ergeben, eins zu machen. Außerdem kann sich Melissa morgen ja selbst ein Bild von ihr machen, falls es ihr dann wieder besser geht.

Melissas Mutter öffnet mir die Tür. Sie strahlt. »Mia, hallo! Lange nicht gesehen. Wie geht es dir?«

Ich lächle verlegen. Mit einer solchen Freude in ihrer Stimme hätte ich nicht gerechnet, aber sie hat recht: Wir haben uns lange nicht mehr gesehen. Als ich vor zwei Tagen hier gewesen bin, war sie gerade einkaufen, und in der Garage, als ich wieder gegangen bin. So oft, wie ich hier bin, sind die sechs Tage, in denen wir uns nicht gesehen haben, für sie wahrscheinlich schon eine halbe Ewigkeit. Aber ich freue mich auch, sie zu sehen. »Gut.« Dieses Wort ist obligatorisch. Egal wie es einem wirklich geht, man sagt immer *gut*, weil es viel zu lange dauern würde zu erklären, wie es wirklich in einem aussieht. Ich schiebe noch ein kleines Lächeln hinterher, um meine Aussage zu verstärken.

Sie nickt. »Das freut mich! Wie war es denn heute in der Schule? Hat Melissa irgendwas verpasst?«, erkundigt sie sich. Warum reden Mütter eigentlich immer so viel? Normalerweise stört mich das ja nicht, aber heute wünsche ich mir, dass sie wieder zum Einkaufen müsste. Ich möchte einfach zu meiner besten Freundin hoch und ihr von Luca erzählen. Das denke ich natürlich nur und sage stattdessen: »Wir haben ein neues Mädchen in der Klasse«, weil sie es morgen eh von Melissa erfahren würde.

»Oh, so kurz vor den Ferien?«, fragt sie verwundert.

Ich erkläre ihr, was Luca uns heute dazu erzählt hat.

»Ach so, okay.« Sie nickt und streicht sich dabei ihre hellblonden Haare aus der Stirn. Sie hat genau dieselbe Haarfarbe wie Melissa.

»Wie heißt sie denn?«

»Luca.«

»Was für ein ungewöhnlicher Name für ein Mädchen … Ist sie nett?«, fragt sie weiter.

Ich fühle mich wie in einem Kreuzverhör. All diese Fragen kann sie morgen mit ihrer Tochter klären. Aber Mütter müssen ihre Nase immer in alles hineinstecken.

»Bestimmt. Sie hat noch nicht viel gesagt. Aber sie wirkt nicht sonderlich außergewöhnlich. Weder besonders langweilig noch besonders frech. Normal.«

Wieder folgt ein nachdenkliches Nicken. Sie lächelt. »Dann möchtest du jetzt sicherlich zu Melissa hoch, was?«

Endlich. Ich scheine erlöst zu sein. »Ja.« Ich lächle auch, um nicht unhöflich zu wirken.

»Viel Spaß euch. Nimm euch etwas zu trinken mit, es ist ja schon ganz schön warm geworden. Außerdem sollte Melissa jetzt viel trinken, um wieder gesund zu werden.« Sie huscht schnell in die Küche, um mir kurze Zeit später eine Packung Apfelsaft und zwei Gläser in die Hand zu drücken.

»Danke!« Und dann gehe ich hoch, weil mir nichts Besseres einfällt, was ich noch sagen könnte, um das Gespräch zu beenden. Ich bin ganz hibbelig, weil ich genau weiß, wie sehr Melissa auf Klatsch und Tratsch steht. Und eine neue Schülerin kommt schließlich nicht alle Tage in die Klasse. Ich gehe noch einen Schritt schneller, bis ich endlich vor ihrer Tür stehe und mit dem Ellenbogen die Klinke runterdrücke, weil ich in einer Hand den Saft und in der anderen die Gläser halte.

»Hey, Mia!« Melissa strahlt mich an, als sei ich der erste Lichtblick des heutigen Tages. Sie sitzt in ihrem Bett und schaut auf ihr Handy. Ihre Augen sind noch ziemlich glasig und auch ihrer Nase sind die Spuren der Erkältung deutlich anzusehen. Ich stelle den Saft und die Gläser auf ihren Nachttisch. Dann umarme ich sie und setze mich im Schneidersitz auf ihr Bett.

»Hey! Deine Mutter hat gesagt, dass du mehr trinken sollst.« Ich zeige auf den Saft und nehme ein Glas in die Hand.

»Ich hab ihr heute schon dreimal gesagt, dass ich erstens keinen Apfelsaft trinken kann, weil ich Halsschmerzen habe und die Säure mir im Hals brennt, und ich zweitens schon eine Wasserflasche am Bett stehen habe.« Sie rollt mit den Augen. Dann nimmt sie die Flasche in die Hand und trinkt demonstrativ einen Schluck daraus. Dem geringen Kohlensäuregehalt nach zu urteilen, steht die Flasche schon einige Tage hier. Bestimmt ist sie auch schon so warm, als würde sie aus dem Wasserkocher kommen. Aber Melissa trinkt sie schon allein aus Prinzip, um vor ihrer Mutter nicht zugeben zu müssen, dass sie dankbar dafür ist, dass sie sich um sie kümmert. So ist sie.

Ich schenke mir ein bisschen von dem Apfelsaft ein und trinke ihn in einem Zug aus. Er schmeckt fruchtig und ist kühl.

»Deine Mutter hat eben mal wieder geredet wie ein Wasserfall! Ich bin eigentlich schon vor ein paar Minuten gekommen!«

»Sie weiß genau, dass ich so was scheiße von ihr finde, aber es interessiert sie einfach nicht.«

»Ach, es war ja nicht schlimm. Ich hab eben ein bisschen mit ihr gequatscht«, winke ich ab.

Melissa hält sich die Flasche an den Hals und sieht aus, als wollte sie mir widersprechen. Ich nutze diesen Moment, um das Thema zu wechseln.

»Du hast heute so was von was verpasst!«, platzt es aus mir heraus.

Ihre Augen werden groß. »Was denn?«

»Wir haben eine neue Schülerin!«

Damit hätte Melissa nicht gerechnet. »Was? Kurz bevor das Schuljahr zu Ende ist?«

»Diese Frage hat jeder gestellt! Ja, kurz vor Schluss. Das musste sein, weil ihr Stiefvater den Job zu keinem späteren Zeitpunkt hätte antreten können.«

»Okay.« Sie seufzt. »Da bin ich einmal im Jahr krank und dann passiert so was! Das Einzige, das noch interessanter gewesen wäre, wäre, wenn sich zwei Leute geprügelt hätten!«

»Tja. Das ist ja immer so.«

»Erzähl doch mal ein bisschen mehr über sie! Wie heißt sie, wie sieht sie aus, wie ist sie so drauf? Hallo, ich bin heute nicht in der Schule gewesen, ich muss alles wissen!«

Typisch. Wenn sie morgen in die Schule kommt, muss sie natürlich mitreden können. Aber über Luca wird niemand reden, denn über sie gibt es nichts zu sagen. Aber das weiß Melissa ja noch nicht.

»Sie heißt Luca, hat eine normale Figur, haselnussbraune Haare und grasgrüne Augen«, beginne ich mit den Oberflächlichkeiten.

Melissa unterbricht mich, ehe ich fortfahren kann. »Das klingt gut. Ist sie denn auch nett?«

»Wie sie so drauf ist, kann ich dir gar nicht sagen, weil sie überhaupt nicht auffällt. Sie ist wie wir und schwimmt in der Menge mit. Sie ist weder besonders still noch besonders laut. Sie ist wie die meisten anderen auch.« Ich schenke mir noch etwas Saft ein und nehme einen Schluck. Leider ist er schon etwas wärmer als eben und schmeckt nicht mehr so gut. Aber alles ist besser als das abgestandene und warme Wasser.

»Das klingt … langweilig«, sagt sie. Wahrscheinlich hatte sie jetzt mit einer totalen Sensation gerechnet. Aber muss es immer eine skandalöse Schulschönheit oder das hässliche Entlein, das später zum schönen Schwan wird, sein? Meistens kommen ganz normale Teenager neu dazu und versuchen, sich bestmöglich dem Rest anzupassen. Wir sind schließlich nicht in irgendeinem Hollywoodfilm.

»Nein, sie ist nicht langweilig, sie ist einfach normal. Und irgendwie fesselt mich ihre Art.«

»Ihre langweilige Art fasziniert dich?« Melissa zieht eine Augenbraue hoch.

»Nein. Du hättest sie heute sehen müssen! Sie ist überhaupt nicht aufgefallen, aber sie saß auch nicht gelangweilt in der Ecke. Sie hat ab und zu etwas zum Unterricht beigetragen, aber nicht besonders viel, hat sich ansonsten relativ von uns ferngehalten, ist einfach hinter uns her getrottet.« Ich atme tief durch. »Muss denn immer jeder aus der Menge herausstechen?«

Melissa hustet einmal. »Nein.«

Ich nicke. Einen Moment schweigen wir. »Ich bin auf jeden Fall schon sehr gespannt auf sie.«

»Ich freu mich auch schon darauf, mehr über sie herauszufinden.« Ich werfe einen Blick auf die graue Bettdecke meiner besten Freundin.

»Dann stalk doch mal ihr Profil bei Facebook«, schlägt sie vor.

»Nein! Ich kenne doch nicht einmal ihren Nachnamen!«, protestiere ich sofort.

Sie zuckt mit den Schultern. »Dann musst du sie wohl morgen einfach mal ansprechen.«

Melissa weiß genau, dass ich mich das nicht trauen werde. Ich kann nicht einfach auf sie zugehen und Small Talk führen – auch wenn ich es so gerne möchte. Viel zu groß ist meine Angst, dass sie mich nicht mag. Doch Melissa ist da anders – sie zweifelt zwar im Stillen oft an sich, aber äußerlich lässt sie gern die Coole raushängen. Sie würde sich bestimmt trauen, Luca einfach anzusprechen, und das, obwohl sie sie morgen das erste Mal sehen wird. Sie hätte mit Sicherheit auch kein Problem damit, schon beim ersten Hallo ein Gespräch mit ihr aufzubauen. Doch ich bin dafür zu feige.

»Das kannst du ja für mich übernehmen.«

Sie lacht. »Mal schauen. Ich muss sie morgen erst einmal abchecken, dann ergibt sich alles Weitere. Mal sehen, ob mich ihre grünen Augen auch so fesseln werden.« Sie grinst belustigt.

»Mann, Melissa! Du hättest sie sehen müssen! Ich war sofort fasziniert von ihr, ohne dass sie irgendwas gesagt hat. Ich habe nicht einmal ihren Namen gekannt! Ich weiß doch auch nicht, was es ist, aber ich glaube, dass sie eine echt gute Freundin werden könnte.«

»Ist ja schon gut«, beruhigt sie mich. Sie hebt entschuldigend die Hände in die Luft. »Dann muss ich morgen ja praktisch zur Schule kommen, damit ich sie mir ansehen kann.«

»Ja, musst du!«

Ich bin mir sicher, dass Melissa ihren Blick von diesem unscheinbaren und gleichzeitig faszinierenden Mädchen genauso wenig lösen können wird wie ich. Hoffentlich wird sie es arrangieren können, dass wir ganz zufällig ins Gespräch kommen. Ich würde Luca gerne ein bisschen dabei unterstützen, sich in der Schule zurechtzufinden und ihr zur Seite stehen. Ich spüre, dass sie etwas Besonderes ist. Wenn ich bloß den Mut finden könnte, sie selbst anzusprechen! Ich bin schon so oft Melissas Schatten gewesen, der nur selten alleine strahlt. Doch vor Luca würde ich das gerne – selber strahlen, sie von mir überzeugen und den Mut beweisen, ihr meine Hilfe anzubieten. Doch lieber spreche ich gemeinsam mit Melissa mit ihr als gar nicht. Also bleibe ich still der Schatten meiner besten Freundin und verlasse mich auf ihr Selbstbewusstsein. Wie immer.

Kapitel 4

Am nächsten Tag lässt Melissa es sich tatsächlich nicht nehmen, sich Luca ganz genau anzusehen. Sie wirkt noch ziemlich mitgenommen, ihre Augen sind rot umrahmt und ich fühle förmlich den brennenden Schmerz, den sie beim Putzen ihrer Nase verspürt. Doch heute wäre sie sogar mit Infusion in die Schule gekommen. Im Gegensatz zu mir beobachtet sie Luca ganz offensichtlich. Ihr Blick huscht die ganze Mathestunde über immer wieder zu ihr rüber. Ich folge ihr vorsichtig, betrachte Luca dabei, wie sie an ihrem Bleistift kaut, aber nach kurzer Zeit sehe ich wieder weg. Einmal erwidert Luca Melissas Blick kurz, und aus dem Augenwinkel kann ich erkennen, dass sie freundlich lächelt. Nicht genervt, einfach nett. Sofort bereue ich es, dass ich sie nicht auch offen angesehen habe. Wieder wird meine beste Freundin die sein, die im Mittelpunkt steht; wieder wird sie diejenige sein, die das große Wort führt. Ich wünschte, Melissa würde mir nur zum ersten Schritt verhelfen. Wie bei kleinen Kindern: Deine Eltern halten bei den ersten Schritten noch deine Hand, aber dann musst du alleine gehen. Und das würde ich gerne. Einmal alleine gehen. Ich möchte mich verändern, möchte auch so offen und schlagfertig sein wie all die anderen Mädchen hier. Zumindest für Luca. Sonst wird sie sich am Ende mit allen hier anfreunden, nur mit mir nicht. Und ich finde ihre grünen Augen und die Grübchen, die sich bilden, wenn sie lacht, auch am zweiten Tag immer noch interessant. Und auch der Wunsch, das Mädchen hinter dem Lächeln kennenzulernen, reißt nicht ab. Wer ist sie?

Als unsere Mathelehrerin sich zur Tafel dreht, um etwas anzuschreiben, flüstert Melissa mir ins Ohr: »Die ist ja echt ganz normal! Aber du hast mich voll neugierig gemacht, jetzt will ich Luca unbedingt kennenlernen.«

Ich erwache aus meiner Trance und flüstere zurück: »Das kannst du nach der Mathestunde ja gerne nachholen!« Ich sehe ihr für ein paar Sekunden in die Augen, dann schaue ich wieder zur Tafel. Doch eigentlich nehme ich gar nicht wahr, was meine Mathelehrerin dort vorne erzählt, ich sehe sie an, und durch sie hindurch; ich höre ihre Stimme, doch ihre Worte kommen nicht in meinem Gehirn an. Mein Blick huscht zu meinem Freund, der in der ersten Reihe sitzt und sich rege am Unterrichtsgeschehen beteiligt. Ihn scheint das neue Mädchen gar nicht zu interessieren; für ihn dreht sich die Welt noch genauso weiter wie früher. Doch ich kann nur daran denken, dass ich einfach den Mut finden muss, sie anzusprechen. Ich ganz allein. Ohne Jonas, ohne Melissa. Das wird schon nicht so schwierig sein. Die anderen haben das ja schließlich auch schon geschafft. Außerdem hat ihr Lächeln eben gezeigt, dass sie durchaus kontaktfreudig ist. Vielleicht wartet sie einfach nur darauf, dass irgendjemand sie anspricht, weil sie sich nicht in den Vordergrund drängeln will. So wäre ich wahrscheinlich auch. Wenn ich mit meinen Freunden unterwegs bin, kann ich doch auch meine Meinung vertreten und meinen Willen durchsetzen – warum traue ich mich das bei anderen nicht? Vielleicht, weil ich bei meinen Freunden weiß, dass sie immer hinter mir stehen – egal, wie sie über das, was ich sage, denken. Bei ihnen muss ich keine Angst haben, von der Gruppe verstoßen zu werden – wir können und *müssen* uns auch einmal zoffen. Doch in der Schule ist das anders. Hier sind so viele dieser starken, selbstbewussten Mädchen, zu denen oft auch Melissa gehört – nur weiß ich bei ihr, dass hinter dieser Fassade auch jemand anderes steckt, ein Mädchen, das in manchen Momenten an sich zweifelt. Sie kann das einfach nur viel besser verstecken als ich.

Als es zum Stundenende klingelt, kann ich schon nicht mehr wiedergeben, was wir zu Beginn der Stunde gemacht haben. Viel zu sehr habe ich meinen eigenen Gedanken nachgehangen. Mein Blick blieb immer wieder an Leah und Jasmin hängen – sie haben auf jede Frage die passende Antwort parat und immer ein Lächeln auf den Lippen. Allerdings steigen sie auch mit jedem ins Bett, der ihr Lächeln erwidert.

»Hey, Schatz.« Jonas küsst mich und streicht mir eine Haarsträhne hinters Ohr. »Verstehst du Mathe?«

»Ja, schon. Und du?«, lüge ich. Ich kann ihm ja schlecht erklären, dass ich heute kaum zugehört habe, weil ich die ganze Zeit darüber nachgedacht habe, wie ich Luca am besten ansprechen kann. Seine Hand sucht nach meiner, seine warmen Finger verbinden sich mit meinen, und ein Schauer jagt über meinen Rücken. Ich konzentriere mich auf unsere Hände und sage mir, dass ich mich wohl dabei fühle, meine Hand in seiner zu spüren. Ein vorsichtiger Kuss, den er mir auf die Schläfe drückt, gibt mir ein Gefühl von Sicherheit. Und das ist doch genau das, was ich immer wollte: Sicherheit. Ein Mensch, bei dem ich so sein kann, wie ich bin; ein Mensch, bei dem ich keine Angst zu haben brauche, wie er auf mich reagiert. Doch vielleicht reicht diese Sicherheit jetzt nicht mehr aus. Ich möchte ausbrechen, Neues entdecken, *mich* entdecken. Vielleicht klappt das mit Jonas und wir bekommen das alles irgendwie hin. Ich kann froh sein, dass ich so jemanden wie ihn an meiner Seite habe. Er ist toll, ob das reicht, werden wir sehen.

Jonas zuckt mit den Schultern. Wieder reißt er mich aus meinen Gedanken. »Na ja, geht so. So ganz verstehe ich noch nicht, wie das funktioniert. Aber wird bestimmt noch.«

Auf dem Weg zum nächsten Raum entgeht mir nicht, dass Melissa Luca die ganze Zeit beobachtet. Ich möchte sie gerne ein bisschen integrieren, ihr zeigen, dass sie willkommen ist. Im Augenblick lebt sie noch in ihrer eigenen Seifenblase, doch ich würde sie gerne aus ihrer Isolation befreien.

»Kommst du heute vor der Sommerparty noch zu mir?«, fragt mein Freund.

Die alljährliche Sommerparty der Oberstufe. Heute ist es so weit. Das hatte ich fast vergessen. »Ich denke, ich werde direkt hingehen. Ich wollte mich in Ruhe stylen und vielleicht vorher noch bei Melissa vorbeischauen.« Schüler strömen aus dem Raum, manche stehen an der Tür, weil sie noch auf ihre Freundinnen warten und blockieren damit den Menschenstrom wie ein Baumstamm einen Wasserfall. Ich stöhne genervt. Wie ich so was hasse. Warum brauchen die Fünftklässler eigentlich immer ewig, um ihr Zeug einzupacken?

»Ja, klar, wir könnten uns vorher noch treffen! Dann bringst du dein Kleid einfach mit und wir können uns dann bei mir fertig machen. Mein Bruder ist bestimmt eh wieder irgendwo unterwegs«, meldet sich Melissa zu Wort.

»Super, dann machen wir das so!« Ich drehe mich zu ihr.

»Dann trefft ihr beiden euch mal! Ich bewundere später das Endergebnis!«, erwidert mein Freund lachend. »Treffen wir uns dann an der Aula?«

Für einen kurzen Augenblick huscht mein Blick zu der warmen Hand, die meine umschließt. Im Winter liebe ich das, aber im Sommer nervt es mich. Er hat immer warme Hände.

Ich bin gespannt, ob Luca heute Abend zur Party kommen wird. Dort könnte sie ein richtiger Teil unserer Klasse werden. Für so etwas sind Partys immer gut. Außerdem hätte ich dann endlich die Chance, ganz in Ruhe mit ihr zu sprechen, statt mich vor den ganzen anderen zu überwinden. Ich hätte fünf Minuten gehabt, um sie anzusprechen. Doch lieber habe ich mich hinter der Sicherheit, die Jonas mir schenkt, versteckt, als meine Zweifel zu überwinden und die Zeit zu nutzen. Und deshalb sitze ich wieder eine Stunde ab, sehe sie ab und zu heimlich an und frage mich, was ihr wohl durch den Kopf geht. Wie gefällt es ihr hier? Für eine Antwort muss ich die Party heute Abend unbedingt nutzen. Melissa und Jonas werden sicherlich nicht die ganze Zeit an mir kleben. Irgendwie würde ich mich wohler fühlen, wenn Jonas nicht dabei wäre. Obwohl er mich mittlerweile gut genug kennt, möchte ich nicht, dass er sieht, wie interessiert ich an Luca bin. Vor meiner besten Freundin habe ich diese Zweifel überhaupt nicht, und ich weiß ja, dass sie das neue Mädchen auch gerne einmal näher kennenlernen würde. Hoffentlich kommt sie auch und bleibt nicht zu Hause, weil sie denkt, dass sie sowieso niemand dabeihaben möchte – sie ist schließlich die Neue. Aber sie ist anders als ich, ganz sicher. Dann werde ich mir heute Abend ein Herz fassen und sie ansprechen. Das verspreche ich mir selbst.

Kapitel 5

Die laue Sommerluft zaubert eine zarte Gänsehaut auf meine Unterarme. Ich stehe gemeinsam mit Jonas und Melissa draußen vor der Aula. Ich genieße es, dass ich trotz meines knielangen Kleides noch im Freien stehen kann. In der Aula ist es so warm wie in einem Tropenhaus, und die Luft da drin ist dementsprechend schlecht. Da genieße ich die sanften Windzüge, die mein offenes, gelocktes Haar umspielen, so richtig. Unsere letzte Schulparty – nächstes Jahr um diese Zeit werden wir schon unser Abitur in der Tasche haben. Ich bin ein bisschen wehmütig, erinnere mich noch genau an die erste Party, als wir endlich in der Oberstufe waren, stolz wie Oskar! Und nach diesem Abend ist alles vorbei, nie wieder werden wir Haut an Haut miteinander tanzen, für einen Abend so tun, als wären wir die dicksten Freunde, auch wenn wir wissen, dass wir uns am Montag schon nicht mehr in die Augen werden. Heute ist alles anders. Für einen Moment schaue ich auf den Schriftzug des Namens unserer Schule. Acht lange Jahre. Schon bald sind sie vorbei. Ich seufze leise.

»Du siehst so schön aus! Hat dir das heute schon einmal jemand gesagt?«, flüstert Jonas in mein Ohr. Sein Arm liegt um meine Taille. Wieder überzieht Gänsehaut meinen Körper. Ich weiß nicht, ob das an seinem warmen Atem liegt, der mein Ohr streift, oder eher an der Frühsommerkühle, die langsam hervorgekrochen kommt. Die Nachmittage sind herrlich warm, man kann draußen sitzen und auf nackten Füßen laufen, aber die Abende sind noch immer ein wenig frisch. Ich lächle und antworte: »Nein, aber ich muss ja auch keinem anderen gefallen außer dir!«

»Die ganzen Jungs hier sind doch aus ihren Schuhen gekippt, als du mit diesem Wahnsinnskleid den Raum betreten hast!«, erwidert er überzeugt. »Das Rot steht dir wirklich gut.«

Jetzt lache ich gekünstelt ein bisschen lauter. Melissa sieht mich verwundert an, weil sie mich nur lachen hört und nicht das, was wir uns gegenseitig ins Ohr geflüstert haben.

»Haha, ganz bestimmt! Du spinnst wohl!«

»Lässt du mich teilhaben an dem, was so lustig ist?« Sie klingt, als würde sie sich ausgeschlossen fühlen, aber ich weiß, dass sie das nicht ernst meint.

»Er meint, dass alle Jungs aus ihren Latschen kippen würden, wenn ich den Raum betrete.« Ich unterstütze meine Aussage noch einmal durch ein ironisches Lachen, das zeigt, wie lächerlich ich diesen Kommentar finde.

»Du siehst heute auch echt heiß aus«, stimmt sie ihm zu.

»Mein Gott, nur, weil mein Kleid nicht den Boden berührt und ich meine Haare gelockt habe?« Ich rolle mit den Augen.

»Ja, das ist man von dir nicht gewohnt, Miachen!«

Hilfe suchend sehe ich zu meinem Freund, aber der nickt nur.

Ich schüttle mit dem Kopf und seufze. »Wenn ihr meint!«

»Ja.« Jonas flüstert gegen meine Schläfe. Wäre er ein Macho, würde er mir jetzt auf den Po hauen, aber so ist er nicht. Dafür ist er viel zu brav. Und ich hätte nie gedacht, dass ich das jemals denke würde, aber ein bisschen wünsche ich mir gerade, dass er es tun würde. Einfach nicht der liebe, einfühlsame Junge wäre, sondern einer, der mit seiner Männlichkeit spielt. Doch das lasse ich mir nicht ansehen und lächle nur vor mich hin. Meine Taille ist schon wieder ganz warm von seiner Hand. Aber lieber stehe ich hier draußen als nach drinnen zu gehen und kaum Luft zu bekommen, weil es so stickig ist. So viele Leute sind dort drin, tanzen und feiern. Kein Alkohol, außer ein wenig Sekt. Das war die Bedingung, so wie jedes Jahr. Und zwei Lehrer, die auf uns aufpassen. Wir haben natürlich die coolsten Lehrer der Schule gebeten Aufpasser zu spielen. Pädagoge hin oder her, innerlich bedauern beide total, dass es keinen Alkohol gibt. Ich bin mir sicher, die hätten sich auch mit ihren Schülern die Kante gegeben, wenn sie dürften. Natürlich sprechen sie das nicht aus, schließlich tragen sie die Verantwortung und müssen autoritär wirken, aber es ist jedem von uns bewusst.

Das Einzige, das mich nach drinnen zieht, ist Luca. Den ganzen Tag schon schwirrt in meinem Kopf herum, dass heute die perfekte Möglichkeit ist, um sie anzusprechen. Die darf ich einfach nicht verpassen. Wenn nicht jetzt, wann dann?

Ich frage mich, mit wem Luca sich gerade unterhält. Wahrscheinlich ist mir jemand zuvorgekommen, der sich genau dasselbe gedacht hat wie ich.

Ein bisschen ungeduldig fällt mein Blick immer wieder in Richtung Aula. Doch leider versperrt das DJ-Pult am Eingang mir die Sicht. Bald werden die Sterne am Himmel glitzern und dem Mond, der mit der Sonne schon den Platz getauscht hat, Gesellschaft leisten. Und der Minutenzeiger wird noch eine Runde drehen und dann noch eine und noch eine. Und ich werde immer noch hier stehen, weil ich es vor mir herschiebe, sie anzusprechen. Ich bin einfach ein Angsthase. Doch ich will keiner sein. Einmal in meinem Leben möchte ich mutig sein. Nur heute.

»Ist dir kalt, Süße?«, fragt Jonas nach einer Weile. Mir stockt der Atem. Das ist meine Chance. Ich könnte ja sagen. Dann würden wir reingehen und ich könnte meine Chance nutzen, um sie anzusprechen. Oder ich sage nein, dann kann ich es noch ein bisschen hinauszögern. Was, wenn sie überhaupt keinen Bock darauf hat, irgendwen hier kennenzulernen? Wenn sie einfach nur mit der Menge mitziehen, aber doch in ihrer Seifenblase weiterleben möchte? Dann würde sie mir gleich eine fette Abfuhr erteilen. Aber das werde ich nur erfahren, wenn ich reingehe und es ausprobiere. Vielleicht ist sie ja auch wirklich so nett, wie sie wirkt. Und dann könnten wir bestimmt gute Freundinnen werden. Sie hat Melissa schließlich auch angelächelt. Und deshalb nicke ich nach einer viel zu langen Pause und sage: »Ja, schon, lass uns mal wieder reingehen.«

Ich möchte mich in Bewegung setzen, um meinen plötzlich aufflammenden Motivationsschub auszunutzen, aber mein Freund bewegt sich nicht.

Er sieht mich nur sorgenvoll an. »Bedrückt dich irgendwas?«, fragt er.

Ich versuche, so natürlich wie möglich zu klingen. »Nein, wie kommst du darauf?« Ich kann es ihm nicht erklären. Und das, obwohl ich mir sicher bin, dass er es nachvollziehen könnte. Eigentlich bin ich es, die mir selber im Weg steht. Ich und all die Zweifel, die an mir nagen und mir Steine in den Weg werfen.

»Du siehst irgendwie nicht so happy aus«, gibt er zurück.

»Nee, alles wunderbar!«, beruhige ich ihn. Ich sehe zu Melissa, die daraufhin nur nickt. Sie kennt mich gut. Sie weiß, worum es geht.

»Lass uns reingehen!«, versuche ich es noch einmal.

Jonas sieht mich noch einen Moment lang skeptisch an, doch als ich ihm mit einem weiteren Lächeln versichere, dass wirklich alles gut ist, verschränkt er seine Finger mit meinen und nimmt die drei Stufen hoch zur Aula.

Als wir die Aula betreten, sehe ich mich sofort nach Luca um. »Ich wollte mal mit dem neuen Mädchen reden, treffen wir uns später wieder hier?«, wende ich mich an meinen Freund.

»Klar, dann geh ich mal eben zu Simon und den anderen. Die fragen sich wahrscheinlich sowieso schon die ganze Zeit, wo ich bleibe. Wir wollten ja eigentlich nur mal kurz an die frische Luft gehen.«

Ich nicke. »Dann meld dich mal wieder zurück.«

Er drückt mir noch einen Kuss auf die Lippen, dann geht er auch schon los. Ich blicke zu Melissa. Sie soll mir versichern, dass es wirklich nicht verrückt ist, Luca anzusprechen. Ich brauche diese Sicherheit und sie weiß das. Weil sie eben meine beste Freundin ist. »Na komm schon. Lass uns Luca kennenlernen gehen!«

Luca steht bei den Getränken in der Schlange. Wahrscheinlich wartet sie auf die Erdbeerbowle. Ich steuere schnurstracks auf sie zu und fixiere sie wie das Ende eines Tunnels, weil ich gar nicht sehen möchte, wer vor oder hinter ihr in der Schlange steht. Wenn ich sehen würde, dass sie sich schon mit irgendwem angefreundet hat, würde mich das nur einschüchtern.

»Hey, Luca!«, spreche ich sie an. Mir schlägt das Herz bis zum Hals. So etwas habe ich mich noch nie getraut.

»Hallo ihr zwei«, erwidert sie. »Wollt ihr auch 'ne Bowle?«

Wie lieb, dass sie fragt! Das lockert die Situation gleich ein bisschen auf.

»Ich gerne! Und du, Melissa?« Dass ich eigentlich keine Erdbeeren mag, verschweige ich ihr. Irgendwie werde ich die schon runterbekommen.

»Nein, danke. Ich wollte mich gleich auch mal nach den anderen umsehen. Die fragen sich bestimmt schon, wo ich den ganzen Abend bin!«

Ich nicke. »Oh, okay. Ja, dann mach das mal!« Natürlich weiß ich, dass Melissa das wegen mir tut. Sie zwinkert mir zu.

»Du trinkst aber 'ne Bowle mit mir?«, fragt Luca.

Ich nicke. »Ja, gerne.«

Sie reiht sich wieder in die Schlange ein, und als sie an der Reihe ist, sagt sie, dass sie gerne zwei Becher hätte. Augenblicklich entspannen sich all meine Muskeln. War doch gar nicht so schlimm! Ich bin ein bisschen stolz auf mich, dass ich diesen Schritt gewagt habe, auch wenn ich immer noch ein wenig Angst habe, dass wir kein Gesprächsthema finden werden.

»Hier, dein Becher!« Luca lächelt und gibt mir meine Bowle.

»Danke!«

»Wollen wir ein bisschen vor die Tür gehen und quatschen? Ich kenn euch ja alle noch gar nicht wirklich!«, schlägt sie vor.

Eigentlich müsste ich solche Vorschläge machen, aber sie ist diejenige, die die Initiative ergreift. Ich bin ihr dankbar dafür.

Und obwohl wir eigentlich reingekommen sind, weil es draußen kühl geworden ist, nicke ich. Hauptsache, ich habe die Chance, sie allein ein bisschen näher kennenzulernen. Und scheinbar will sie das auch. Das beruhigt mich sehr.

»Ich weiß gar nicht, wie man in so einer Situation ein Gespräch beginnt«, gebe ich offen zu.

»Einfach gerade heraus, ganz locker.« Sie lacht selbstsicher. »Wie heißt du überhaupt?«

»Huch, sorry, das hab ich ganz vergessen! Ich heiße Mia«, sage ich und klatsche mir innerlich gegen die Stirn.

Sie nickt. »Okay. Wie ich heiße, weißt du ja.« Sie sieht so entspannt aus. »Hast du Hobbys?«, fragt sie weiter.

»Ähm … nein. Eigentlich nicht. Mein Hobby ist es, mit meinem Freund im Garten seiner Oma zu liegen. Zählt das?« Ich grinse.

»Vielleicht. Ich spiele Klavier. Das klingt so spießig.«

»Ach was.« Sofort ist unser Gespräch aufgelockert, und ich bin froh darüber, dass ich mich getraut habe, sie anzusprechen. Sie wirkt so nett. Es wäre echt schade, wenn sie isoliert bleiben würde.

»Hast du dich heute schon mit irgendwem aus unserem Kurs unterhalten?«, erkundige ich mich. Ich schiebe mit meinem Strohhalm die Erdbeeren hin und her, aber bringe es einfach nicht über mich, sie zu essen.

»Ja, Leah hat mich ganz am Anfang angesprochen, aber sie ist dann irgendwann verschwunden. Aber sie war auch irgendwie sehr aufgedreht. Und dann sind noch zwei andere Mädchen auf mich zugekommen, nur habe ich ihre Namen vergessen.«

»Ja, Leah ist immer ein bisschen überdreht. Aber ist ja nett, dass sie das Gespräch mit dir gesucht haben.« Ich lächle ihr zu, um das Eis noch ein bisschen mehr zum Schmelzen zu bringen.

»Ja, das stimmt.« Sie nimmt einen Schluck aus ihrer Bowle.

»Magst du die Erdbeeren nicht, oder warum isst du die nicht?«, fragt Luca belustigt.

»Nein, wenn ich ehrlich bin, mag ich keine Erdbeeren.«

»Das hättest du doch sagen können, das ist doch kein Problem«, erwidert sie. »Wenn du willst, kann ich die Erdbeeren essen.«

»Gerne.« Dankbar gebe ich ihr mein Glas. »Wie gefällt es dir denn hier?«, stelle ich ihr die Frage, an die ich schon seit gestern immer wieder denken muss.

»Ganz gut bisher. Ihr seid alle total nett. Aber ich vermisse meine Freunde aus meiner alten Stadt.« Sie wirft einen kurzen Blick in den Himmel, als würden sie alle in Form von Sternen über sie wachen.

»Mhm, das kann ich verstehen. Woher kommst du eigentlich?«, frage ich.

»Hamburg.«

»Da möchte ich unbedingt einmal hin.«

»Ja, die Stadt ist auch echt schön. Aber wenn man dort wohnt, wird vieles selbstverständlich.« Sie gibt mir meine Bowle wieder zurück, als sie alle Erdbeeren in ihr Glas getan hat.

»Das kann ich mir vorstellen«, stimme ich ihr zu.

Ich nehme noch einen Schluck und lächle, weil sie tatsächlich nett und ehrlich ist, und auch nicht so überdreht wie Leah und ihre Clique. Genau richtig.

Und vielleicht können wir wirklich Freunde sein, geht es mir durch den Kopf, als ich Luca weiter dabei zuhöre, wie sie von Hamburg erzählt und ihre Augen dabei mit den Sternen um die Wette glitzern.

»Ja, so ist das in Hamburg! Aber hier ist es auch ganz hübsch. Hier fühlt man sich direkt willkommen, weil nicht so eine große Anonymität herrscht, sondern man auch mal jemanden bei Edeka trifft, den man kennt. Das passiert in einer Großstadt wie Hamburg nur selten.« Sie streicht sich eine ihrer braunen Haarsträhnen aus dem Gesicht. Ich reibe mir über meine Oberarme, weil es mittlerweile doch ganz schön kühl geworden ist. Die Musik dröhnt von drinnen nach draußen und schließt uns ein, obwohl wir doch so frei sind.

Ich werfe einen kurzen Blick in die Aula, dann antworte ich: »Ja, das stimmt. Aber manchmal gibt es auch Momente, in denen man sich einfach wünscht, dass man anonym wäre! Ich habe noch nie in einer Großstadt gelebt. Hier ist es klein und hübsch, und für Kinder ist es perfekt. Doch Hamburg würde mich auch interessieren. Und manchmal wäre man froh, wenn man dem verhassten Lehrer einfach aus dem Weg gehen könnte – den muss man dann nicht auch noch beim Einkaufen treffen!«

»Glaub mir, auch in Hamburg schafft man es nicht immer, in der Masse unterzugehen«, erwidert Luca. »Du bist auch dort in der Schule nicht vor Angriffen oder Ähnlichem geschützt – nein, die Angriffsfläche ist sogar noch viel größer – mehr Menschen heißt auch mehr Leute, die dich kennen und über dich herziehen können!« Ob sie so was wohl schon einmal erlebt hat? War sie auch schon einmal Zielscheibe und weiß deshalb so genau, wovon sie spricht?

Ich blicke ihr direkt in ihre grasgrünen Augen. Die sind wirklich verdammt hübsch. »Ja, da hast du wahrscheinlich recht.«

»Aber natürlich vermisse ich auch genau diese vielen Menschen. Und man muss sich erst einmal daran gewöhnen, morgens nicht mehr an der Elbe entlang zur Schule zu gehen. Das einzige Gewässer, das ihr hier habt, ist ein kleiner, verdreckter Bach!«

Ich könnte ihr noch stundenlang zuhören. »Das stimmt. Da

kann ich mir gut vorstellen, dass das eine harte Umstellung ist, wenn man sein Leben lang in einer Hafenstadt gelebt hat«, sage ich und nehme noch einen Schluck von meiner Bowle. Sie schmeckt so erfrischend. Wer auch immer sie zubereitet hat: Das hat die Person toll gemacht, der Erdbeergeschmack ist zum Glück nur ganz leicht.

»Ja, schon. Aber vielleicht werde ich hier ja neue Freunde finden, die mir schnell zeigen, dass hier der schönste Ort der Welt ist – dann könnt ihr mal so richtig euren Lokalpatriotismus spielen lassen!« Sie lacht.

»Bestimmt wirst du das. Wir sind alle total offen und wie du ja schon festgestellt hast: Du triffst immer irgendjemanden, den du kennst! Und du bist ein netter, kontaktfreudiger Mensch – ich denke also nicht, dass es da irgendwelche Probleme geben wird.« Ich lächle, weil ich hoffe, dass sie mit der Frage nach den Freunden, die sie finden möchte, auf mich angespielt hat. Und ich will ihr mit meiner Antwort zeigen, dass ich offen dafür bin.

Jetzt habe ich sie näher kennengelernt und weiß, dass in ihren Augen kleine Glitzersteine funkeln. Und vor allem weiß ich, dass wir wirklich Freunde sein könnten. Mein Gefühl hat mich nicht getäuscht.

Als wir kurze Zeit später wieder reingehen, verabschiedet sich Luca von mir. »Ich schau mal, wen ich hier noch so kennenlernen könnte. Heute ist ja mein großer Kennlerntag!« Sie grinst. »Es war schön, mit dir zu quatschen!«

»Das fand ich auch! Ich geh dann mal Melissa suchen.«

»Dann bis später!«

Ich nicke mit einem Lächeln auf den Lippen. Und dann trennen sich unsere Wege und ich sehe mich nach meiner besten Freundin um. Mir kommt die Aula heute total riesig vor. Wahrscheinlich, weil die Tische, die normalerweise hier stehen, nicht da sind.

Ich finde Melissa auf der Tanzfläche, wo sie gerade mit Jonas' bestem Freund Simon zu *Das Herz schlägt bis zum Hals* von Revolverheld tanzt. Nicht weit von den beiden entfernt treffe ich auch auf Jonas.

Er küsst mich sofort. Früher habe ich mich darüber total gefreut, nur heute kommt es mir too much vor. Aber ich unterdrücke das Gefühl und lasse mir nichts anmerken. Ich möchte mir meine gute Laune nicht durch meine Beziehungsprobleme verderben lassen.

»Na, wo bist du denn so lange gewesen, Süße?«, fragt er.

»Ich habe mich total mit Luca verquatscht. Sie ist richtig gesprächig. Hätte ich gar nicht gedacht, im Unterricht ist sie ja eher still. Aber gut, vielleicht lag das auch daran, dass wir über ihre alte Heimat gesprochen haben und sie endlich mal jemanden gefunden hat, dem sie all das erzählen kann.«

»Das klingt ja schön! Da hat sie sich bestimmt auch gefreut.« Er lächelt.

»Ja, das hat sie. Sie möchte ja auch neue Freunde finden.«

»Na, dann seid ihr doch auf einem tollen Weg!«

Seine Worte legen sich warm um mein Herz. Manchmal tut es ganz schön gut, wenn man Zuspruch von jemandem bekommt, der einem am Herzen liegt.

Melissa kommt auf uns zu und fragt sofort, wie es gewesen ist. Ich erzähle ihr von Lucas grünen Augen und ihrem Heimweh, und davon, dass es ihr gefällt, dass man sich hier gegenseitig kennt.

»Genau das war doch dein Ziel! Und eine Freundin, die kein Blatt vor den Mund nimmt, kann dir nicht schaden.«

»Luca hat auch gesagt, dass sie hofft, dass sie hier schnell neue Freunde finden wird«, füge ich hinzu.

»Na, dann stell dich mal schnell in die Schlange, damit du nicht zu spät kommst. Luca scheint eine Jägerin zu sein!«

Ich folge dem Blick meiner besten Freundin. Luca unterhält sich gerade mit Jule. Ich spüre einen kleinen Stich in meinem

Herzen und weiß nicht, wieso. Vielleicht bin ich egoistisch. Ich habe schließlich auch nicht nur eine Freundin, warum sollte sie dann nur eine haben? Und sie muss ja erst einmal mehrere Leute kennenlernen, um zu wissen, mit wem sie befreundet sein will. Trotzdem habe ich das Gefühl, dass Jule sie mir wegnehmen möchte. Tief in mir drin weiß ich, dass sie das nicht tun wird, aber die Zweifel in meinem Kopf, die in diesem Moment wieder die Überhand gewinnen, sagen mir, dass ich eben einfach nicht gut genug bin. Ich wende meinen Blick schnell von den beiden ab.

»Lass uns noch ein bisschen tanzen, Mia!« Melissa nimmt mich am Handgelenk und beginnt, sich zur Musik zu bewegen.

»Nee, ich mag nicht tanzen«, protestiere ich. Wenn ich eins nicht kann, dann ist es tanzen. Das muss nicht gleich die ganze Oberstufe sehen, und eigentlich weiß Melissa das auch.

»Komm schon! Sei doch nicht so eine Spaßbremse!« Sie sieht mich bettelnd an.

Ich seufze genervt. »Nur weil dein Körper sich perfekt zum Rhythmus bewegt und du das gerne vor der männlichen Bevölkerung des Landes zur Schau stellst, heißt das noch lange nicht, dass ich das auch tun will!« Das hat gesessen. Ich fühle mich wie ein Boxer, der seinem Gegenüber gerade ein blaues Auge verpasst hat. Irgendwie fühlt es sich gut an, seinen Kräften freien Lauf zu lassen, aber eigentlich tut es mir im nächsten Moment schon wieder leid.

»Wir holen uns einen Becher Bowle. Willst du auch was?« Ich spüre Jonas' Stimme an meinem Ohr. Ich schüttle mit dem Kopf. Er weiß genau, dass ich Erdbeeren hasse, vor ihm brauche ich das nicht zu verstecken. Aber warum fragt er mich dann überhaupt, ob ich eine Bowle haben will?

Eigentlich bin ich ja nicht so, aber in dem Moment kann ich nicht mehr an mich halten und frage: »Du weißt doch genau, dass ich keine Erdbeeren mag. Warum sollte ich die Bowle dann trinken?«

»Ich habe dich eben in der Schlange dort gesehen und dachte, vielleicht magst du sie ja doch.«

»Ja, da habe ich sie aus Solidarität für Luca getrunken, aber die Erdbeeren auch übrig gelassen. Du müsstest das aber eigentlich besser wissen als ein Mädchen, das erst ein paar Tage hier wohnt«, werfe ich ihm an den Kopf.

Er nickt schuldbewusst. »Ja, du hast ja recht.«

Als er merkt, dass ich nichts mehr sagen werde, macht er sich mit Simon auf den Weg in Richtung Bar.

»Wow, das war deutlich.«

»Ja, das musste einfach mal raus!«

Melissa nickt. »Und jetzt lass uns tanzen. Ich möchte auch mal ein bisschen Spaß haben!«, verteidigt sie ihre Position, als die beiden verschwunden sind. »Hier interessiert es niemanden, ob man gut tanzen kann oder nicht. Hauptsache, man steht nicht nur in der Ecke rum!«

Ich seufze.

»Komm schon! Du wolltest doch mehr aus dir herausgehen!«

Sie trifft damit genau den Nerv, den sie bei mir treffen muss, um mich zu etwas zu bewegen. Es interessiert hier wirklich niemanden, wie die Bewegungen, die man macht, aussehen. Dieser Abend ist einfach dafür da, um Spaß zu haben. Deshalb lasse ich mich doch dazu hinreißen, mitzutanzen. Jonas und Simon stehen noch bei der Bowle in der Schlange. Und auch Luca kann ich nicht mehr entdecken, als ich mich umsehe. Wahrscheinlich ist sie noch einmal vor die Tür gegangen oder gerade auf der Toilette.

Deshalb konzentriere ich mich auf Melissa und tanze einfach so, wie ich gerade Lust habe. Das Lied ist zum Glück eine Partynummer und nichts Langsames, Romantisches. Bei so einem Song interessiert es erst recht keinen, was man auf der Tanzfläche abzieht. Und deshalb tanzen wir einfach unbeschwert und ausgelassen, und ich habe zum ersten Mal seit Wochen wieder so richtig Spaß. Heute Abend bin ich glücklich. Heute Abend bin ich frei.

»Bah, bah, bah!« Leah kommt wie von der Tarantel gestochen aus dem Flur in die Aula gestürmt und redet so laut mit ihren Freundinnen, dass es jeder hört. Unsere Dramaqueen. Natürlich verstummen sofort die meisten Gespräche und alle sehen sie erwartungsvoll an. Ich schaue zu ihr rüber, stehe mit Melissa abseits von der Tanzfläche, um ein bisschen Luft holen zu können. Panisch springt sie herum und symbolisiert uns, dass sie sich gleich übergeben müsste. Sofort bildet sich eine neugierige Menschentraube um sie herum. Eigentlich gebe ich nicht viel auf ihren Hysterieanfall, aber da ich gerade sowieso eine Pause mache, gehe auch ich auf sie zu.

»Was ist los, was ist los?«, fragen ihre Freundinnen aufgeregt.

Leah atmet tief durch, als würde ihr das, was sie gleich sagen wird, nur schwer über die Lippen kommen. Und dann sagt sie noch lauter: »Die Neue ist lesbisch!«

Sofort beginnt das große Getuschel. Doch ich stehe einfach nur da, als hätte sie mich hypnotisiert. Ich weiß nicht, was ich denken oder sagen soll. Irgendwie schockt es mich, weil ich es nicht erwartet hätte, aber andererseits verstehe ich auch nicht, warum Leah so einen Aufstand macht. Ob Luca jetzt auf Männer oder auf Frauen steht, ist doch vollkommen egal.

Ich blicke zu Melissa. Diese sieht mich perplex an, sagt aber nichts.

»Ich habe schon die ganze Zeit gemerkt, dass die nicht ganz koscher ist! Hat heute ja auch nur mit Mädchen geredet!«, gibt Alissa als Erstes ihre Meinung zu dem Thema ab. Und irgendwie trifft mich ihr Kommentar zu dem Thema mehr, als die Tatsache, dass Luca lesbisch ist.

»Wo hast du sie gesehen?«, fragt der nächste.

Mittlerweile haben auch die Letzten begriffen, dass es hier

etwas Interessantes zu erfahren gibt. Laut genug hat Leah ja gesprochen. Nur Luca ist nicht da. Verständlich.

»Auf der Mädchentoilette. Da standen Luca und Jule und haben sich die Zunge in den Hals gesteckt! Und das nach ein paar Tagen!«

»Ach, die hat wahrscheinlich nur Entzugserscheinungen gehabt! Die fickt wahrscheinlich alles, was nicht bei drei auf'm Baum ist!«, kommentiert Robin, ein Junge aus unserer Stufe. Sehr geistreich. Auch wenn ich ebenfalls finde, dass Luca ganz schön schnell rangeht, das hätte er auch anders ausdrücken können.

»Ja, wenn man auf Weiber steht, muss man halt nehmen, was übrig bleibt! Und Jule ist bestimmt noch Jungfrau!«, fügt Leah triumphierend hinzu.

Ich höre einfach nur fassungslos zu. Ich weiß, dass ich nicht die Einzige bin, die schockiert darüber ist, wie manche aus unserer Stufe darüber denken. Aber wir halten alle die Klappe, weil wir nicht den Mut haben, uns dagegen aufzulehnen. Auch, wenn Luca das verdient hätte. Aber sonst bin ich morgen das Gespött der Schule. Und darauf kann ich gut verzichten.

Viele schnattern noch aufgeregt weiter, das merke ich. Leah hat dafür gesorgt, dass es jeder mitbekommen hat.

Irgendwann ist die Luft raus. So spektakulär ist es jetzt auch nicht, dass sich zwei Mädchen geküsst haben. Ich glaube nicht, dass Leah ihre beste Freundin noch nie geküsst hat. Auch wenn sie es nur getan haben sollten, um zu sehen wie sich das anfühlt. Kuss ist Kuss.

Als alle wieder mit sich selbst beschäftigt sind, blicke ich mich um. Aus dem Augenwinkel sehe ich, wie Leah sich auf die Lippe beißt und zu Boden blickt. Für einen Moment glaube ich, eine gewisse Unsicherheit in ihren Augen zu sehen, den Hauch eines schlechten Gewissens, aber schon nach wenigen Sekunden hat sie sich wieder gefangen und stolziert davon.

Luca ist immer noch nicht zu sehen. Vielleicht ist sie auch nach Hause gegangen, weil sie mitbekommen hat, wie über sie geredet wird und was ihr bevorsteht. Sicherlich sind auch viele unter uns, die der Gruppenzwang Leah hat zustimmen lassen, aber selbst wenn nur einer dabei ist, der gleichgeschlechtliche Liebe tatsächlich falsch findet: Es ist einer zu viel.

»Krass. Macht man einmal mit 'nem anderen Mädel rum und schon ist man das Gesprächsthema Nummer eins. Als wäre das so dramatisch.« Melissa ist die Erste, die ihre Sprache wiederfindet. Fassungslos stößt sie die Luft aus, die sich in ihren Lungenflügeln angesammelt hat.

»Ich find das total dämlich. Es ist doch vollkommen egal, ob man auf Mädchen oder auf Jungen steht«, sage ich.

»Na ja, die Vorstellung, dass zwei Weiber sich abschlecken, ist schon ziemlich pervers«, gibt auch Simon seinen Senf dazu.

In Gedanken schüttle ich mit dem Kopf. Wie kann man so engstirnig sein?

»Ich find's okay. Klar, es entspricht nicht dem Normalfall, aber wenn sie sich lieben, dann ist das doch okay.« Ich wusste, dass Jonas so etwas sagen würde. In solchen Momenten bin ich froh über seine nette Art. Ich nicke zustimmend.

»Das nennst du Liebe? Sie ist gerade mal seit zwei Tagen auf der Schule! Meinst du, die wurde vom Blitz getroffen und hat sich Hals über Kopf verliebt oder was?« Simon sieht Jonas fragend an.

Ich beiße mir auf die Lippe. In meinem Kopf läuft ein Film ab von dem Moment, in dem ich Luca das erste Mal gesehen habe. Ihre grünen Augen, die mich sofort gefesselt haben. Ohne dass sie mit mir gesprochen hat, habe ich gespürt, dass sie etwas Besonderes ist. Vielleicht bin ich ja nicht die Einzige, auf die Luca diese Wirkung gehabt hat. Auch wenn ich nichts mit ihr anfangen würde, kann ich alle verstehen, die es tun. Sie ist ein tolles Mädchen. Und sie hat genauso verdient glücklich zu werden, wie alle anderen in diesem Raum.

»Ich find es auch ein bisschen strange, dass sie schon nach so kurzer Zeit mit einer rumknutscht, aber es ist doch ihre Sache. Wenn sie meint – vielleicht war's ja auch nur ein kleiner Partyflirt«, erwidert mein Freund.

»Du knutscht bestimmt auch nicht nur mit Mädchen, die du heiraten willst, Simon!« Ich ziehe eine Augenbraue nach oben.

»Nein ... aber das ist ja auch etwas anderes!«

»Ist es das? Warum? Weil du ein Typ bist?«

»Ja! Es ist etwas anderes, ob man als Mann mit einer Frau rummacht oder als Frau mit einer Frau!«

Nun schüttle ich tatsächlich fassungslos mit dem Kopf. »Du hast ganz schön altmodische Vorstellungen.«

Simon geht gar nicht auf meine Bemerkung ein, sondern wendet sich Hilfe suchend an meine beste Freundin. Er weiß, dass er verloren hat, aber er hält sich für zu cool, um das zuzugeben. »Melissa! Sag doch auch mal was!«

»Was soll ich dazu sagen?« Sie zuckt mit den Schultern. »Es ist ihre Sache. Immerhin ist sie jetzt in der Stufe bekannt. So kann man's auch machen.«

»Läuft auf jeden Fall bei ihr!«, bemerkt Simon noch einmal laut in die Runde, bevor er das Thema wechselt. »Wollen wir noch mal 'ne Runde tanzen gehen? Wir müssen uns ja jetzt nicht den ganzen Abend die Beine in den Bauch stehen und über dieses Mädel diskutieren.«

Melissa springt sofort darauf an. Sie strahlt. »Also ich bin dabei! Du auch?« Ihre Frage ist an mich gerichtet.

Nein. Ich will jetzt nicht tanzen. Wirklich nicht. Nicht einmal ein kleines bisschen. Ich hätte niemals gedacht, dass manche meiner Mitschüler so ein veraltetes Weltbild pflegen. Ich weiß ja, dass meine Eltern damit nicht klarkommen, aber dass sogar manche meiner Freunde so darüber denken, schockiert mich wirklich.

Meine Laune ist im Keller. Aber Melissas bohrender Blick, der auf meinem Gesicht ruht, setzt mich unter Druck. Ich weiß, dass sie mich wieder als Spielverderberin abstempeln wird, wenn ich nicht mittanze. Aber ich will wirklich nicht. Und ich bin schließlich ein eigenständiger Mensch, der sich nicht immer vom Gruppenzwang treiben lassen muss.

»Nee … Ich schau mal, wo Luca ist«, sage ich. Im nächsten Moment bereue ich es, weil ich weiß, dass ich mit dieser Äußerung eine große Angriffsfläche bieten werde. Aber ich möchte, dass jeder weiß, dass ich zu ihr stehe. Auch wenn ich mir selber nicht ganz sicher bin, wie es weitergehen wird. Es ist zwar nicht schlimm, dass sie auf Mädchen steht, aber was, wenn sie sich plötzlich in mich verliebt? Leise kommt in mir die Angst hochgekrochen, dass ich in Zukunft nicht mehr so entspannt mit ihr reden kann, weil ich immer daran denken muss, dass sie auf Frauen steht. Doch im nächsten Moment denke ich: Ich bin ja auch mit Jungs befreundet. Bei ihnen mache ich mir auch nicht die ganze Zeit Gedanken darüber. Also werde ich einfach versuchen, so normal wie möglich damit umzugehen.

»Warum willst du sie suchen?«, fragt Melissa verwundert.

»Weil ich ihr gerne zeigen will, dass ich hinter ihr stehe und es vollkommen normal und okay finde, dass sie sich für Mädchen interessiert. Wir haben uns eben ein bisschen unterhalten – ich möchte, dass sie weiß, dass ich sie nicht weniger mag, nur weil sie lesbisch ist.« Irgendwie bin ich froh, dass die Jungs schon in Richtung Tanzfläche gegangen sind, so dass sie unsere Unterhaltung gar nicht mehr mitbekommen.

»Okay, wenn du meinst. Aber pass auf, dass sie dich nicht begrapscht!«

»Haha, sehr witzig, Melissa!« Ich stöhne genervt.

Aber ich weiß, dass sie das eigentlich nicht ernst meint. Sie schenkt mir noch ein Grinsen, dann dreht sie sich um und gibt mir über die Schulter noch ein »Du findest mich dann auf der Tanzfläche!« mit auf den Weg. Ich nicke und beginne, mich durch die Menschenmenge zu kämpfen. Auf dieser Party entdecke ich Leute, die ich in den letzten sieben Jahren noch nie gesehen habe. Vielleicht sind sie ja auch neu, so wie Luca. Aber das wären dann ganz schön viele neue Leute auf einmal. Wahrscheinlich bin ich einfach nicht aufmerksam genug.

Als ich nach draußen komme, atme ich erst einmal tief ein. Wenn man den kühlen Wind auf der Haut spürt, merkt man erst, wie sehr man die frische Luft vermisst hat. Doch augenblicklich bereue ich, dass ich mir heute Nachmittag keine Jacke mitgenommen habe. Es wird von Minute zu Minute kühler.

Ich sehe mich auf dem Schulhof um, doch ich kann Luca nirgendwo entdecken. Vielleicht ist sie wirklich schon gegangen. Leider ist sie auch noch nicht in unserer WhatsApp-Gruppe, so dass ich sie nicht einmal anschreiben kann. Nachdem ich auch in dem Gang, der zur Bahn führt, und an der hinteren Seite des Gebäudes nachgesehen habe, mache ich mich wieder auf den Weg nach drinnen. Ich kann es nachvollziehen, dass sie keine Lust mehr auf Party hatte. Vor allem als Neue muss man alles dafür geben, um akzeptiert zu werden, und jetzt ist Luca das Gespött von Leah und ihren Freunden.

Gerade, als ich die Tür öffnen will, um wieder reinzugehen, entdecke ich Luca in der Ecke. Sie sitzt zusammengekrümmt auf dem Boden und hat ihre Beine angezogen. Ihr Kleid ist bestimmt schon ganz dreckig. Ich gehe auf sie zu. Von Nahem kann ich erkennen, dass sie geweint hat. Ihre Mascara ist ganz verschmiert.

»Hey«, flüstere ich und setze mich neben sie. Gerade ist mir ziemlich egal, ob mein Kleid schmutzig wird oder nicht.

»Hey«, flüstert sie zurück. »Was machst du denn hier?«

»Ich wollte mal nach dir sehen. Es hat ja für ziemlich viel Aufsehen gesorgt, dass du mit Jule geknutscht hast.«

Luca hat ihren Blick auf ihre Knie gesenkt. »Ja, das hätte ich nie gedacht. An meiner alten Schule haben alle akzeptiert, dass ich auf Mädchen stehe. Natürlich hat es ab und an mal einen verwunderten Blick gegeben, aber nicht in dem Ausmaß. Jule und ich haben gar nicht darüber nachgedacht. Bei ihr sagt niemand etwas dazu, weil sie schließlich schon zur Gruppe gehört und sich wahrscheinlich auch schon länger geoutet hat, dann ist das ja nicht mehr interessant. Aber bei mir schießen sich alle darauf ein. Als würde hier niemand von denen auf 'ner Party mal mit jemandem rummachen, mit dem er nicht zusammen ist!« Luca spricht so leise, als hätte sie Angst, dass uns jemand hört. Und trotzdem spüre ich genau, wie erschüttert sie ist.

Ich nicke. »Ja, ich hätte auch nie gedacht, dass das für so viel Getuschel sorgen würde. Ich finde, es sollte vollkommen egal sein, ob man ein Mädchen oder einen Jungen küsst. Wir leben doch nicht mehr im Mittelalter!« Ich möchte, dass sie merkt, dass ich ihr beistehe. Auch wenn ich plötzlich darüber nachdenke, dass sie auf Mädchen steht und meine Freundschaft vielleicht falsch deutet – ich versuche diesen Gedanken ganz weit wegzuschieben und mir immer wieder ins Gedächtnis zu rufen, dass ich ja schließlich auch mit Simon befreundet bin und bei ihm auch nicht die ganze Zeit darüber nachdenke, dass es passieren könnte, dass er sich in mich verliebt.

»Ich verstehe einfach nicht, was plötzlich los ist. Ich kann doch auch nichts dafür, dass ich eben mehr auf Brüste stehe als auf Brusthaare! Das habe ich mir doch nicht ausgesucht! Warum werde ich denn jetzt dafür so verurteilt?« Eine Träne bahnt sich ihren Weg über ihre Wange, als würde man mit Mascara einen Fluss auf einer Landkarte einzeichnen. Sie wischt es an ihrem Kleid ab. Leider habe ich gerade kein Taschentuch zur Hand.

»Das weiß ich nicht. Ich verurteile dich jedenfalls nicht dafür. Mir ist das vollkommen egal.«

Auf ihre Lippen schleicht sich ein kleines Lächeln. »Immerhin eine!« Doch ihr Lächeln verschwindet schon wieder, bevor ich mich darüber freuen kann. »Aber du willst jetzt bestimmt auch nichts mehr mit mir zu tun haben, weil du Angst hast, dass ich dich betatsche.« Sie fährt sich einmal mit ihrem Handrücken über ihre Wange, um ihre Tränen wegzuwischen. In meinem Gehirn beginnt es zu rattern. Soll ich ihr sagen, dass ich für einen Moment wirklich daran gedacht habe? Oder soll ich einfach so tun, als sei alles in Ordnung und über meine grauen Zweifel ein buntes Lächeln malen? Ich entscheide mich für die Wahrheit. Luca wird mich dafür nicht hassen, so ein Mensch ist sie nicht. Schließlich hat sie auch bei der Erdbeerbowle schon gesagt, dass ich mich nicht zu verstellen brauche.

Ich überlege, wie ich am besten anfangen könnte, um auch wirklich die richtigen Worte zu finden. Ich möchte sie auf keinen Fall verletzen. Es ist schlimm genug, wie Leah und ihre Mitläufer reagiert haben. Ich hole tief Luft.

»Weißt du, für einen kurzen Moment habe ich tatsächlich darüber nachgedacht. Nicht, weil ich Angst gehabt habe, dass du mich anfasst, wenn ich es nicht will, sondern weil ich mich gefragt habe, ob wir miteinander befreundet sein können, wenn die Gefahr besteht, dass du meine Freundschaft falsch verstehst und Gefühle für mich entwickelst, die ich nicht erwidern kann. Doch ich bin schließlich auch mit Jungs befreundet, die auf Mädchen stehen und mache mir keine Gedanken darüber – warum also bei dir?«

Erst seufzt sie, dann bewegen sich ihre Mundwinkel leicht nach oben. »Danke.«

»Das ist selbstverständlich«, sage ich. Ich hoffe, dass ich sie ein bisschen aufmuntern konnte. Sie sieht zumindest nicht mehr ganz so traurig aus, sondern wie jemand, der ein klitzekleines bisschen Hoffnung geschöpft hat. »Kommst du denn noch einmal mit rein oder möchtest du lieber nach Hause?«, frage ich.

»Ich denke, ich werde jetzt gehen. Die Party war cool, aber ich habe hier nichts mehr verloren. Montag wird noch schlimm genug«, antwortet sie.

Das ist nicht die Antwort, die ich mir erhofft habe, aber ich kann sie nachvollziehen. An ihrer Stelle würde ich jetzt wahrscheinlich auch gehen. Sie steht auf und klopft sich den Dreck vom Kleid. Ich durfte heute die freche, direkte Luca kennenlernen, aber ein paar Stunden später auch ihren wunden Punkt. Dieses Mädchen ist stark; stärker, als ich gedacht hätte.

»Danke, dass du für mich da gewesen bist.«

»Kein Problem. Das hab ich gerne gemacht.« Ich stehe auch auf und streiche über mein Kleid.

»Ich wünsche euch noch einen schönen Abend!«

»Danke, dir auch«, antworte ich, dann hebt Luca noch einmal kurz die Hand, bevor sie sich umdreht und geht.

»Luca?«, rufe ich ihr hinterher, als sie sich schon ein bisschen entfernt hat. Eins muss ich heute Abend noch loswerden.

»Ja?« Sie dreht sich noch einmal um.

»Du hast die schönsten grünen Augen, die ich je gesehen habe!«

Und jetzt lächelt sie so richtig, unbeschwert und frei, und ich merke, dass das aus tiefstem Herzen kommt. Und damit habe ich mein Ziel erreicht. Das ist mehr wert, als jedes Danke dieser Welt.

Kapitel 6

»Räumt eure Tische jetzt bitte ab. Eure Flaschen stellt ihr auch auf den Boden.« Frau Korn schaut erwartungsvoll in die Runde. In ihrer rechten Hand hält sie unsere Bioklausur. Unsere letzte für dieses Schuljahr, und für manche hier auch die letzte in ihrem Leben.

»Dürfen wir dabei essen?«, fragt Alissa. Es wundert mich nicht, dass sie diese Frage stellt. Sie isst ständig, wann auch immer sie die Chance dazu hat. Aber sie hat Glück – man sieht es ihr nicht an.

Frau Korn überlegt einen Moment. Zu lang, denn Alissa fängt wieder an zu reden. »Bitte, Frau Korn! Ich kann mich sonst überhaupt nicht konzentrieren! Ich brauche das!«, bettelt sie.

»Ihr dürft essen, aber stellt eure Brotdosen auf den Boden.«

Ich seufze. Ich hasse es, wenn es so lange dauert, bis man die Blätter ausgeteilt bekommt. Irgendjemand stellt noch hundert Fragen und mindestens drei werden sich noch darüber beschweren, dass sie sich in der Aula ja gar nicht konzentrieren können. Nichts hier erinnert mehr an die Party von Freitag. Alles ist blitzeblank. Bestimmt musste das unser armer Hausmeister sauber machen. Irgendwie tut er mir leid, aber eigentlich gehört das ja zu seinem Job. Nur hat letztes Jahr ein Junge vor die Aula gekotzt, und die Toilette der Mädchen hat am nächsten Tag ausgesehen wie die Maske eines Fernsehstudios. Dafür sah es dieses Jahr eigentlich ziemlich ordentlich aus. Wir hingen wahrscheinlich alle schon ein bisschen mit dem Kopf in der Bioklausur.

Frau Korn hat sich nicht überreden lassen, die Klausur zu verschieben. Es läge schließlich in unserer Verantwortung, wie hart wir feiern. Aber wenn ich feiere, dann möchte ich mich dabei auch wirklich frei fühlen und nicht wegen einer bevorstehenden Klausur einen Gang zurückschalten müssen. Vermutlich war das aber sogar ihre Absicht. Doch Leah und ihrer Gang ist die Klausur ziemlich egal. Ich glaube nicht, dass sie dafür gelernt hat. Am Samstag musste sie sich bestimmt erst einmal von der Nacht davor auskurieren, und gestern musste sie sich wahrscheinlich vom Auskurieren erholen. Vielleicht wird sie gerade noch zusammenkriegen, wie Mendel mit Vornamen hieß, aber mehr wird sich in ihrem Gehirn nicht gefestigt haben. Aber das ist nicht mein Problem, sondern das von Leah und Frau Korn. Eine schlechte Note hätte sie auch mehr als verdient.

Frau Korn beginnt, die Blätter auszuteilen. »Ab jetzt herrscht absolute Stille. Wer noch ein einziges Wort sagt, dem nehme ich seine Klausur sofort wieder weg!«

Ich werfe noch einen Blick zu Luca. Ihr Tisch steht neben meinem. Obwohl sie erst seit ein paar Tagen da ist, muss sie die Klausur mitschreiben. Hat ja das Wochenende über genug Zeit gehabt dafür zu lernen, hat unsere Schulleitung entschieden. Außerdem würde es ihr nicht schaden zu wissen, wer Gregor Mendel war.

Ein bisschen kann sie auf mein Blatt gucken. Frau Korn hat bisher noch nie bemerkt, wenn ich gespickt habe oder irgendjemand bei mir. Auch wenn sie das vorher immer so groß ankündigt. Als Luca meinen Blick sieht, lächelt sie vorsichtig. Ich erwidere es. Kurz bevor Frau Korn an ihrem Tisch angekommen ist, wird die Stille durchbrochen.

»Passen Sie auf, dass dieses Weib Sie nicht anfällt und abknutscht, Frau Korn!«, ruft Domenik.

Für einen Moment bleibt mein Herz stehen, auch wenn ich nicht die Person bin, die gemeint ist. Trotzdem treffen mich seine Worte. Sofort gucke ich zu Luca, die jetzt die Tischplatte anstarrt. Sie hat nicht den Mut, unserer Biolehrerin in die Augen zu sehen. Frau Korn scheint nicht zu wissen, was sie sagen soll. Fassungslos blickt sie zwischen den beiden hin und her. Man spürt die Spannung, die in der Luft flirrt. Als sie sich wieder gefangen hat, räuspert sie sich und sieht Domenik an. »Domenik, was sagst du denn da! Stell dir mal vor, jemand würde solche Kommentare dir gegenüber äußern!« Ein bisschen klingt sie, als hätte sie das nur gesagt, weil sie sich als Lehrerin dazu verpflichtet fühlt. Aber als sie sich wieder umdreht, lächelt sie und sagt: »Lass die blöden Kommentare nicht an dich heran! Es ist vollkommen okay, wenn man sich eher zum gleichen Geschlecht hingezogen fühlt.«

Luca nickt nur leicht. Ihre Wangen sind rot. Noch ein paar Sekunden sieht unsere Lehrerin sie an, dann atmet Frau Korn hörbar laut ein und schüttelt mit dem Kopf.

Als sie auch den letzten Schüler mit einem Blatt versorgt hat, geht sie wieder zum Pult. »So, ab jetzt habt ihr einhundertzwanzig Minuten Zeit. Achtet darauf, immer mit Bleistift zu zeichnen, alles schön säuberlich zu beschriften und so weiter. Ihr kennt das ja!« Sie nickt eher sich selbst zu als uns. »Gibt es sonst noch irgendwelche Unklarheiten?« Obligatorische Frage. Sie lässt ihren Blick einmal über jeden Schüler schweifen. »Dann wünsche ich euch viel Erfolg!« Typische Lehrerklausel.

Während der Klausur schaue ich mich einmal im Raum um. Ein paar Sekunden Pause. Ein Atemzug. Ich habe kein Problem, die Fragen vollständig zu beantworten, und auch Jonas schreibt ganz konzentriert. Bei Luca bleiben meine Augen hängen. Ihr Blick ist starr auf das Blatt gerichtet, ihr Füller zittert über dem Papier, doch er berührt es nicht. Sie bemerkt nicht, dass ich sie ansehe. Wahrscheinlich ist sie viel zu sehr in ihren Gedanken versunken und denkt panisch darüber nach, welch schlechten Eindruck es machen wird, wenn sie jetzt keine gute Note schreibt. Ich möchte jetzt nicht in ihrer Haut stecken. Ihr Blatt ist noch leer, und es wird auch leer bleiben. Das weiß ich und das weiß auch sie. Aber noch hoffen wir beide auf ein Wunder. Sie hätte eins verdient.

Ich schreibe weiter. Als ich die letzte Aufgabe gelöst habe, lasse ich meinen Stift fallen und atme tief durch. Puh. Mein Handgelenk schmerzt. Meine Konzentration ist alle. Während des Schreibens habe ich immer wieder eine kleine Pause gemacht, als wollte ich Sauerstoff tanken, bevor ich wieder abtauche, jedes Wort ein neuer Schwimmzug. Nach jeder Bahn durfte ich kurz auftauchen und Sauerstoff in meine Lunge lassen. Doch jetzt darf ich das Becken verlassen. Es fühlt sich befreiend an, nicht mehr eine neue Bahn vor der Brust zu haben. Kein Wasser, das meine Haut berührt.

Im Gegensatz dazu hetzt Melissas Stift weiter über das Blatt. Sie ist noch unter Wasser. Mein Blick wandert weiter zu meinem Freund. Auch er schreibt noch immer. Er mag Bio nicht – die Klausur fällt ihm sicher schwer. Als meine Augen auf Leah fallen, meldet sich mein Herz zu Wort und bemerkt, dass es eigentlich viel lieber Luca ansehen würde. Doch ich reiße mich zusammen. Leah sieht in die Luft, und es wirkt fast, als ob sie auch schon fertig wäre. Doch der offene Füller, mit dem ihre Finger spielen, erzählt eine andere Geschichte. Wahrscheinlich weiß sie einfach nicht weiter und will die Zeit totschlagen.

Frau Korn ist gerade dabei, irgendetwas anderes zu korrigieren. Rote Farbe schmückt das Blatt Papier auf ihrem Tisch. Sie bietet uns die perfekte Möglichkeit, um zu spicken, so versunken ist sie in den Text. Ich blicke schnell zu Luca. Mittlerweile hat sie ihren Stift abgelegt. Ich betrachte sie einen Moment lang und werfe Frau Korn noch einen Blick zu, dann zische ich leise, damit Luca mich ansieht. Nichts passiert. Ich zische noch einmal, gucke schnell zu Frau Korn, doch sie sieht gar nicht auf.

Als ich den Kopf wieder zu meiner Sitznachbarin drehe, sieht Luca mich an. Ich zeige auf mein Blatt. Dann halte ich es so, dass sie abschreiben kann. »Hier«, flüstere ich kaum hörbar. Frau Korn kündigt an, dass die letzten fünfzehn Minuten angebrochen sind, ohne aufzusehen.

Und dann beginnt Luca zu schreiben, ganz schnell, denn sie weiß, dass sie gegen die Zeit schreibt. Mein Blick huscht die ganze Zeit zwischen ihr und Frau Korn hin und her. Während Luca schreibt und schreibt, habe ich das Gefühl, dass uns diese Aktion noch ein bisschen zusammenschweißt. Ich lächle, als sie das letzte Wort schreibt, und sie lächelt auch. Ich lasse mein Blatt wieder sinken, und Luca macht ihre Füllerkappe zu. Plötzlich fühle ich mich frei und gut, und obwohl ich gerade etwas Verbotenes getan habe, bin ich glücklich. Ich weiß, dass ich gerade einem Mädchen geholfen habe, das es sowieso schon schwer genug hat. Diese Sache hat das Fundament unserer Freundschaft gefestigt und ich bin froh, dass ich ihr damit ein handfestes Zeichen geben konnte: Ich bin für dich da, egal, was die anderen über dich denken. Wir können Freunde sein, auch wenn du dich für Mädchen interessierst. Das stört mich nicht. Wir schaffen das. Und wenn du mal im Regen stehst, komm unter meinen Regenschirm. Dann können wir uns gemeinsam gegen den Regen schützen.

»So, die Zeit ist um. Ab jetzt wird nichts mehr geschrieben!« Frau Korn beginnt, die Klausur einzusammeln. »Vergesst nicht, morgen treffen wir uns um acht Uhr fünfundvierzig an der S-Bahn. Denkt bitte alle daran, dass ihr frühzeitig da seid, falls ihr euch noch ein Ticket kaufen müsst. Um neun Uhr zwei kommt die Bahn!« Unser alljährlicher Abschlussausflug findet morgen statt. Und jetzt sind wir frei genug, um uns richtig darauf freuen zu können.

Trotz ihrer wiederholten Erinnerung ist uns allen bewusst, dass mindestens einer nicht pünktlich sein wird, wahrscheinlich eine der Schlafmützen auf den hinteren Plätzen. Aber was wäre ein Ausflug schon ohne einen nervenaufreibenden Start. Als Frau Korn Lucas Klausur einsammelt, wirft sie einen kurzen Blick darauf, lächelt und sagt: »Wow, all das hast du in der kurzen Zeit erlernt? Das nenn ich mal Eigeninitiative!«

Luca wirft mir einen unauffälligen Blick zu. Ich nicke und lächle beruhigend.

»Ja, ich möchte ja auch, dass Sie ein gutes Bild von mir bekommen«, sagt sie.

Frau Korn nickt wohlwollend, dann sammelt sie auch meine Klausur ein.

Nachdem sie weitergegangen ist, rückt Luca näher an mich heran. »Danke«, haucht sie.

»Gern geschehen!«

»Was ist das morgen für ein Ausflug? Manche hier freuen sich ja wie Bolle!« Sie lacht.

»Wir machen einmal im Jahr am Ende des Schuljahres – meistens am Tag nach der letzten Bioklausur – mit Frau Korn einen Ausflug. Das ist so eine Art Tradition hier. Wir wissen nie, wo es hingeht. Uns wird gesagt, wann wir uns treffen und wie viel Geld wir bezahlen müssen. Mehr nicht. Aber Frau Korn überlegt sich immer etwas Cooles. Letztes Jahr waren wir zum Beispiel in einem Freizeitpark!«, erzähle ich ihr.

»Ach, das klingt ja toll! Frau Korn scheint eine echt gute Klassenlehrerin zu sein.« Sie blickt kurz zu unserer Biolehrerin rüber.

»Ja, sie kann zwar auch zickig werden, aber eigentlich ist sie wirklich nett.«

Luca nickt. »Dann bin ich echt mal gespannt, wie das morgen wird …« Sie macht eine kurze Pause, aber ich sage nichts, weil ich das Gefühl habe, dass sie noch etwas hinzufügen will. »Ein Ausflug ist ja auch die perfekte Gelegenheit, um blöde Sprüche loszulassen.«

»Steh da drüber. Die sind nur neidisch, dass du von Jule geküsst wurdest und sie nicht!«, entgegne ich aufmunternd, obwohl ich weiß, dass das leichter gesagt als getan ist.

»Ich versuche es. Aber damit treffen sie genau meinen wunden Punkt …«

»Ja, das kann ich mir vorstellen, aber konzentrier dich auf die Menschen, die hinter dir stehen – mich zum Beispiel!«

»Danke!« Sie lächelt vorsichtig, und mir wird klar, dass dieses Thema noch lange über uns hängen wird wie eine graue Gewitterwolke, aber ich verspreche Luca in Gedanken, dass ich gemeinsam mit ihr das Gewitter durchstehen werde. Und wenn ich Blitze abfangen muss, um sie zu beschützen. Irgendwann wird auch wieder die Sonne scheinen, und dann werden auch die anderen erkennen, dass ihre Kommentare vollkommen unsinnig sind. Die Zeit bis zu dieser Erkenntnis stehen wir gemeinsam durch. Das schwöre ich, auch wenn ich mich nicht traue, es auszusprechen.

Kapitel 7

Pünktlich um acht Uhr fünfundvierzig beginnt Frau Korn zum ersten Mal durchzuzählen. Ich glaube, sie macht das, um uns zu zeigen, dass sie das Thema Pünktlichkeit wirklich ernst nimmt. Durchsetzungsvermögen, Autorität und so.

»Sechsundzwanzig«, stellt sie am Ende fest. »Das heißt, zwei fehlen. Vermisst jemand seine Freunde?« Der Satz ist riskant. Ich weiß, dass Frau Korn nicht darüber nachgedacht hat, aber wenn jetzt ausgerechnet jemand fehlt, der keine Freunde hat – da wäre sie in ein ganz schönes Fettnäpfchen getreten. Ich sehe mich um. Das Mädchen, das immer etwas abseits vom Rest steht, als würde sie uns nicht kennen, ist da. Glück gehabt, Frau Korn. Niemand weiß so richtig, warum sie nie in der Gruppe steht, aber sie sucht auch keinen Anschluss. Vielleicht ist sie glücklicher alleine.

»Tim«, ruft Simon.

»Und Jasmin!«, fügt Leah hinzu.

Frau Korn tippelt nervös von einem Fuß auf den anderen. Ihr Blick wandert zur Anzeigetafel. »Ich kann einfach nicht nachvollziehen, dass ihr es nicht einmal alle pünktlich zu einem Treffpunkt schafft! Wenn es heißt, um acht Uhr fünfundvierzig treffen wir uns, dann treffen wir uns auch um Punkt acht Uhr fünfundvierzig und nicht um acht Uhr sechsundvierzig oder um acht Uhr siebenundvierzig!«

»Heeeeey, Frau Korn, jetzt werden Sie aber unfair! Ich bin so was von pünktlich gewesen und das, obwohl ich heute Morgen noch meine Haare waschen musste!«, ruft Shalma. Frau Korn seufzt. Sie hat wohl keine Lust, sich jetzt auch noch mit solch dümmlichen Kommentaren auseinanderzusetzen. Eine gute Idee, einfach so zu tun, als hätte sie es nicht gehört.

Kurz vor neun kommen Tim und Jasmin total abgehetzt bei uns an.

»Sorry, aber ich hab unseren Ausflug heute irgendwie mega verpeilt!«, entschuldigt sich Tim vollkommen außer Atem.

Frau Korn zieht eine ihrer perfekt gezupften Augenbrauen hoch. »Wenn du unseren Ausflug *verpeilt* hättest, wärst du schon um acht Uhr hier gewesen!«

Er druckst herum. »Ja … Um ehrlich zu sein: unser Wellensittich ist heute Nacht gestorben und meine kleine Schwester hat darauf bestanden, dass wir ihn noch vor der Schule beerdigen. Unser Frühstück war dann praktisch die Trauerfeier! Ich dachte nur: Das klingt so absurd, das glauben Sie mir sowieso nicht.« Es klingt wirklich skurril, aber Tim hört sich an, als würde er es ernst meinen. Das arme Tier. Und seine arme kleine Schwester.

»Oh …« Frau Korn schluckt. Das tut ihrem Biologenherz dann doch irgendwie weh, auch wenn man ihr anmerkt, dass sie sich nicht ganz sicher ist, ob sie diese Geschichte glauben soll oder nicht.

»Und deine kleine Schwester musste nicht in die Schule?«, fragt sie weiter.

»Nein, sie geht noch in den Kindergarten. Man muss erst um neun Uhr da sein«, sagt Tim vollkommen ruhig. Entweder seine Ausrede stimmt wirklich, oder er hat sie einfach perfekt durchdacht. Aber was soll unsere Lehrerin machen, außer zu nicken.

Sie vergisst vollkommen, Jasmin zu fragen, warum sie nicht pünktlich erschienen ist, weil der Zug schon einfährt. »Habt ihr alle eure Tickets?«, fragt sie noch einmal. Ein Ja-Gesang durchfährt unsere Gruppe. Immerhin.

Und dann hält der Zug und wir quetschen uns in die Bahn. Ich bin froh, dass wir nicht mehr in einem Kreis stehen – irgendwie fand ich es unangenehm, dort mit Simon und Luca zusammen zu stehen, weil mir die ganze Zeit im Kopf herumschwirrte, wie Simon über Luca denkt. Das steht schon die ganze Zeit zwischen uns.

Als wir alle in der Bahn sind, beginnt die Schlacht um die Sitzplätze. Alle wollen wir einen Platz ergattern – vor allem Leah und ihr Gefolge. Frau Korn verrät uns jetzt, wo wir aussteigen müssen, dann verteilen wir uns im ganzen Zug. Ich würde gerne mit Melissa, Jonas und Luca in einem Vierer sitzen, doch dann müssten wir Simon ausschließen, und der würde viel lieber Luca alleine sitzen lassen. Das will ich auf keinen Fall. Zur Not setze ich mich auch mit ihr weg – Jonas würde ich eigentlich sowieso lieber ausweichen. Heute Morgen hatte ich nicht einmal Lust, ihm auf sein »Guten Morgen« zu antworten. Doch er scheint nichts zu merken, denn er nimmt meine Hand wie immer in seine, als sei das vollkommen selbstverständlich. Doch die letzten Tage haben mir eins gezeigt: Ich will mehr Action in meinem Leben, mehr Reibungen und Konflikte als Zahnpastatuben und hässliche Bikinis. Eben gute und schlechte Zeiten, denn Diskussionen und Spannungen machen Beziehungen doch erst lebhaft und interessant – und die guten Zeiten noch besser. Und irgendwie muss ich meinem Freund beibringen, dass er nicht in dieses Bild passt.

»Hier sind vier Plätze frei. Und im Vierer daneben noch einer! Perfekt!«, reißt Melissa mich aus meinen Gedanken und lässt sich auf einen der Sitzplätze fallen. Ich blicke auf den leeren Platz, auf dem man alleine sitzen muss.

»Stellt sich nur die Frage, wer sich dort hinsetzt«, sagt Simon. Er sieht Luca an. »Man ist ja praktisch bei uns, nur eben nicht in unserem Vierer. Aber das ist ja nicht so schlimm.«

»Ich setz mich da hin«, sagt Luca sofort. Ich weiß, dass sie das nur macht, weil sie einer Konfrontation aus dem Weg gehen will. Sie fühlt sich unwohl in Simons Nähe. Das finde ich so schade, weil ich eigentlich gerne mit beiden befreundet wäre. Doch scheinbar ist das nicht möglich. Und vielleicht ist das auch besser so, denn möchte ich wirklich mit jemandem meine Zeit verbringen, der so anders denkt als ich?

»Nein«, falle ich ihr sofort ins Wort. »Ich setze mich dort hin!« Womöglich werde ich Luca damit gar keinen so großen Gefallen tun, weil sie dann noch mehr in seinem Blickfeld sitzt.

»Warum das?«, fragt er verwundert.

»Weil ich gerne da sitzen möchte«, sage ich nur und lasse mich auf den Platz fallen, bevor er noch irgendwas entgegnen kann. Er setzt zu einem Konter an, doch dann entscheidet er sich dazu, nichts mehr zu sagen. Ich sehe zu Luca. In ihren Augen glitzert Dankbarkeit. Das bringt mich zum Lächeln, wie so oft in den letzten Tagen. Früher hat Jonas mich immer zum Lächeln gebracht. Es fühlt sich komisch an, dass ich mich überhaupt nicht nach ihm sehne. Klar, er ist jetzt auch nicht besonders weit weg von mir, aber früher habe ich in jeder Sekunde an ihm geklebt. Doch heute bin ich froh, wenn meine Hand endlich mal wieder frei ist. Ich kann das immer noch nicht ganz einordnen und auch nicht das Gefühl, das mich durchfährt, wenn ich Luca sehe.

»Was denkt ihr, wo es hingehen wird?«, beginne ich ein Gespräch, damit Simon auf keinen Fall auf die Idee kommt, irgendwas Blödes zu Luca zu sagen.

»Es wird schwer, den Freizeitpark zu toppen. Ich wüsste gar nicht, was ich nach sieben Jahren noch mit uns unternehmen würde.« Melissa zuckt mit den Schultern. Sie hat recht, doch genau das ist es, was diesen Ausflug jedes Jahr aufs Neue so spannend macht: Immer denkt man, dass man das Vorjahr nicht mehr steigern kann, und doch schafft es Frau Korn jedes Mal.

»Ich bin auf jeden Fall total gespannt. Wird bestimmt toll«, sagt Jonas.

Mein Blick huscht rüber zu Luca, die sich zurückhält und uns einfach nur zuhört. Sie ist mindestens genauso gespannt wie wir.

Eine halbe Stunde später sitzen wir alle gemeinsam in einem kleinen, altmodischen Kino. Alleine, ohne andere Kinogäste. Es läuft ein Film, der offiziell noch gar nicht in den Kinos angelaufen ist. Ich bin vollkommen baff, weil Frau Korn es tatsächlich wieder geschafft hat, einen draufzusetzen.

»Na, was sagt ihr?«

»Wow«, stößt Jule als Erste hervor.

»Das freut mich. Natürlich wird der Film nicht jedem von euch gefallen, aber das ist ja immer so. Ich hoffe, ihr habt alle einen schönen Vormittag und könnt euch ein bisschen vom Biolernen erholen«, sagt Frau Korn und lacht.

Als die Lichter ausgehen, legt Luca ihre Hand auf meinen Unterarm und beugt sich zu mir herüber. »Da hat Frau Korn ja wirklich etwas Tolles gezaubert!«, flüstert sie mir ins Ohr. »Ein Kino nur für uns!«

Für einen Moment habe ich das Gefühl, mein Herz würde ein bisschen schneller schlagen. »Stimmt! Schon alleine deshalb ist es großartig«, flüstere ich zurück. Tief durchatmen. Ich muss mich wieder fangen. Was ist denn nur los mit mir? Klar finde ich Luca irgendwie besonders, aber dieses zarte Herzklopfen habe ich doch eigentlich bei einer ganz anderen Person Raum. Oder?

»Krass, was sie sich für euch überlegt.«

»Besonders, wenn man mal darüber nachdenkt, dass wir nur ihre Schüler sind!«

»Aber ihr seid verdammt coole Schüler«, sagt Luca. Und dieser Satz sagt mir so viel darüber, wer sie wirklich ist. Sie sagt, wir wären cool, und das, obwohl sie sich in der kurzen Zeit schon so viele blöde Sprüche anhören musste. Ich bewundere ihre Stärke, ihre Offenheit. Obwohl der Film jetzt anfängt, kann ich nicht anders, als sie anzusehen und zu lächeln. Sie blickt konzentriert zur Leinwand, und ihre Hand liegt vergessen auf meinem Arm. Es ist eigentlich ganz egal, ob mir der Film gefällt; der Vormittag wird sicher schön, mit Luca und Melissa an meiner Seite.

Kapitel 8

Als ich heimkomme, ist es vollkommen still im Haus. Mein Vater ist wahrscheinlich noch immer auf der Arbeit oder auf irgendeiner Informationsveranstaltung, doch das Auto meiner Mutter steht vor der Tür, also müsste sie eigentlich da sein. Ich gehe ins Wohnzimmer, doch es ist leer. Für einen kurzen Moment flammt der große Streit von letztens in meinem Gedächtnis auf. Und gleich dahinter schleicht sich ein Bild von Luca und dem schönen Tag, den wir heute gehabt haben. Der Film war toll, und nicht nur Frau Korn ist mit einem Strahlen in den Augen aus dem Saal gekommen. Sie hat den Nerv genau getroffen – irgendwo zwischen Herzschmerz und Action. Ein Mädchen, das Fußball spielen möchte, aber es nicht darf, weil ihre Eltern sagen, dass das ein Männersport ist. Natürlich ging es in dem Film aber auch um Freundschaft, und es gab einen süßen Jungen, der ihr zur Seite stand. So hat jeder das bekommen, was er wollte. Die Jungs ihren Fußball – wobei in unserem Jahrgang nicht nur Jungs einem Ball hinterherjagen, unsere Eltern scheinen deutlich entspannter zu sein, als die in dem Film – und für die anderen gab es ein bisschen Kitsch. Ich mochte beides. Die Mischung hat diesen Film so gut gemacht.

Ich finde meine Mutter schließlich in der Waschküche. Sie ist gerade dabei, feuchte Kleidung in den Trockner zu stecken. Ich sehe, wie eine kleine Träne aus ihrem Augenwinkel entwischt, doch sie tupft sie schnell und möglichst unauffällig wieder weg.

Wieder einmal wird mir klar, dass im Leben keine makellosen Paradiesäpfel verteilt werden, auch wenn meine Mutter versucht, mir das vorzuspielen.

Ich bleibe im Türrahmen stehen und gucke sie an, während sie den Trockner anstellt. Tränen glänzen in ihren Augen, aber sie sagt nichts; das Einzige, das zu hören ist, ist der Trockner, der seine Runden dreht. Sie leidet lautlos – so, dass ich es nicht höre und mir keine Sorgen machen muss. Sie bettet mich auf Watte, in der ihre Tränen lautlos versickern.

»Warum weinst du?«, frage ich ruhig. Ich weiß nicht, ob ich mich zu ihr auf den Boden setzen soll. Mit einer schnellen Handbewegung wischt sie sich ihre Tränen von den Wangen.

»Es ist alles in Ordnung, Süße«, antwortet sie mit fester Stimme und lächelt mir entgegen.

»Nein, sonst würdest du nicht weinend vor der Waschmaschine sitzen. Du weinst ja bestimmt nicht, weil dein Lieblings-T-Shirt eingelaufen ist«, antworte ich. Ich will, dass sie merkt, dass sie offen zu mir sein kann. Mit sechs hätte ich ihr vielleicht geglaubt, dass tatsächlich alles in Ordnung ist, aber ich bin siebzehn – da liegen ein paar Jahre und Welten dazwischen.

»Doch, doch, das ist es! Ich habe dieses T-Shirt von Papa zum Hochzeitstag bekommen und wirklich geliebt«, erwidert sie. Wieder strahlt sie, um ihre Aussage zu unterstreichen.

Glaubt sie diesen Quatsch eigentlich selber?

»Ach Mia …« Pause. Seufzer. Gesenkter Blick.

»Mama, ich bin kein kleines Kind mehr. Mit sechs ist das Leben so: Hinfallen, Knie aufschlagen, weiterlaufen. Aber mit siebzehn … Denkst du, dass ich keine Erfahrung mit Problemen habe?« Sofort frage ich mich, ob es klug war, ihr das so deutlich ins Gesicht zu sagen. Plötzlich wird aus ihrem traurigen Blick eine Mischung aus Enttäuschung und Verzweiflung. Ich schlucke.

»Das würde ich mir für dich wünschen. Ich wäre gern die,

die dich vor allem beschützt! Natürlich weiß ich, dass das Leben nicht immer einfach ist. Du hast sicherlich auch mal Zoff mit Jonas oder mit Melissa. Aber ich möchte, dass du wenigstens hier das Gefühl hast, dass alles in Ordnung ist, und dass du dich vollkommen fallen lassen kannst.«

Ich setze mich zu ihr auf den Boden und habe das Gefühl, ihr noch nie so nah gewesen zu sein. Plötzlich ist sie nicht mehr die, die immer nur für mich lacht, sondern auch mal die, die auf dem Boden sitzt und weint.

»Ich glaube, das wollen viele Eltern, Mama. Doch als Kind will man das nicht. Ich möchte mitbekommen, wie ihr euch aufs übelste fetzt und danach wieder vertragt; ich möchte dich lachen und weinen sehen. Wenn ich hier nicht das wahre Leben kennenlerne, wo dann?«

Wieder beginnt sie zu weinen, und jetzt versucht sie nicht, ihre Tränen zu verstecken. Sie vermischen sich mit ihrer Wimperntusche, laufen einfach über ihre Wangen, und tropfen auf ihr weißes T-Shirt. Bevor sie im Stoff verschwinden, hinterlassen sie einen Fleck auf dem Shirt. Doch es stört sie nicht. Zum ersten Mal durchbricht sie die Zuckerglasur und zeigt mir all die Dellen und unschönen Stellen, die der Apfel unter der Glasur hat. Und es fühlt sich so echt an.

»Ja, du hast ja recht. Aber als deine Mutter wollte ich dir ein sorgenfreies und sicheres Zuhause geben. Ich wollte, dass du hier glücklich bist, weil ich weiß, wie hart es manchmal ist, erwachsen zu werden.« Ihre Stimme zittert und verschwimmt mit ihren Tränen.

»Mama, ich *bin* glücklich. Natürlich ist das nicht immer so, aber so geht es doch allen anderen Menschen auf der Welt auch!«

»Ich weiß, Mia, ich weiß. Aber als Mutter macht man sich ständig Sorgen um sein Kind. Ich möchte doch nur, dass es dir gutgeht!«

»Und du glaubst, dass es mir besser geht, wenn ich sehe, dass du geweint hast, du mir aber nicht sagst, warum? Oder wenn ich höre, dass Papa und du euch zofft, ihr vor mir aber immer einen auf heile Welt macht? Mama, ich werde erwachsen! Ich habe Sorgen, Zweifel und Probleme! Und das ist wunderbar so. Sonst würde ich es ja gar nicht schätzen, wie schön es ist, zu euch nach Hause zu kommen.« Es fühlt sich gut an, sich vor meiner Mutter so freizumachen und zum ersten Mal offen über all das zu reden, was wir sonst runterschlucken. Ich weiß, dass sie sich Gedanken macht, weil sie glaubt, es wäre besser, wenn ich weiterhin glaube, dass zu Hause immer alles perfekt ist, aber so ist das nicht. Es fühlt sich so viel besser an, zu wissen, dass das, was meine Mutter gerade von sich zeigt, auch der Wahrheit entspricht. Ich stehe auf und hole Toilettenpapier aus dem Schrank. Meine Mutter nimmt es dankend an und schnäuzt.

»Vielleicht sollte ich mich langsam einfach mit dem Gedanken anfreunden, dass ich dich nicht davor bewahren kann, Probleme zu haben.«

»Hättest du gewollt, dass deine Eltern immer so tun, als sei alles in Ordnung?«, frage ich.

»Nein.«

»Ist es nicht auch verdammt anstrengend, immer perfekt zu sein?«

Sie nickt. »Aber für dich würde ich durchs Feuer gehen.«

»Das brauchst du nicht. Ich verbrenne mir meine Füße lieber selber«, antworte ich.

Sie wischt sich mit ihrem Handrücken über ihre verschmierten Wangen. Einen Moment lauschen wir stumm der sich drehenden Wäsche im Trockner. Wir müssen erst einmal wieder Luft holen, nach dem, was gerade passiert ist. Ich betrachte die Wäsche, die vor mir im Korb liegt.

»Warum also hast du geweint? Ich weiß ja jetzt, dass mit deinem T-Shirt alles in Ordnung ist.«

Meine Mutter streicht sich eine Haarsträhne aus dem Gesicht und reibt sich mit den Handflächen über ihre Augen. »Es ist wegen Papa. Er arbeitet in letzter Zeit so viel. Ich habe das Gefühl, er ist kaum noch zu Hause. Merkst du das nicht auch?«

»Doch, natürlich tue ich das. Er korrigiert ständig irgendwelche Klausuren, ist auf Konferenzen oder Informationsveranstaltungen und schreibt an irgendwelchen Fachartikeln. Und ich finde das auch schade. Habt ihr denn schon mal darüber gesprochen?«

Bestimmt haben sie das. Nur vor mir nicht. Aber ich habe ihren Streit vor ein paar Tagen noch nicht vergessen.

»Ja, haben wir. Aber er sagt, dass es nicht anders geht. Irgendwie muss er das Geld schließlich nach Hause bringen.« Sie seufzt.

Ich brauche einen Augenblick, um über ihre Worte nachzudenken. Plötzlich wird mir eins klar: »Macht er sich diesen Stress wegen mir?«, frage ich.

»Keine Ahnung, er redet nicht darüber, aber er möchte genauso wie ich, dass es dir gutgeht«, erwidert sie.

»Ich will doch gar nicht, dass er rund um die Uhr arbeitet! Viel lieber hätte ich einen Vater, der sich mit mir aufs Sofa setzt und *Der Lehrer* guckt. Einer, der mit mir über Stefan Vollmer diskutiert und über Karl Sievers lacht. Das ist doch so viel mehr wert als mein iPhone.«

»Sag ihm das! Vielleicht rüttelt es ihn wach, wenn du ihm genau das klarmachst. Mich hast du damit jedenfalls aufgeweckt.« Sie nimmt die Wäsche aus dem Korb und beginnt sie zusammenzufalten.

»Ja, vielleicht wäre das das Beste«, antworte ich, während ich ein Paar Socken zusammensuche. Schweigend sitzen wir nebeneinander und falten Wäsche. Doch für mich hat diese Tätigkeit eine tiefere Bedeutung. Ich glaube, die letzte halbe Stunde hat nicht nur in meinem Leben etwas verändert. Und deshalb sitzen wir auf dem Boden, legen die Wäsche zusammen und hängen unseren eigenen Gedanken nach, bis das Piepen des Trockners uns wieder aus unseren Gedanken reißt.

Meine Mutter legt das Paar Socken, das sie gerade zusammengelegt hat, in den Korb, steht auf und öffnet den Trockner. »Danke, Mia. Den Rest schaff ich alleine«, sagt sie.

Ich lege ein T-Shirt hinein. »Wirklich?«

»Wirklich. Mach lieber etwas Schönes mit Jonas.« Sie lächelt.

Ich erwidere ihr Lächeln, und diesmal bin ich es, die die Probleme von ihr fernhält und ihr nicht sagt, dass es nicht mehr so glatt läuft. Ich bin die, die nicht will, dass sie sich Sorgen macht und die sie nicht enttäuschen will. Ich weiß, dass sie Jonas toll findet, und das soll eigentlich auch so bleiben. Trotzdem würde ich ihr gerne die Wahrheit sagen, weil wir uns genau darüber gerade unterhalten haben. Eigentlich müsste ich mit gutem Beispiel vorangehen. Doch ich schaffe es nicht und schweige lieber.

»Mach ich«, sage ich. Wenn man will, kann man von etwas überzeugt klingen, ohne es zu sein. Doch ihr zuliebe werde ich Jonas gleich einmal anschreiben und ihn fragen, ob er nicht Lust hat, vorbeizukommen.

Während ich mein Handy rauskrame, um ihm zu schreiben, frage ich mich, was passiert wäre, wenn ich meiner Mutter die Wahrheit gesagt hätte. Wenn ich ihr gesagt hätte, dass ich mich verändert habe, aber er nicht, und dass es nicht mehr so passt wie früher. Wie hätte sie darauf reagiert? Vielleicht anders als früher, weil unser Gespräch sie verändert hat. Aber ich habe nichts gesagt, weil sie mir beigebracht hat, dass die Welt der anderen heiler bleibt, wenn man seine Probleme für sich behält. Und auch wenn ich lieber eine Welt möchte, die Ecken und Kanten hat, hat meine Mama eine heile Welt verdient. Ich möchte, dass sie sich keine Sorgen macht; deshalb kann ich gut verstehen, weshalb es für sie so schwierig war, offen mit mir zu reden. Denn für die, die man liebt, soll immer alles perfekt sein. Deshalb werde ich mich gleich mit Jonas treffen, und ein Teil von mir hofft, dass die alten Gefühle, die ich einmal für ihn hatte, wieder aufflammen werden, obwohl mein Herz längst weiß, dass das vorbei ist.

Kapitel 9

In den letzten zwei Wochen ist nicht viel passiert: Jonas und ich leben nebeneinanderher und Luca ist mittlerweile ein fester Bestandteil unserer Clique geworden. Simon hat aufgehört, blöde Sprüche abzulassen; mittlerweile schluckt er alles hinunter, was er über sie denkt. Die gesamte Situation hat sich entspannt, und selbst Leah lässt sie in Ruhe. Mit Jule hat Luca seit der Party nur ein paar Worte gewechselt. Das war eben nur ein einfacher Partyflirt.

Vermutlich verbringt Luca ihre Tage sowieso damit, Bio zu lernen, damit Frau Korn nicht an ihrer Klausur zweifelt.

»Wie läuft es eigentlich mit deinem Vater?«, fragt Melissa. Wir sitzen schon alle auf unseren Plätzen im Bioraum und warten auf Frau Korn, die sich wie immer zu Beginn der Stunde im Zwischenraum ausbreitet.

Ich seufze. »Er arbeitet immer noch viel, aber sobald ich den Raum betrete, legt er den Stift zur Seite. Und er guckt jetzt immer *Der Lehrer* mit mir. Er findet die Vorstellung, dass seine Schüler plötzlich vor seiner Haustür stehen würden, aber schrecklich.«

Ich sehe Melissa dabei zu, wie sie mit ihrem Kugelschreiber spielt. »Das klingt doch toll! Und eigentlich hat er recht: es ist nicht sehr realitätsnah, dass die Schüler vor der Haustür des Lehrers lungern, aber trotzdem ist die Serie super. Herr Vollmer hat eben dieses gewisse Etwas, das so vielen Lehrern fehlt und was sich so viele Schüler wünschen.«

Ich denke an letzten Donnerstag, an mich und Papa auf der

Couch, vor dem Fernseher. Ich habe versucht, mich zu freuen, weil doch genau das mein Wunsch war, aber so richtig konnte ich das nicht. Er sah aus, als würde er das Ganze nur mir zuliebe tun. Und das möchte ich auch nicht.

»Ja, natürlich klingt das gut. Aber er macht das nur wegen mir, und ich will nicht, dass er sich für mich verstellt.« Anstatt sie anzusehen, betrachte ich meinen Namen, der auf dem Bioheft steht. Ich höre, wie Frau Korn den Raum betritt und ihre Sachen aufs Pult legt.

Melissa rückt ein bisschen näher an mich heran. »Ich verstehe, was du meinst. Vielleicht musst du noch einmal mit ihm reden und ihn fragen, ob er das wirklich will«, sagt sie.

»Heute bekommt ihr die Klausur zurück. Ich bin ganz schön überrascht von dem Ergebnis«, sagt Frau Korn, bevor ich meiner besten Freundin antworten kann.

»Zum einen war ich erstaunt darüber, dass Luca so vieles richtig gemacht hat, und das, obwohl sie erst seit wenigen Wochen bei uns ist. Da hat der Großteil von euch deutlich schlechter abgeschnitten. Wenn ich mir allerdings ihre mündlichen Leistungen der letzten Tage ansehe, wundert mich das nicht mehr. Da könnte sich so manch einer ruhig mal eine Scheibe von abschneiden!« Sie sieht erst zu Luca, dann in den Rest der Klasse. »Zum anderen hat mich überrascht, dass einige von euch, die im Unterricht nur selten etwas wissen, teilweise eine richtig gute Arbeit geschrieben haben! Doch es bringt euch nichts, wenn ihr euch das Wissen im Kurzzeitgedächtnis für die Klausur aneignet und danach wieder alles vergesst. Oder könntest du mir jetzt noch sagen, in welcher Stadt das Kloster lag, in dem Gregor Mendel seine Versuche durchgeführt hat, Domenik?« Sie sieht ihn erwartungsvoll an.

Ich sehe zu Luca. Ich weiß, dass Frau Korn ihn ausgewählt hat, weil er letztens ihr gegenüber diese spitze Bemerkung losgelassen hat. Domenik weiß die Antwort natürlich nicht. Die Chance für Luca. Ihre Hand schnellt direkt in die Luft.

»Luca.« Frau Korn nimmt sie natürlich dran, es passt ihr gut, dass sie die Antwort kennt.

»Er hat seine Experimente in Brünn im heutigen Tschechien durchgeführt«, antwortet sie.

Frau Korn nickt anerkennend. »Das stimmt! Super!«

Ich drehe mich zu Domenik um. Er versucht, seine Scham mit Coolness zu überdecken und scheitert kläglich.

Nach der Stunde gehen Luca und Jonas gemeinsam mit Melissa und mir zum Englischunterricht.

»Danke, Mia. Ohne dich hätte ich die Klausur vollkommen verhauen. Das wären null Punkte gewesen! Aber ich habe in den letzten Tagen so viel Bio gelernt wie in den ganzen letzten Jahren zusammen. Frau Korn hat nichts bemerkt.« Luca strahlt mir dankbar entgegen. Ihre grünen Augen glitzern.

»Ich habe das gerne gemacht. Ganz schön fies von Frau Korn, dass du die Klausur überhaupt schreiben musstest.«

»Ach was. Ich hätte einfach sofort mit dem Lernen beginnen sollen, dann hätte das auch geklappt!«

»Alles gut«, beruhige ich sie. Ich genieße es so sehr, mich mit ihr zu unterhalten und ihrer Stimme zu lauschen.

»Hast du heute Nachmittag schon etwas vor?«, fragt Luca mich.

»Bisher noch nicht, muss nur mal kurz bei meinen Nachbarn ein Paket abholen. Und du?« Gemeinsam quetschen wir uns durch die Menge, vorbei an kleinen Unterstufenschülern und Abiturienten. Hier sind eindeutig zu viele Menschen auf einem Haufen.

»Nee. Hast du Lust, mal etwas mit mir zu unternehmen?«

Ich muss augenblicklich lächeln, als könnte ich meine Mimik nicht kontrollieren. »Gerne«, bringe ich hervor. Ich freue mich, dass Luca mich gefragt hat. Ich hätte mich das nie getraut.

»Cool! Wollen wir uns dann um drei in der Einkaufsstraße treffen?«

Ich nicke. »Ja, gute Idee. Dann kann ich vorher noch schnell ein paar Fotos ausdrucken und das Paket bei meinen Nachbarn abholen. Um drei bin ich dann da. Schreib mir noch einmal genau, wo wir uns treffen, ja?«

Luca nickt. »Mach ich!«

Und dann sind wir auch schon bei unserem Kursraum angekommen. Ich setze mich neben Jonas. Immer wieder sehe ich ihn heimlich von der Seite an. Doch es ist nicht so wie bei Luca, dass meine Augen an ihm kleben, weil er mich so fasziniert, sondern eher so, dass ich das mache, weil ich etwas suche, das mir vertraut vorkommt. Doch die Schmetterlinge im Bauch sind weg. Er ist einfach nur noch wie ein guter Freund. Wir haben uns auseinandergelebt. Zum ersten Mal denke ich diesen Gedanken zu Ende, lasse ihn Realität werden. Und irgendwie befreit mich das. Viel lieber denke ich an mein Treffen mit Luca heute Nachmittag, aber ich schiebe den Gedanken, lieber bei Luca sein zu wollen, schnell zur Seite. Doch er kommt immer wieder zurück und nistet sich in meinem Gehirn ein wie eine nervige Fliege.

Und so zieht die Stunde an mir vorbei wie ein endloser Zug. Ich fiebere dem Ende des Schultages entgegen: Ein Treffen mit Luca und die Chance, sie endlich alleine besser kennenzulernen. Ich freue mich darauf und laufe den ganzen Vormittag mit einem Strahlen auf den Lippen durch die Schule. Auch wenn ich versuche, es nicht so offensichtlich zu zeigen – das gelingt mir nicht wirklich.

Kapitel 10

Nervös fahre ich mir durch meine Haare. Ich trage ein Sommerkleid. Die strahlende Sonne wärmt meine schneeweiße Haut.

Luca hat mir geschrieben, dass wir uns an der Eisdiele treffen. In meinem Bauch kribbelt es nervös und ich weiß nicht, wieso. Ich kann diese Nervosität nicht einordnen. Mein Herz schlägt gleichmäßig in meiner Brust, doch mit jedem Schritt befiehlt mir mein Kleinhirn, noch ein bisschen schneller zu gehen. Das Adrenalin, das durch meinen Körper fließt, treibt mich an, als würde mich ein böser Schatten verfolgen. Ich weiß nicht, warum ich dieses Gefühl spüre. Wenn ich mich mit Melissa treffe, bin ich doch auch nicht so nervös. Ich freue mich, aber ich bin nicht aufgeregt. Vielleicht ist es heute anders, weil wir uns zum ersten Mal alleine treffen. Vielleicht aber auch einfach, weil es Luca ist.

Ich kann das Schild der Eisdiele schon sehen. Plötzlich renne ich fast. Ruhig, Mia, ruhig. Das ist ja schlimmer, als wenn ich mich mit Jonas treffe. Bei ihm weiß ich, was mich erwarten wird. Bei Luca nicht. Sie ist wie eine Wundertüte, und ich kann es kaum erwarten, sie endlich aufreißen zu können.

Luca ist schon da. Sie hat uns einen schönen Platz auf der Terrasse des Cafés ergattert.

»Hey«, sage ich, als ich an unserem Tisch ankomme.

»Na.« Sie lacht und lädt mich mit einer Handbewegung dazu ein, mich zu setzen. Ich lasse mich auf den Platz ihr gegenüber fallen. So habe ich die perfekte Sicht auf ihre grünen Augen, die mich auch nach drei Wochen immer noch umhauen. Ich glaube, so richtig werde ich mich nie an dieses stechende Grün gewöhnen.

»Und, hast du das Paket wohlbehalten bei deinen Nachbarn abholen können?« Sie nimmt einen Schluck aus dem Glas Wasser, das sie sich schon bestellt hat. Still. Ich frage mich immer, wie man stilles Wasser trinken kann. Das löscht doch überhaupt nicht den Durst. Aber zu Luca passt es irgendwie.

»Ja, ich hab voll coole Nachbarn, das ist gar kein Problem.« Ich lache. Ich bin Luca dankbar dafür, dass sie unser Gespräch so locker beginnt, denn ich hätte nicht gewusst, was ich sagen könnte.

»Das ist ja chillig. Was ist denn in dem Paket gewesen?«

»Eine CD von meiner Lieblingsband«, antworte ich.

»Oh, toll! Hörst du auch so unendlich viel Musik?«

»Wenn ich Zeit habe, ja. Aber ich treffe mich oft mit Freunden oder mit Jonas, so dass ich kaum dazu komme. Und wenn ich dann mal zu Hause bin, muss ich irgendwas für die Schule tun.« Ich seufze geknickt.

»Oh ja, das kenne ich. Aber ab und zu musst du dich einfach mal auf dein Bett legen und deiner Lieblingsband zuhören. Scheißegal, was du noch alles erledigen musst! Welche Band hat denn das Glück, in deinem Regal einziehen zu dürfen?«, fragt sie neugierig.

Deine Lieblingsband kann viel über deinen Charakter verraten. Denn in jedem Song findest du ein Stück von dir. Die Melodie ist die deines Herzens und der Sänger dein bester Freund. Und ich offenbare mich ihr gerne.

»AnnenMayKantereit«, antworte ich.

»Oh, die kenn ich gar nicht!« Luca sieht mich interessiert an. »Welches Lied kannst du von denen denn besonders empfehlen?«

Kurz versinke ich in dem Grün ihrer Augen wie in der Grasfläche des Gartens von Marianne. Dann lächle ich und sage:

»Alle!« Ich mache eine kurze Pause, damit ich meiner Aussage einen gewissen Nachdruck verleihen kann. »Aber am liebsten mag ich *Oft gefragt* und *Pocahontas.* Es gibt aber noch viele andere Lieder, die auch toll sind. *Barfuß am Klavier* und *Nicht nichts* zum Beispiel.« Ich seufze. »Es sind zu viele. Du kannst dir ihr Album ja mal runterladen und mir sagen, wie es dir gefällt.« Ich streiche mir eine Haarsträhne aus dem Gesicht. Eine Kellnerin kommt an uns vorbei und ich denke kurz darüber nach, mir auch etwas zu bestellen, aber ich möchte unser Gespräch nicht unterbrechen. Es ist gerade so schön.

»Das mache ich. Oder du spielst mir einfach mal ein Lied von ihnen vor«, meint Luca.

Ich lache, doch bevor ich etwas entgegnen kann, steht die Kellnerin an unserem Tisch und lächelt uns freundlich entgegen. Dass mich ihre Anwesenheit ziemlich stört, überspiele ich gekonnt.

»Alles gut bei euch?« Sie hat das typische Kellnerinnenlächeln im Gesicht. »Wollt ihr noch etwas bestellen?«

Ich warte einen Moment, doch als Luca nichts sagt, sehe ich die Kellnerin an und sage: »Ja. Ich hätte gerne einen Latte Macchiato und zwei Kugeln Limetteneis«, bestelle ich.

»Gerne. Und du?« Sie tippt erst auf ihrem kleinen Computer herum, dann blickt sie zu Luca.

»Ich hätte gerne noch ein stilles Wasser und eine Kugel Limetteneis und eine Kugel Mango.«

»Das wär's?«, fragt die Kellnerin. Warum machen Kellner das eigentlich? Wenn ich noch etwas bestellen wollen würde, hätte ich das doch gesagt.

Trotzdem nicken wir beide, weil es unfreundlich wäre, meine Gedanken laut auszusprechen.

»Danke«, sagt sie und nimmt die Speisekarten auf unserem Tisch mit.

Ich blicke wieder zu Luca. Meine Nervosität flacht langsam ab und ich bin einfach nur glücklich, mit ihr reden zu können.

Ich frage mich, ob es ihr auch so geht. Freut sie sich abends auch auf den nächsten Tag, weil sie mich in der Schule endlich wiedersieht? Ich hätte so gerne eine Antwort auf diese Frage, doch ich traue mich nicht, sie auszusprechen.

Vor allem, wenn ich darüber nachdenke, dass sie auf Mädchen steht, möchte ich erst recht wissen, wie sie mich findet.

»Und ich soll dir jetzt ein Lied von AnnenMayKantereit vorspielen?«, frage ich noch einmal und zücke mein Handy.

»Ja!«

»Ich kann mich gar nicht entscheiden, welches wir hören. Die sind alle so genial!« Ich seufze theatralisch.

»Dafür hat Apple die Zufallsfunktion erfunden! Diese Genies«, entgegnet sie grinsend.

Ich grinse zurück und drücke auf *Play.*

Es ertönt *Wohin du gehst,* und meine Gedanken fliegen sofort zu Jonas. Ich frage mich, ob es bei uns auch einmal so enden wird wie in dem Lied. Obwohl ich nicht mehr dieses Gefühl spüre, das ich früher für ihn empfunden habe, ist es dennoch komisch, das zu denken. Immerhin habe ich diesen Jungen einmal so sehr geliebt. Doch dann fällt mein Blick auf Luca, und die Gedanken an Jonas sind wie weggewischt.

Vielleicht denkt Luca gerade an Jule. Bei der Vorstellung zieht sich mein Herz schmerzhaft zusammen. Irgendwie verletzt es mich zu wissen, dass es Leute gibt, an die Luca denkt, wenn sie mit mir zusammen ist. Und ich weiß nicht, woran das liegt.

Als das Lied zu Ende ist, mache ich die Musik wieder aus. Die Kellnerin bringt uns unser Eis und wir beginnen, zu löffeln. Ich fühle mich, als wäre ich mit Luca in einer Seifenblase eingeschlossen, als wären wir nicht hier, sondern ganz weit weg, ganz allein. Und es fühlt sich gut an.

»Und, was sagst du?«, frage ich grinsend. Dieses Mädchen bringt mich einfach zum Strahlen. Ich wünschte, ich wüsste, warum das so ist. Ein Teil von mir will sich gegen diese Gefühle wehren, aber es geht nicht. Ich bin zu gerne in ihrer Nähe.

»Ganz schön …« Sie sucht nach dem richtigen Wort. »Betrübt.«

»Aber wunderschön, oder? Hennings Stimme ich doch mega!«, antworte ich.

»Ja, seine Stimme ist toll. Wenn er dem besungenen Mädchen nur nicht so sehr verfallen wäre«, erwidert sie.

»Manchmal, da trifft es dich eben wie ein Blitz. Und dieser Blitz durchfährt deinen Körper und hinterlässt auch noch seine Spuren, wenn das Gewitter vorbei ist.« Ich betrachte mein Limetteneis. Das beste Eis der Gegend. Luca hat Geschmack. Und das, obwohl sie erst seit so kurzer Zeit hier ist.

»Ja, manchmal passiert das. Aber nur ganz, ganz selten.«

Ich nicke. »Warte«, sage ich und mache *Oft gefragt* an.

Ich sage nichts mehr, dem ist nichts hinzuzufügen. Wenn ich dieses Lied höre, wünsche ich mir immer, dass ich mit meinem Vater einmal nach Kopenhagen fahren würde. Doch wir waren nicht einmal in der Bretagne oder Berlin.

Als das Lied zu Ende ist, stößt Luca ein baffes »Wow!« aus. »Doch nicht nur Liebeskummer!« Sie lacht schon wieder. Ihr Lachen ist ansteckend. »Warst du schon mal in Prag?«

»Nein, aber ich würde auch viel lieber mal nach Kopenhagen. Und du?«

»Kopenhagen find ich auch toll. Wir können da ja mal zusammen hin.«

Für einen Moment setzt mein Herz aus und ich muss mich darauf konzentrieren, das Atmen nicht zu vergessen.

»Gern«, erwidere ich, als ich mich wieder gefangen habe.

»Wie schmeckt dir dein Eis?«, fragt Luca, während sie sich einen Löffel Mangoeis zum Mund führt.

»Gut. Ich liebe Limetteneis. Und dir?«

»Das Eis hier ist mega gut!« Luca strahlt.

»Nicht nur du!«

Ich schiebe mir noch einen Löffel in den Mund. Luca streicht sich eine ihrer braunen Haarsträhnen aus der Stirn. Es ist auch schön, einfach nur mit ihr zu schweigen. Und leise läuft Hennings Stimme durch meinen Kopf und ich denke an Jonas und frage mich, was er gerade macht. Ob er auch so oft über unsere Beziehung nachdenkt wie ich.

»Worüber denkst du nach?«, fragt Luca, als könnte sie meine Gedanken lesen.

»Jonas und mich.« Jemand anderem hätte ich das nie anvertraut, aber bei Luca habe ich das Gefühl, ich könnte ihr alles sagen.

»Was ist mit ihm?« Sie klingt wirklich interessiert.

»Es ist einfach nicht mehr wie früher. Ich habe versucht, unsere Beziehung aufrechtzuerhalten, aber es funktioniert nicht. Nur habe ich Angst, ihn zu enttäuschen. Ich habe ihn schließlich einmal wirklich geliebt.« Zum ersten Mal spreche ich laut aus, dass ich es nicht mehr tue. Und ich bin erstaunt von mir selbst. Ich starre mein Eis an, weil ich es im Moment nicht schaffe, Luca anzusehen.

»Wenn es nicht mehr so ist wie früher, dann beende es. Es wird ihn viel mehr verletzen, wenn du die Beziehung weiterführst und er irgendwann erfährt, dass du ihm nur vorgegaukelt hast, ihn noch zu lieben.« Luca findet klare Worte für meine Situation. Wahrscheinlich ist das als Außenstehender einfacher. Doch eigentlich hat sie wirklich recht. Ich weiß nur nicht, wie ich es ihm beibringen soll.

»Und wie soll ich es ihm sagen?«, frage ich.

»Mach es einfach. Da gibt es keinen ultimativen Tipp. Sag ihm die Wahrheit.« Sie legt ihren Löffel beiseite. »Augen zu und durch.«

Ich nicke.

»Natürlich wird es weh tun, aber damit musst du leben. Es ist besser so.«

Ich möchte ihrem Rat gerne folgen. Doch dann wische ich den Gedanken an Jonas beiseite und sehe Luca an. Ich möchte diesen wunderschönen Nachmittag lächelnd genießen. Mit meinen Problemen kann ich mich auch noch morgen beschäftigen.

»Was ist denn deine Lieblingsband?«, wechsle ich das Thema und versinke wieder in dem Grün ihrer Augen.

Kapitel 11

Ich sitze auf meiner Fensterbank und lehne meinen Kopf gegen die kühle Scheibe.

Meine Gedanken schreien laut. Ich will wegrennen, doch ich kann nicht. Ich will mehr Action in meinem Leben, doch ich brauche Sicherheit. Ich möchte rennen und dabei festgehalten werden. So paradox. Der Tag mit Luca heute war toll und die gute Laune hat sich in meinem Herzen festgesetzt. Ich könnte pausenlos grinsen, doch etwas in mir sagt mir, dass ich erst meine Probleme mit Jonas klären muss. Und das werde ich auch tun. Nur wie, weiß ich noch nicht. Und wann, auch nicht.

Ich wünschte, es wäre leichter, erwachsen zu werden. Meine Mutter wüsste jetzt bestimmt genau, wie man am besten Schluss macht. Sie hätte die perfekten Sätze parat, um dem Gegenüber auf sanfte Art und Weise klarzumachen, dass die Beziehung nicht mehr funktioniert. Zumindest nicht mehr auf dieser Basis.

Klar, eine Trennung ist nie toll, aber sie hätte bestimmt die passenden Worte, weil Mütter die doch immer haben. Doch ich kenne diese Worte nicht. Ich will gehen, doch ich habe Angst, dass ich Jonas damit verletzen werde. Nein, ich *weiß*, dass ich das tun werde, und das will ich nicht. Am liebsten würde ich ihm sagen, dass wir Freunde bleiben können, doch ich weiß, dass das nur selten funktioniert. Die Stimmen in meinem Kopf rufen durcheinander, und ich muss mich konzentrieren, um sie alle zu verstehen.

Ich möchte Jonas nicht weh tun. Doch ich muss es, um wieder glücklich werden zu können. Heute, mit Luca, habe ich gespürt, wie es sich anfühlt, unbeschwert und frei zu sein. Wir haben einfach nur geredet und unseren Gedanken freien Lauf gelassen. Ich hatte das Gefühl, Luca würde mir genau das geben, was ich bei Jonas in letzter Zeit so vermisse. Wir waren uns vertraut, obwohl wir uns kaum kennen. Ich war einfach mal wieder so richtig glücklich.

Plötzlich piept mein Handy. Eine Nachricht von Luca. Ich freue mich, obwohl ich noch gar nicht gelesen habe, was sie geschrieben hat. Vielleicht steht dort auch, dass wir uns besser nicht mehr treffen sollten. Dann wird meine Freude in sich zusammenfallen wie ein Kartenhaus, das von einem Luftzug umgeworfen wird.

Ich lese ihre Nachricht.

Luca
ich fand es heute total schön mit dir (und henning und seinen jungs ;-D). das müssen wir unbedingt wiederholen!
☺ *<3*

Ich grinse. Ich grinse, als hätte sie auf einen Knopf gedrückt, den ich selber noch nicht kannte. Und wieder beginnen die Gedanken in meinem Kopf zu rattern wie tausende kleine Maschinen. Doch ich weiß nicht, was ich antworten soll. Es soll nicht gestellt wirken. Nicht langweilig, aber auch nicht zu perfekt. Es soll echt klingen. Einige Sekunden zittert mein Daumen über meinem Display. Ich tippe meine Nachricht ein, doch dann lösche ich sie wieder. Das klingt blöd. Es verstreichen Sekunden, in denen ich darüber nachdenke, was ich schreiben könnte. Ich muss endlich irgendeine Antwort finden. Sie fragt sich bestimmt schon, warum ich immer wieder aufhöre zu schreiben, obwohl ich die Nachricht schon längst gelesen habe. Einer der Nachteile der blauen Haken bei WhatsApp. Zur Kontrolle sind sie perfekt, doch man wird eben auch selber kontrolliert. Ich beginne erneut zu tippen. Diesmal muss es sich einfach gut anhören.

Ich
Mir hat es auch super gefallen. Wir haben echt viel Spaß zusammen gehabt! Wir können uns gerne bald noch einmal treffen. (Henning, Severin und Christopher freuen sich auch (-;)

Es klingt doch ziemlich langweilig, aber ich drücke einfach auf Senden. Luca wird das schon nicht so genau nehmen. Mit ihr ist das Leben viel leichter.

Sie ist deutlich schneller mit dem Antworten als ich. Schon nach ein paar Sekunden kommt die nächste Nachricht.

Luca
was machst du schönes? sitzt du mal wieder barfuß am klavier?

Ich lache laut los. Für einen Moment vergesse ich meine Probleme mit Jonas. Mit Luca ist es, als würde sie mir all meine Lasten abnehmen. Als könnte ich sie einfach am Straßenrand abstellen und alles wäre in Ordnung, bis ich sie wieder abhole. Und wer würde seine Lasten schon wieder abholen?

Ich
Immer. Obwohl das ja eher zu dir passt, du Pianistin.

Luca
liegst du denn nackt im bett?

Entweder hat sie gerade bei Google ein Fenster offen und liest den Text, oder aber sie hört das Lied seit heute Nachmittag in

Dauerschleife und lernt einfach unglaublich schnell. Beides bringt mich irgendwie zum Strahlen, weil es mich freut, dass sie meine Lieblingsband mag. Oder sie hört sie nur wegen mir. Fast noch schöner.

Ich
Nein, du?

Luca
vielleicht. was glaubst du?

Ich
Das weiß ich leider nicht.

Luca
leider?

Plötzlich stocke ich. Meine Augenlider flattern wie die Flügel eines Schmetterlings, mein Daumen zittert über der Tastatur. Was habe ich da bloß geschrieben? Plötzlich hat mich der Mut, der mich eben kurz heimgesucht hat, wieder verlassen. Mein Kopf fühlt sich wie leergefegt an. Was soll ich darauf bloß antworten? Ich habe nicht den Mut, den Melissa in solch einer Situation hätte. Ich starre einfach nur auf den Namen ihres Kontakts und warte, dass mir die rettende Eingebung kommt. Doch sie kommt nicht. Zum Glück durchbricht Luca unsere Funkstille. Ich warte, bis sie ihre Nachricht abgesendet hat. Ein kleiner Puffer.

Luca
alles fit bei dir? oder kreisen deine gedanken gerade darum, wie ich nackt im bett liege und du bist mir heillos verfallen? ;-)

Ich beiße mir auf die Lippe. Ihre Worte kommen so locker rüber, sie achtet nicht einmal auf Groß- und Kleinschreibung, aber das stört mich nicht. Sie hat Humor und ich mag ihre Art zu schreiben. Doch ich sitze hier und frage mich, was ich darauf antworten soll. Und ich frage mich, warum ich mich das frage. Bei Melissa tue ich das doch auch nicht. Doch bei Luca ist das etwas anderes. Und ja, sie hat recht, ich bin ihren grünen Augen haltlos verfallen. Und jetzt muss ich die perfekte, genauso freche Antwort finden, denn meine Gedanken kann ich niemals laut aussprechen.

Ich
Nein, nur Henning darf nackt in meinem Bett liegen. Und dabei bitte leise für mich Klavier spielen …

Diesen Satz schreibe ich nach einer gefühlten Ewigkeit, und er kommt mir total affig vor. Und ich weiß, dass ihr ein guter Konter einfallen wird.

Luca
im bett liegen und dabei klavier spielen? du erwartest aber ganz schön viel von dem armen jungen!

Ich lache, weil dieser traurige Abend noch eine so schöne Wendung genommen hat. Ich wünschte, Luca könnte mein Lachen sehen. Ich wünschte, sie wäre hier.

Ich
Er kann das, er kann alles.

Luca
wenn du das sagst!

Ich
Glaub mir.

Luca
tue ich!!

Ich
Dann ist ja gut.

Luca
du lachst. ich mag dein lachen.

Noch bevor ich einen klaren Gedanken fassen kann, schickt sie noch eine Nachricht hinterher.

Luca
darf ich das als lesbe überhaupt sagen oder hast du jetzt angst?

Ich
Ich hab keine Angst.

Über diese Antwort muss ich nicht lange nachdenken. Luca kann bei mir so sein, wie sie will. Ich finde sie perfekt, so wie sie ist. Obwohl sie stilles Wasser trinkt.

Luca
Gut. Dann lach noch ein bisschen für mich.

Ich
Wie kommst du darauf, dass ich lache?

Und während Luca ihre Antwort tippt und ich gespannt auf das *schreibt* auf meinem Display starre, fälle ich meine Entscheidung: *Ich muss mich von Jonas trennen. Morgen.* Auch wenn ich ihn damit verletze. Und wahrscheinlich auch Marianne oder seine Eltern oder meine Eltern. Aber so geht es nicht mehr weiter. Das hat mir dieser virtuelle Abend mit Luca vor Augen geführt. Und er hat mir gezeigt, wie es sich anfühlt, wenn man wirklich glücklich ist. Dieses Gefühl will ich spüren. Jeden Tag. Und dafür muss ich morgen erst einmal durchs Feuer gehen. Aber am Ende wartet die Sonne. Glaube ich. Hoffe ich.

Luca
vielleicht wünsche ich mir das.

Ich
Du hast recht: Ich lache. Ich lache so sehr wie seit Wochen schon nicht mehr. Und du?

Die Sekunden, bis ihre Antwort bei mir ankommt, kommen mir wie eine Ewigkeit vor. Ich kann nicht genau sagen, was heute Abend passiert ist, aber es hat sich etwas in meinem Herzen verändert. Es schlägt noch ein bisschen schneller.

Luca
ich lache auch. ich lache immer, wenn ich dich sehe.
Es stimmt: Es ist etwas anderes, wenn diese Worte jemand zu mir sagt, der auf Mädchen steht. Ihre Worte haben mehr Gewicht, mehr Bedeutung. Und sie legen sich wohlwollend auf meinem Herzen nieder. Ich tippe schnell meine Antwort.

Ich
Wirklich?

Luca
wirklich

Und wieder muss ich grinsen. Ich will nicht, dass dieser Abend endet, weil ich Angst habe, dass der Moment nie wiederkommt. Klar, wir werden uns noch oft sehen, aber ich würde diese Stimmung so gerne in einem Marmeladenglas einfangen. Der Abend soll noch ewig so weitergehen. Bis die Wolken den Himmel wieder in ein zartes Lila tränken und die Sonne müde hinter dem Horizont hervorgekrochen kommt. Erst dann soll dieser Abend enden, denn dann ist Morgen und ich kann sie wiedersehen.

Ich
Was machst du? Ich meine, außer nackt im Bett zu liegen natürlich. Oder barfuß Klavier zu spielen.

Meine Daumenkuppe fliegt über die Tastatur. Plötzlich ist mir egal, was ich schreibe, denn ich habe das Gefühl, mit ihr könnte ich auch über ganz banales Zeug reden. Ich tue alles dafür, dass der Gesprächsfaden nicht abreißt. Ich bin mutig, weil ich weiß, dass ich mich vor ihr nicht zu verstellen brauche. Ob sie das auch so empfindet?

Luca
ich höre henning zu. und du?

Volltreffer. Damit hat sie es mitten in mein Herz geschafft. Vielleicht macht sie das nur, weil sie weiß, dass sie mein Herz damit erreichen wird. Vielleicht hört sie aber auch wirklich seiner Stimme zu, weil sie AnnenMayKantereit genauso feiert wie ich. Und es fühlt sich so gut an, dass sie dabei sind, wenn ich meine erste nächtliche Konversation mit Luca führe. Und ich hoffe, es werden noch ganz viele weitere Nächte folgen.

Ich
Ich betrachte den klaren Sternenhimmel bei Nacht und denk an dich.

Woher kommt mein plötzlicher Mut? Sind wir hier bei Tumblr? Je später, desto ehrlicher?

Luca
ich höre deine gedanken bis zu mir nach hause, mia.

Ich
Was denke ich denn?

Luca
du fragst dich, ob es fair ist, dass du so ein schwereloses gespräch mit mir führst, während dein freund alleine in seinem bett liegt und vielleicht die ganze nacht nicht schlafen kann, weil seine gedanken bei dir hängen und ihn wachhalten. du zweifelst, obwohl du eigentlich so glücklich bist. und mal wieder kämpfen kopf und herz gegeneinander, wie sie es so oft tun.

Und plötzlich laufen die Tränen hemmungslos und stumm über meine Wangen. Ich weine, weil ihre Worte meine Lage so perfekt beschreiben und mein Herz in tausend Stücke brechen. Ich kann gar nichts darauf erwidern, nur ein schlappes:

Ich
Woher weißt du das?

Damit kann ich noch ein bisschen Zeit schinden. Die kann ich gut gebrauchen. Für ein bisschen Klarheit.

Luca
weil ich es eben weiß.

Ich
Du hast recht.

Luca
ich weiß.

Und während die Stunden wie im Flug vergehen und ich gar nicht mehr daran denke, auf die Uhr zu blicken, verfalle ich einem Mädchen, das ich schon von unserer ersten Begegnung an faszinierend fand. Doch ich hätte nie gedacht, dass ich ihr auf diese Art und Weise verfallen würde. Noch gestern hätte ich nicht gedacht, dass ich wie eine Idiotin vor meinem Handy sitzen und wie ein Honigkuchenpferd vor mich hin strahlen würde. Dass mein Herz ein bisschen schneller schlagen und ich mich wie eine Blöde auf den nächsten Schultag freuen würde, weil ich sie dann endlich wiedersehe. Und ich hätte nie gedacht, dass das so schnell gehen kann. Doch sie hat mich eines Besseren belehrt. Und sie hat mir gezeigt, wie es ist, wenn das Glück keine Show ist, die man sich selbst vorgaukelt, sondern wirklich echt ist. Ich hätte nie gedacht, dass mir das mit einem Mädchen passieren könnte, aber vielleicht habe ich vorher einfach noch nicht die Richtige getroffen. Doch dann kam Luca.

Kapitel 12

»Was ist denn los, Mia? Warum siehst du so geknickt aus?« Ich sehe Jonas an, dass er mit allem rechnet, aber nicht mit dem, was ich ihm tatsächlich zu sagen habe. Und das bricht mir das Herz. Denn ich weiß, dass ich gleich seins brechen werde. Aber es ist besser so. Er hat es verdient, die Wahrheit zu hören. Die perfekte Formulierung habe ich nicht gefunden, auch nicht, nachdem ich stundenlang wach gelegen habe. Denn es gibt sie nicht. Jonas' Augen bohren sich in meine. Ich atme tief durch. Und dann spreche ich es einfach aus.

»Ich kann das nicht mehr. Ich habe wirklich versucht, unsere Beziehung zu retten, doch wir haben uns in andere Richtungen entwickelt. Ich dachte, es gäbe noch eine Chance für uns und ich habe verzweifelt nach einem Weg gesucht, aber ich habe ihn nicht gefunden.« Ich weiß, dass in einer solchen Situation alles, was ich sagen könnte, falsch ist. Ich habe gerade sein Herz zerbrochen wie ein Lebkuchenherz, das man in der Mitte teilt. Ich habe sein Kartenhaus zum Einstürzen gebracht. Es gibt keine Worte, die das besser machen könnten, aber ich würde sie ihm so gerne geben. Ich fühle mich so mies, obwohl es eigentlich nur fair von mir ist, dass ich unsere Beziehung beende, wenn ich merke, dass ich mich zu jemand anderem hingezogen fühle.

Jonas' Mund öffnet sich, doch es kommt kein Ton heraus. Deshalb schließt er ihn wieder. Ich lasse ihm die Zeit, die er braucht. Vielleicht möchte er gar nichts sagen, doch ich hoffe auf eine Unterhaltung, damit ich ihm erklären kann, warum es dazu gekommen ist, auch wenn ich mir was das angeht gar nicht sicher bin. Das mit Luca will ich ihm noch nicht erzählen, auch wenn ich weiß, dass er mich nicht dafür verurteilen und mir vielleicht sogar alles Gute wünschen würde. Doch ich möchte erst einmal für mich alleine sehen, wie sich das Ganze entwickelt. Für mich ist es komisch, plötzlich ein Mädchen attraktiv zu finden. Ich würde nicht sagen, dass ich plötzlich Brüste besser finde als Brusthaare, wie Luca damals auf der Party meinte. Ich finde Luca gut. Und sie ist eben ein Mädchen. Aber viel mehr als ihre Brüste liebe ich ihre grünen Augen.

Luca ist nicht der Grund. Gründe gibt es viele. Wie verschiedene Zutaten, die einen Kuchen ergeben. Doch am Ende schmeckt man die einzelnen Komponenten nicht mehr heraus, so dass man gar nicht mehr sagen kann, welche Zutat den Geschmack zum Schluss verdorben hat. Luca war am Ende nur der Grund dafür, dass ich zu meiner Entscheidung stehe. Sonst hätte ich wahrscheinlich noch Ewigkeiten an Gefühlen festgehalten, die schon lange nicht mehr da sind. Und ich bin ihr trotz allem dankbar dafür.

Der Sommerwind weht uns durchs Haar. Er kommt mir lausig kalt vor, obwohl das Thermometer wahrscheinlich etwas anderes sagen würde. Wir sitzen auf einer Bank im Park. Leute joggen an uns vorbei; Eltern mit Kinderwagen ziehen durchs Bild. Für sie geht das Leben weiter wie bisher. Doch für mich nicht, denn ich habe gerade einem Menschen, der mir sehr viel bedeutet, das Herz zerbrochen. Und auf der einen Seite bin ich froh, weil es jetzt endlich raus ist, aber andererseits fühle ich mich so schlecht wie noch nie zuvor. Wir sitzen seit einer gefühlten Ewigkeit auf dieser Bank und schweigen. Ich nehme es ihm nicht übel. Ich rechne es ihm hoch an, dass er noch immer hier sitzt.

Nach Minuten der Stille findet Jonas seine Stimme wieder. »Ist es wegen Luca?«, fragt er. Und für einen Moment fühle ich mich wie ein Schauspieler, dessen Gegenüber plötzlich etwas sagt, das so nicht im Drehbuch steht. Ich brauche einen Moment, um mich wieder zu fangen. Er kennt mich zu gut; wir haben zu viel miteinander erlebt. Es würde nichts bringen, ihn anzulügen. Deshalb höre ich einfach auf zu denken und rede. Ich werde ihm alles sagen. Nur nicht, dass ich gestern Abend gespürt habe, dass das zwischen Luca und mir tatsächlich mehr als Freundschaft werden könnte. Ich muss mir erst einmal über meine eigenen Gefühle klarwerden. Diesmal blicke ihm direkt in die Augen, als ich zu sprechen beginne. Dieses tiefe Blau, in das ich mich einst so unsterblich verliebt habe, finde ich noch immer wunderschön. Aber ich finde so unendlich viele Augen auf dieser Welt schön. Das reicht nicht aus.

»Ja, es ist wegen Luca. Sie ist nicht der Grund, aber sie hat mir den nötigen Anstoß gegeben, um mich von dir zu trennen. Gründe gibt es viele. Aber die möchtest du jetzt wahrscheinlich gar nicht alle hören, die würden für dich wahrscheinlich total unverständlich klingen.« Meinen letzten Satz bereue ich noch, bevor ich ihn zu Ende ausgesprochen habe. Das klingt, als wäre Jonas schwer von Begriff. Aber das ist es ja gar nicht, was ich sagen möchte.

»Ich möchte es verstehen können«, sagt er. »Was hat sich, seit Luca in deinem Leben ist, verändert?«

Ich betrachte meine Finger, die auf meiner rauen Jeans liegen. Ich ringe nach Worten, doch es ist, als seien die richtigen dafür aus meinem Wortschatz gefegt worden. Ich versuche, es ihm zu erklären.

»Wenn ich das wüsste … Ich kann es selber noch nicht so genau sagen. Doch Fakt ist: Ich mag sie. Ich mag sie sehr«, stammle ich. Obwohl ich die bin, die gerade Schluss gemacht hat und nicht er, wirkt er wesentlich gefasster als ich.

»Du magst sie so sehr, dass du mich für sie verlässt? Du hast bei ihr dieses Herzklopfen, das du einmal bei mir gehabt hast?« Er spricht ruhig. Und obwohl das auf andere wahrscheinlich positiv wirkt, bestätigt es mich noch einmal darin, dass ich die richtige Entscheidung gefällt habe. Gerade jetzt wäre der perfekte Moment dafür, dass wir uns mal so richtig streiten. Will er denn gar nicht um mich kämpfen? Ich habe gerade seine Welt zerschlagen, doch er bleibt tapfer und ruhig. Ich hätte lieber jemanden, der schreit. Und ich glaube, Luca würde brüllen wie eine Löwin. Das weiß ich natürlich nicht, aber ich kann es mir gut vorstellen. Vielleicht wünscht mein Herz sich das aber auch nur. Meine Gedanken rattern, doch ich sage nichts. Ich bewege mich nicht, weiß nicht, was ich darauf antworten soll. So wirklich weiß ich es ja selber noch nicht.

Lange Zeit sagt Jonas nichts. Ich höre nur die Schritte der Leute, die an uns vorbeigehen. Einzelne Gesprächsfetzen dringen zu mir durch, doch meine Gedanken sind meilenweit weg. Sie hängen bei Luca, weil ich mich frage, wie es jetzt weitergehen soll. Was ist der nächste Schritt? Ich kenne ihn nicht, doch vielleicht ist gerade das das Aufregende an der Sache. Und genau das wollte ich doch: Spannung.

»Es ist okay, Mia. Ich bin froh, dass du mit mir darüber gesprochen hast. Schlimm wäre gewesen, wenn du mich mit ihr betrogen hättest. Das hast du doch nicht, oder?«

»Nein, natürlich habe ich das nicht. Ich war immer ehrlich zu dir! Das mit Luca und mir ist etwas ganz anderes«, versichere ich ihm.

»Danke, dass du ehrlich zu mir bist. Natürlich tut das weh und ich bin auch enttäuscht, aber das kannst du ja bestimmt verstehen.«

Ich kaue auf meiner Lippe herum. Ich habe das Gefühl, mir wäre eine schwere Last von den Schultern gefallen. Doch diese Last habe ich stattdessen Jonas in den Weg gekickt. Und das ist nicht fair. Aber eine andere Wahl hatte ich nicht. Sonst wären wir beide auf die Dauer nicht glücklich gewesen. Und eines Tages wird Jonas wieder glücklich werden, da bin ich mir sicher. Nur nicht mit mir.

»Natürlich kann ich nachvollziehen, dass du enttäuscht bist. Das wäre ich an deiner Stelle auch.«

»Ich würde jetzt gerne gehen«, sagt er schließlich.

Ich habe lange auf diesen Satz gewartet. Von mir wäre er schon viel früher gekommen. »Klar, das kann ich verstehen!«, entgegne ich sofort.

Er nickt und steht auf. Ich bleibe sitzen. »Du schaffst das schon. Auch wenn Luca ein Mädchen ist. Ihr bekommt das hin; was auch immer es sein mag, was ihr füreinander empfindet. Das werdet ihr herausfinden.«

»Danke«, hauche ich. Und dann geht er. Obwohl ich das fast erwartet hatte, bin ich irgendwie schockiert. Er hat mir gerade Glück mit Luca gewünscht. Trotzdem frage ich mich, wie er in Zukunft mit mir umgehen wird. Aber egal, was er tut, ich kann es nachvollziehen. Und vielleicht ist es für uns auch ganz gut, wenn Simon nicht mehr jeden Morgen bei Luca und mir steht. Dann muss Luca seine schrägen Blicke nicht mehr ertragen. Blicke, die er vielleicht bald nicht nur ihr zuwerfen wird.

Kapitel 13

Regen prasselt auf mich nieder und läuft über meine Wangen. Immer wieder flammt Jonas' Gesicht vor mir auf. Seine Worte hallen in mir nach wie ein böses Echo. Ich bereue es nicht, mich von ihm getrennt zu haben. Hätte ich das nicht getan, wäre alles nur noch schlimmer geworden. Trotzdem habe ich das Gefühl, dass ich irgendwas falsch gemacht habe. Warum liebe ich ihn nicht mehr? Er ist alles, was ich je wollte, er gab mir Halt und Sicherheit. Doch ich möchte mehr als einen besten Freund. Ich möchte eine Beziehung. Musik klingt in meinen Ohren; Julia Engelmann singt *Grapefruit.* Ihre Stimme beruhigt mich.

Und obwohl nicht ich verlassen wurde, fühlt es sich nicht richtig an, dass sich die Welt einfach so weiterdreht. Menschen ziehen an mir vorbei, lachen oder tippen mit ihrer freien Hand unter ihren Schirmen wie wild auf ihre Handys ein. Viele von ihnen schotten sich genauso wie ich mit ihren Kopfhörern von der Außenwelt ab. Sie sind mit sich selbst beschäftigt und niemand beachtet mich. Und ich wünsche mir, dass die Welt kurz stehenbleibt, dass jemand sieht, wie schlecht es mir geht und sagt, dass ich auch ein Recht dazu habe. Obwohl unter all den Leuten hier bestimmt jemand ist, der genau dieses Gefühl kennt, fällt es niemandem auf.

Ich bemerke, dass mein Handy in meiner Tasche piept, weil meine Musik für einen Moment leiser wird, aber ich habe keine Lust, es rauszuholen.

Ich denke daran, wie es morgen sein wird, wenn wir uns in

der Schule wiedersehen. Wahrscheinlich wird er so tun, als sei alles in Ordnung, weil er weiß, dass ich mich nicht gut fühle. Obwohl auch er im Stillen leidet, wird er es mir zuliebe verbergen.

Natürlich werden die anderen merken, dass wir nicht mehr zusammen sind. Aber er wird mich mit Respekt behandeln. Vor ihm brauche ich keine Angst zu haben. Er würde sogar dann ruhig bleiben, wenn ich morgen schon mit Luca zusammen wäre. Und dafür bin ich ihm dankbar.

Ich stelle mich unter ein Dach, um das Lied wechseln zu können. Dabei lese ich direkt die Nachricht, die bei mir eingegangen ist. Sie ist von Luca. Ein seltsames Gefühl durchfährt mich. Auf der einen Seite freue ich mich darüber, dass sie an mich denkt, doch andererseits habe ich mich gerade von meinem Freund getrennt, und sie spielt eine tragende Rolle dabei.

Luca
na, wie ist es mit jonas gelaufen? wie geht es dir jetzt?

Ich habe das Gefühl, mein Herz würde mir leise zuflüstern. Es sagt mir, dass diese Nachricht mir vor Augen führt, wie sehr Luca an mir interessiert ist, und ist das nicht großartig? Doch mein Kopf versucht die ganze Zeit, meinem Herzen zu widersprechen. Nicht jetzt. Es ist der falscheste Zeitpunkt überhaupt, um sich darüber zu freuen, dass Luca mich so gut findet. Aber kann man sich dagegen wehren, was das Herz einem sagt?

Ich möchte laufen, schreien, würde so gerne an einer Klippe stehen und einfach alles aus mir herausbrüllen. Ich starre auf die Nachricht und weiß nicht, ob ich ihr das sagen soll, was mein Herz flüstert, oder das, was mein Kopf schreit. Vielleicht aber sollte ich ihr auch einfach beides sagen. Vielleicht sollte ich ihr tatsächlich die Wahrheit sagen.

Ich
Er hat gesagt, dass es okay für ihn ist. Doch seine Augen haben eine andere Geschichte erzählt. Ich fühle mich erleichtert, weil jetzt endlich alles raus ist. Jetzt merke ich erst so richtig, wie sehr mich das Ganze belastet hat. Doch auf der anderen Seite fühle ich mich auch so schlecht, weil ich ihn verletzt habe …

Ich lese mir meine Nachricht nicht noch einmal durch, sondern sende sie einfach ab. Dann stecke ich mein Handy wieder ein und gehe weiter. Die Regentropfen prasseln immer noch auf mich nieder, und Wassertropfen laufen von der Haarsträhne, die auf meiner Stirn liegt, weiter mein Gesicht entlang. Ich gehe zügiger, möchte meinen Körper spüren, renne los. Ich möchte noch nicht nach Hause. Ich möchte alleine sein, all meine Gefühle rauslassen. Und vor allem würde ich so gerne verstehen können, was dieses Gefühl in mir drin bedeutet. Warum kann ich nicht einfach glücklich darüber sein, dass ich jetzt nicht mehr mit Jonas zusammen bin? Das war doch das, was ich wollte? Doch so einfach macht es mir mein Herz nicht. Es ist ein komisches, ziehendes Gefühl in meinem Bauch, das gegen das zarte Flattern meines Herzens ankämpft.

Als ich endlich stehen bleibe, meine Hände auf die Knie gestützt, um tief Luft zu holen, ziehe ich mein Smartphone mit zitternden Händen wieder aus meiner Tasche. Der Regen auf dem Display macht es mir schwer, ihre Nachricht zu öffnen, doch meine Neugierde auf das, was Luca geschrieben hat, ist zu groß.

Luca
oh, wow. ich an seiner stelle hätte wahrscheinlich ganz anders reagiert. es ist klar, dass er dir keine vorwürfe macht, weil du schließlich auch nichts dafür kannst, dass du nicht mehr dieselben gefühle für ihn hast wie früher. doch ich

hätte meinen emotionen wahrscheinlich einfach freien lauf gelassen. ich hätte nicht so ruhig bleiben können; auch wenn ich weiß, dass er das nur tut, weil er dir nicht in den rücken fallen möchte. in dem moment wäre es mir vollkommen egal, ob das für dich scheiße wäre oder nicht. sorry, aber ist so …

Ich versuche meinen Bildschirm an meiner Jacke abzuwischen, aber es klappt nicht. Natürlich nicht, weil meine Jacke auch nass ist. Deshalb bleibe ich noch mal stehen und öffne meine Jacke. Mein T-Shirt ist noch trocken. Das Display ist jetzt zwar verschmiert und ein paar Regenspuren sind immer noch zu sehen, aber es ist besser als vorher.

Ich
Ich kann dich vollkommen verstehen. Ich wäre früher wahrscheinlich in einen Heulkrampf ausgebrochen, wenn er mit mir Schluss gemacht hätte. Doch er schluckt das herunter. Ich weiß aber, dass es in ihm drin dafür umso mehr brodelt. Doch er denkt immer erst an das Wohl anderer, bevor er an seins denkt. Und das gilt auch, wenn ich mich gerade von ihm getrennt habe.

Ich drücke auf Senden, schließe meine Jacke und packe mein Handy wieder weg. Als AnnenMayKantereits *Pocahontas* aus meinen Kopfhörern erklingt, frage ich mich, ob Jonas auch einmal so enden wird. Wird er auch einmal an der Haltestelle stehen und sagen, dass es weh tut, mich wiederzusehen? Wenn man selber in dieser Situation ist, bekommt das Lied plötzlich eine ganz neue Bedeutung.

Die nächste Nachricht geht ein, Hennings Stimme wird ein bisschen leiser, doch ich hole mein Handy nicht raus. Mittlerweile bin ich so durchnässt, dass ich doch nach Hause will. Eigentlich möchte ich nur für mich sein, doch ich brauche neue Klamotten. Deshalb beginne ich wieder zu laufen, und das nicht, weil ich es plötzlich so eilig habe, sondern weil das schmerzhafte Stechen in meiner Lunge mir zeigt, dass ich noch lebe.

Als ich vollkommen außer Atem die Haustür aufschließe, ziehe ich sofort meine Jacke aus. Ich gehe ins Bad und wringe meine Haare aus.

»Muss das sein, Mia?«, ertönt die Stimme meiner Mutter. Sie klingt gereizt.

»Was?« Ich habe gerade echt Besseres zu tun, als mit ihr zu diskutieren. Ich möchte einfach in mein Zimmer und mich unter meiner warmen Bettdecke verkriechen. Luca und Melissa wären die Einzigen, denen ich die Tür öffnen würde. Alle anderen müssten draußen bleiben und könnten Steine an mein Fenster werfen. Doch das kann ich meiner Mutter nicht sagen, denn dann müsste ich ihr erklären, dass ich gerade mit Jonas Schluss gemacht habe, und dann wäre sie so geschockt, dass sie mich mit tausenden Fragen löchern würde. Aber die Zweifel in meinem Kopf sind schon laut genug.

»Hättest du deine Schuhe nicht ausziehen können, bevor du uns Badezimmer gehst?« Sie steht im Türrahmen und sieht mich mit ihrem Manchmal-zweifle-ich-an-deinem-Verstand-Blick an.

»Hab ich gerade nicht drüber nachgedacht«, sage ich.

»Du denkst nie über irgendwas nach!«

Darauf habe ich keine Antwort. Meine Mutter verschwindet wieder, ich ziehe meine Schuhe aus, nehme meine Sachen und gehe nach oben.

In meinem Zimmer angekommen mache ich sofort die Musik an und schaue, was Luca mir geschrieben hat. Sogar jetzt schaffen ihre Worte es, mich zum Lächeln zu bringen.

Nachdem ich ihr geantwortet habe, schreibe ich Melissa. Sie ist immer noch meine beste Freundin. Als ich ihr sage, was los ist, schreibt sie, dass sie in ein paar Minuten da ist. Mit Chips, Schokolade und Kakaopulver. Sie weiß, was ich jetzt brauche. Auch wenn ich gar nicht die bin, die verlassen worden ist. Ich frage mich für einen Moment, was Jonas in diesem Moment macht. Vielleicht ist er auch gerade zu Hause angekommen, hat sich in seinem Zimmer eingeschlossen und weint. Er ist nicht der Typ, der sich jetzt mit irgendwelchen anderen Jungs besaufen würde. Ich schiebe den Gedanken an ihn schnell zur Seite, doch er kommt immer wieder, wie eine zu laute Musik aus dem Nachbarzimmer, die mein Herz aus dem Takt bringt. Ich habe ihn verletzt, ich bin schuld daran, dass es ihm schlecht geht.

Ich bin froh, als meine Tür endlich aufgeht und Melissa mit Süßigkeiten bepackt vor mir steht und ein »Hallo!«, in den Raum wirft. Ich falle ihr um den Hals und beginne, ihr von Jonas und mir zu erzählen, während ich die erste Schokoladentafel öffne und mir ein so großes Stück in den Mund stecke, dass ich nicht mehr weitersprechen kann.

Kapitel 14

Noch nie habe ich mir gewünscht, dass der Bus auf dem Weg zur Schule einen Unfall hat. Nicht mal vor einer Matheklausur. Doch heute käme mir so ein Unfall ganz recht. Mein Herz klopft mir bis zum Hals. Ich habe keine Angst vor Jonas. Ich habe Angst vor all den ungläubigen Blicken von Leah und ihrem Gefolge. Vor all den Fragen, auf die ich keine Antwort geben kann. Sie werden mich fragen, warum ich Jonas verlassen habe. Was soll ich darauf antworten? Weil er zu nett ist? Vielleicht sollte ich eher die Psychologiestudentinnen-Antwort wählen: Wir befinden uns in einer Phase, in der wir uns noch stark weiterentwickeln, und Jonas und ich haben das leider in unterschiedliche Richtungen getan.

Beides klingt nicht sonderlich toll, aber es ist die Wahrheit. Das ist der Grund. Ich weiß, dass Simon blöde Sprüche ablassen wird, Jonas ist schließlich sein bester Freund. Ich weiß, dass ich heute sein nächstes Opfer sein werde, aber ein bisschen habe ich das auch verdient.

Natürlich kommt der Bus heute überpünktlich. Als ich einsteige, schlägt mir wie jeden Morgen die stickige Luft ins Gesicht.

Natürlich hat Melissa sich wieder unseren Stammplatz gesichert. Als ich bei ihr ankomme, nimmt sie ihre Tasche vom Sitz. Ich bin froh, dass sie immer so früh einsteigt, und mir diesen Platz freihält, bis ich dazukomme. »Hast du Angst?«, fragt meine beste Freundin ganz gerade aus. Ich mache meine Musik aus, aber Melissa hat im Gegensatz zu mir immer noch einen Knopf im Ohr.

Ich überlege kurz, was ich ihr antworten soll. Doch bei ihr kann ich geradeaus sagen, was ich denke, sie kennt mich sowieso zu gut.

»Klar hab ich ein flaues Gefühl im Magen. Aber nicht wegen Jonas. Eher wegen der Blicke der anderen. Und manche werden bestimmt auch gehässige Kommentare abgeben.« Ich sehe sie dabei an, doch blicke ich eher durch sie hindurch in die Dämmerung, irgendwo hinaus zwischen Tag und Nacht. Irgendwo zwischen Gestern und Heute. Doch bald wir die Nacht komplett verjagt worden sein und die Sonne am Himmel stehen.

Melissa sucht das nächste Lied aus, während sie mir antwortet. »Da musst du durch. Aber ich bin bei dir!«

Ich seufze. »Ja, das muss ich wohl.«

»Du hast nichts falsch gemacht. Du hast dich von ihm getrennt, weil du gemerkt hast, dass du keine Gefühle mehr für ihn hast. Es war richtig, und das weißt du auch.« Ich bin froh, dass Melissa mit mir befreundet ist. Sie ist zugleich cool und uncool, schlagfertig und schüchtern. Man kann sie in keine Schublade stecken, und dafür liebe ich sie. Mit ihr geht beides.

Ich nicke. »Ja, ich hoffe es. Glaubst du, dass sie davon ausgehen werden, dass Luca der Grund dafür ist?«

»Ich hoffe nicht. Aber für manche ist das natürlich ein gefundenes Fressen ...«

»Ich hätte mich auch ohne sie von Jonas getrennt!«, sage ich sofort. Vielleicht nicht so schnell, aber ich hätte es getan. Irgendwann.

»Ach, Luca schafft das schon. Natürlich bietet sie eine große Angriffsfläche. Sie ist ein Mädchen; eins, das kein Blatt vor den Mund nimmt und auf 'ner Schulparty nach wenigen Tagen mit einem anderen Mädchen herumknutscht. Aber ob man diese Kommentare an sich heranlässt oder nicht, bleibt am Ende jedem selbst überlassen.«

»Sicher ist sie offen lesbisch, aber dass die Leute hier so engstirnig sind, ist ihr wunder Punkt«, sage ich und meine Gedanken huschen hin und her zwischen der Szene, in der Leah vollkommen fassungslos in die Aula gestürmt kam, um ihren Freundinnen lauthals zu verkünden, dass Luca mit Jule geknutscht hat, und dem Tag, an dem wir zusammen Eis essen waren.

»Aber du glaubst doch nicht, dass Simon nichts dazu sagen wird. Natürlich wird er das. Jonas ist sein bester Freund. Und Luca? Da wird er sich doch drauf stürzen!« In meinem Kopf rattern die Gedanken, Simon wirft mit Worten um sich und ich versuche, sie aus meinem Gehirn zu streichen, doch ich schaffe es nicht. *Ist schon ziemlich pervers.*

»Natürlich wird er das. Soll er doch. Aber wir müssen nicht drauf eingehen, und irgendwann wird ihm die Lust vergehen.«

Ich nicke und mache meine Musik wieder an, um meine Gedanken zu übertönen. Gleich gibt es sowieso kein Entkommen mehr.

In der Schule flüchte ich sofort mit Melissa auf die Toilette. Vielleicht ist das kindisch. Vielleicht sollte ich mich einfach stellen. Ich führe mich auf wie eine Kriminelle, die vor der Polizei untertaucht, doch ich habe das Gefühl, dass es am intelligentesten ist, Simon und Leah so wenig Chancen wie möglich zu geben.

Frau Boll beginnt mit der Chemiestunde. Ausnahmsweise ist mir ihre Art mal ganz recht, denn es herrscht Totenstille im Raum. Niemand wagt es auch nur ein Wort zu sagen, geschweige denn von weiter weg mit mir Kontakt aufzunehmen. So verläuft die Stunde erst einmal ganz entspannt, auch wenn ich die bohrenden Blicke meiner Mitschüler auf mir spüre. Natürlich haben sie bemerkt, dass Jonas und ich heute nicht Hand in Hand das Schulgebäude betreten haben, allerdings hat noch niemand die Möglichkeit ergriffen, mich mit Fragen zu löchern. Doch all die Blicke, die auf mir lasten, verraten mir, dass das noch kommen wird. Ich wünsche mir, dass die Stunde noch Ewigkeiten weiterlaufen würde, doch ausgerechnet heute tut sie das nicht. Der Feueralarm unterbricht Frau Boll mit einem schrillen Läuten. Während die Fünftklässler wahrscheinlich gerade in Panik ausbrechen, sind wir ganz entspannt. Ich frage mich, wie es wäre, wenn es tatsächlich mal brennen würde. Dann wären wir viel zu langsam, weil hier ständig diese Übungen durchgeführt worden sind, und nähmen das Feuer gar nicht ernst. Wir sehen es nicht einmal ein, uns in Zweierreihen aufzustellen. Wir gehen einfach ganz gemütlich raus. Fenster verschlossen, Handy gerettet, Kursbuch in der Hand.

Ich weiß, dass der Parkplatz die perfekte Gelegenheit bietet, um mich mit Fragen zu bombardieren. Viel zu viel Zeit, die wir sowieso nur damit verbringen, rumzustehen. Und wir sind alle auf einem Haufen. Das schreit nach einem Kreuzverhör. Und so kommt es auch: Kaum hat der Letzte unsere Sammelstelle betreten, werde ich umzingelt. Leah ist natürlich die Erste, die etwas sagt.

»Sind Jonas und du wirklich getrennt? Ich habe gesehen, dass ihr heute Morgen nicht gemeinsam zur Schule gekommen seid und euch auch nicht geküsst habt vor der Stunde – was ist denn da los?« Ist ja toll, dass sie sofort von einer Trennung ausgeht, wenn man mal nicht zusammen zur Schule kommt. Man hätte sich auch einfach gestritten haben können. Aber sie hat ja recht.

»Ja, wir haben uns getrennt.« Ich versuche möglichst ruhig zu bleiben und mir nicht anmerken zu lassen, dass mir die ganze Situation ziemlich unangenehm ist. Ich schaue mich nach Jonas um, als wäre er mein Komplize. Als ich ihn entdecke, sehe ich, dass er von seinen Jungs gerade genauso verhört wird, und er tut mir direkt leid.

»Krass, das hätte man bei euch ja echt nie gedacht!«, sagt Leah fassungslos und ich weiß nicht, ob sie das ernst meint oder nicht.

Ich weiß keine Antwort darauf. Ja, stimmt, hätte ich auch nie gedacht? Oder doch lieber: Na ja, ich habe schon länger an unserer Beziehung gezweifelt …

Doch bevor ich mir weitere Gedanken darüber machen kann, fällt Alissa den Stimmen in meinem Kopf ins Wort. »Wer hat denn wen verlassen?«

Sofort entwickle ich Mitleid mit all den Promis, die von Paparazzi belagert werden. Das ist ja wirklich schrecklich. »Ich habe mich getrennt.« Nach außen hin versuche ich mir nichts anmerken zu lassen, doch innerlich würde ich am liebsten wegrennen. Alleine sein. Mit Luca. Und Melissa. Kann dieser blöde Feueralarm nicht mal vorbei sein? Wir wissen doch mittlerweile alle, dass es nicht brennt. Es ist an der Zeit, wieder reinzugehen. Ich würde gerne mehr über chemische Gleichgewichte hören.

»Wow! Toll! Dazu gehört ganz schön viel Mut!«, erwidert Alissa.

Ist das jetzt ernst gemeint oder Ironie? Könnten Leah und ihr Gefolge vielleicht mal klarere Worte finden?

Ich nicke nur. Das passt immer.

»Und wie wird es jetzt weitergehen?«, fragt Leah. Mein Gott, die stellt Fragen! Wir sind seit nicht einmal vierundzwanzig Stunden getrennt!

Zum Glück eilt meine beste Freundin mir zur Hilfe.

»Ich denke, das Verhör ist hiermit beendet. Lasst Mia mal in Ruhe und kümmert euch um eure eigenen Beziehungsprobleme!« Just in dem Augenblick verkündet Frau Boll, dass wir wieder reingehen können. Gegen die Blicke, die sie mir zuwerfen, während sie heimlich tuscheln, bin ich immun. Sollen sie machen.

Wieder im Kursraum angekommen, geht Jonas an mir vorbei. Ich sehe ihn kurz an und in dem Moment, in dem meine Augen auf seine treffen, zieht sich mein Herz schmerzhaft zusammen. Sein Blau strahlt nicht mehr, sondern sieht müde und leer aus.

Trotzdem lächelt er gequält, und auch wenn ich weiß, dass er das nur tut, um mich zu beruhigen, bin ich ihm dankbar dafür und lächle – wenn auch mindestens genauso gequält – zurück.

Das war unsere erste Begegnung seit gestern. Und irgendwie war es gar nicht so schlimm, auch wenn mir klar ist, dass es nicht ewig so weitergehen kann.

Ich bin froh, als Frau Boll ihren Unterricht wieder aufnimmt und versuche, mich auf sie zu konzentrieren. Auch wenn das nicht so ganz klappt, weil ich immer wieder an Luca hängen bleibe, deren Blick auf mir liegt. Wir haben heute noch nicht viel miteinander gesprochen, und gerade eben hat sie sich auch im Hintergrund gehalten. Vielleicht gibt sie sich die Schuld an unserer Trennung. Ich muss unbedingt noch einmal mit ihr sprechen und klarstellen, dass sie das nicht zu tun braucht. Außerdem möchte ich mich sowieso gerne noch einmal mit ihr treffen, einfach so, ohne über Jonas zu sprechen. Als sie meinen Blick bemerkt, sieht sie kurz zu mir rüber und lächelt. Ich lächle ertappt zurück und sehe schnell weg. Die Röte steigt mir ins Gesicht.

Ich versuche wieder, mich starr auf Frau Boll zu fixieren. Auch wenn ich spüre, dass Leah mich ansieht und ich die Fragen, die in ihrem Kopf herumschwirren, förmlich hören kann. Ich muss das einfach ignorieren. Wenn ich ihr keine Angriffsfläche biete, kann sie mich auch nicht angreifen.

Kapitel 15

Gleich kommt Luca mich besuchen. Ich habe mein Bett zum dritten Mal glatt gestrichen; danach habe ich gesaugt und noch einmal gelüftet. Und jetzt sitze ich seit einer halben Stunde reglos auf meinem Schreibtischstuhl. Ich verhalte mich, als könnte auch nur ein Krümel den Boden berühren, wenn ich mich bewege. Vielleicht aber würde die Erschütterung auch dafür sorgen, dass sich meine Bettdecke wieder in Falten legt. Und das möchte ich nicht riskieren. Erst betrachte ich meine Hände, dann ordne ich alle Stifte neu und zum Schluss sortiere ich meine Schulsachen nach Schultagen. Biologie liegt auf dem Montagsstapel, auch wenn ich es mehrmals in der Woche habe. Der erste Tag in der Woche, an dem ich dieses Fach habe, zählt. Diese Ordnung ist völliger Quatsch, denn spätestens in einer Woche wird es wieder genauso chaotisch aussehen wie noch vor fünf Minuten. So eine Aufgabe sucht man sich nur, wenn man entweder seine lauten Gedanken ersticken oder das nervöse Loch im Bauch mit irgendwas füllen will. Bei mir ist es irgendwie ein bisschen von beidem.

Und dann klingelt es plötzlich an der Tür. Mehr falle ich die Treppe hinunter, als dass ich sie gehe. Noch während ich hinunterlaufe, mache ich mir Gedanken darüber, ob es nicht ein bisschen komisch rüberkommt, wenn ich so schnell an der Haustür bin. Doch jetzt gibt es kein Zurück mehr, denn meine Hand gleitet in Richtung Klinke. Meine Mutter taucht hinter mir auf.

»Wer ist das?«, fragt sie. Ich drehe mich nicht zu ihr um, öffne aber auch nicht die Tür, denn ich will nicht, dass Luca dieses Gespräch mitbekommt.

»Es ist eine Schulfreundin«, sage ich und hoffe, dass sie sich damit zufriedengibt.

»Wer?«

»Luca.«

Ich spreche schnell, weil Luca sich wahrscheinlich fragt, warum ich die Tür nicht öffne und ich das jetzt viel lieber tun würde, als mit meiner Mutter zu diskutieren.

»Ist sie neu?«

»Ja.«

»Das ist ja schön, dass du dich um sie kümmerst.«

Als wäre Luca ein Baby, das nicht alleine in der freien Wildbahn überleben kann. Ich sage aber nur »Ja. Kann ich die Tür jetzt öffnen?«, schiebe ich hinterher.

Sie nickt perplex, als hätte ich sie gerade aus einer Zwischenwelt zurück ins Hier und Jetzt geholt. »Natürlich kannst du das.«

Ich öffne die Tür und sehe Luca an, dass sie sich fragt, warum wir sie so lange haben warten lassen, aber sie sagt nichts. Ich falle ihr um den Hals und weiß selber nicht, wieso. In meinem Rücken spüre ich, dass meine Mutter lächelt. Sie freut sich darüber, dass ihre Tochter eine neue Freundin gefunden hat. Als ich sie wieder loslasse, treten wir beide ein.

»Hallo, ich bin Luca«, sagt sie und lächelt freundlich. Meine Mutter stellt ein paar Fragen, à la *Wie gefällt es dir hier?* und *Kommst du auch gut in der neuen Schule zurecht?*, – wie Mütter das eben so machen. Als sie fertig ist, fragt sie noch, ob wir etwas trinken wollen und wirft mir einen Kümmere-dich-doch-mal-um-deinen-Gast-Blick zu.

Ich sehe fragend zu Luca und spüre, dass mein Herz ein bisschen schneller schlägt, als meine Augen auf ihr tiefes Grün treffen. Ich schiebe das Gefühl schnell beiseite, weil ich nicht will, dass meine Mutter bemerkt, wie ich sie ansehe. Auch wenn Luca offen lesbisch ist – könnte ich das denn? Dafür sind meine Eltern viel zu konservativ. Wenn ich mit einem Mädchen zusammen wäre, das wäre für sie eine Schande.

Ich bin froh, als Luca mit dem Kopf schüttelt, und ein »Nein, danke« murmelt.

Ich öffne meine Zimmertür und lasse sie eintreten. Das ist ein spannender Moment. Wird ihr mein Zimmer gefallen? Sieht es ihrem ähnlich? Habe ich auch wirklich genug aufgeräumt? Sie sieht sich um und in der Zeit schließe ich meine Tür – und das nicht nur, weil Luca da ist, sondern einfach deshalb, weil ich es immer tue.

»Setz dich«, biete ich ihr an. Sie schaut, welcher Ort ihr am besten erscheint, und entscheidet sich dann für mein Bett. Und dann setzt sie sich ganz vorsichtig darauf. Wie das immer so ist.

Wir führen ein bisschen Small Talk. Ich erzähle, was ich am Wochenende machen möchte, und sie erzählt mir von ihren Großeltern auf Rügen. Ich höre ihr aufmerksam zu, aber das liegt eher daran, dass ich sie so gerne reden höre, und nicht daran, dass ich brennend an ihren Großeltern interessiert bin. Ich erzähle ihr noch eine Anekdote aus dem letzten Schuljahr, und dann versinken wir in Schweigen. Luca sieht sich unauffällig in meinem Zimmer um. Ich tue so, als würde ich das nicht bemerken und muss darüber lächeln, wie sie versucht, aus ihren Augenwinkeln mein Zimmer auszukundschaften.

»Wie fühlt es sich an, wieder single zu sein?«

Diese Frage trifft mich. Wäre das hier ein Film, wäre jetzt ein Cut. Und in der neuen Szene führen sie keinen Small Talk mehr, sondern es geht in die Tiefe. Und ich brauche einen Moment, um diesen abrupten Cut zu verarbeiten.

»Komisch. Jonas versucht stark zu sein, doch ich sehe, wie leer seine Augen sind. Im letzten Jahr habe ich schließlich jede erdenkliche Situation mit ihm verbracht. Und es fühlt sich total mies an, dass ich der Grund dafür bin, dass es ihm so dreckig geht.« Ich hätte lügen können. Ich hätte sagen können, dass es okay ist. Doch ich sehe keine Notwendigkeit dafür, und ich habe das Bedürfnis, alles sagen zu können, was mir auf der Seele liegt, als würde ich sonst daran ersticken.

»Aber du brauchst dir keine Vorwürfe zu machen. Auch wenn dir das bestimmt schon hundertmal gesagt wurde: Es war richtig, dich von ihm zu trennen. Es ist noch viel schmerzhafter, wenn man irgendwann herausfindet, dass man schon seit Ewigkeiten nicht mehr geliebt wurde. Dass die Küsse schon Überwindung gekostet haben, die Orgasmen nur Show waren. Denkst du nicht, dass ihn das viel mehr verletzen würde?« Sie rückt ein bisschen näher an mich heran. Für einen Moment sieht sie mich unschlüssig an, als würde sie gerade darüber nachdenken, ob sie das darf.

Ich lächle, um ihr zu zeigen, dass das okay ist. Sie entspannt sich wieder. Ich streiche mir eine Haarsträhne aus der Stirn.

»Doch, natürlich glaube ich das. Es hätte ihn verletzt, wenn ich ihm etwas vorgespielt hätte. Aber trotzdem fühle ich mich mies.«

»Warum denn? Du kannst deine Gefühle nicht kontrollieren. Du kannst nicht beeinflussen, in wen du dich verliebst. Wenn dich der Blitz trifft, dann trifft er dich. Und wenn die Spannung deinen Körper wieder verlässt, dann ist das zwar schade, aber nichts, wofür du dich schuldig fühlen musst.« Damit kennt Luca sich am besten aus, mit Gefühlen, die man nicht kontrollieren kann. Sie hat recht: Man kann sich nicht aussuchen, in wen man sich verliebt. Ich bin mir sicher, dass Luca sich das schon oft gewünscht hat.

»Luca«, nehme ich meinen ganzen Mut zusammen. »Wünschst du dir manchmal, hetero zu sein?«

Ich sehe ihr an, dass meine Frage sie überrascht, aber sie fängt sich schnell wieder, und als sie lacht, glitzern ihre grünen Augen. »Nee. Nur weil mich die Leute hier blöd anmachen, weil ich lesbisch bin? Das tut zwar weh, aber das macht sie zu schlechteren Menschen, und nicht mich.« Wow. Sie ist so stark. »Für mich macht es keinen Unterschied. Ich lerne genauso Mädchen kennen wie heterosexuelle Mädchen Jungs kennenlernen. Nur die Gesellschaft macht da einen Unterschied.«

Ich nicke abwesend. Sie hat recht.

Wir sind wieder ein paar Minuten still, und ich denke darüber nach, ob ich sie direkt fragen kann, ob es da jemanden für sie gibt. Ich hätte so gerne eine Antwort. Aber dafür fehlt mir dann doch der Mut. Ich habe Angst, dass sie mich total entgeistert ansieht und dass sie sich weigert, mir zu antworten. Oder, dass es da wirklich ein Mädchen gibt … Außerdem möchte ich unsere Freundschaft nicht gefährden. Deshalb bin ich einfach still und hoffe darauf, dass sie gleich irgendein anderes Thema anschneiden wird. Ich weiß, dass sie mich an meiner Stelle gefragt hätte, weil sie mutig ist und kein Blatt vor den Mund nimmt. Doch so bin ich nicht; mein Mut für heute ist aufgebraucht. Aber in diesem Moment wünsche ich mir, dass ich so wäre wie sie, weil ich gerne wissen würde, ob ihr Herz gerade auch so schnell schlägt wie meins. Ich betrachte sie heimlich, wie ich es so oft tue. Doch hier sind keine anderen Schüler, hinter denen ich mich verstecken kann. Hier sind nur wir beide. Und deshalb muss ich ganz vorsichtig sein.

»Heute mal kein AnnenMayKantereit?«, fragt Luca nach einer Weile.

Ich fühle mich, als hätte sie mich gerade aus dem Tiefschlaf geweckt. Ich brauche einen Moment, um mich zu fangen, doch sehe sie dabei nicht an, weil ich hoffe, dass sie es nicht bemerkt. Obwohl ich mir sicher bin, dass sie das tut.

»Nein, momentan erinnert mich Henning zu sehr an mich selbst«, antworte ich. Er hat zu viele Songs über gescheiterte Beziehungen geschrieben.

»Für Fälle wie dich hat er doch extra *21, 22, 23* geschrieben. Oder *Oft gefragt.*«

»*Oft gefragt* hat er für seinen Vater geschrieben und für niemanden sonst. Er hat nur daran gedacht, dass er noch nie mit seinem Vater in Kopenhagen war und dass der sein Zuhause ist – mehr nicht.« Ich weiß auch nicht, warum ich plötzlich so patzig werde. Genau kenne ich die Hintergrundgeschichte schließlich auch nicht. Vielleicht hat er ja wirklich über Leute wie mich nachgedacht. Damit sie nicht aufhören, seine Musik zu hören, nur weil sie sich irgendwann wirklich heimlich beobachten, weil sie sich nicht mehr kennenlernen können.

»Ja, sicher hast du recht«, erwidert Luca zu meiner Überraschung. Wahrscheinlich ist ihr bewusst, dass man in meinem Zustand nicht über meine Lieblingsband diskutieren sollte.

»Sorry, dass ich gerade so ruppig gewesen bin. Das war nicht so gemeint«, entschuldige ich mich. Oft sagt man so was ja nur, weil man weiß, dass man es muss. Doch bei ihr meine ich es auch wirklich so. Bei ihr tut es mir wirklich leid.

»Ist okay. Du bist ein eingefleischter Fan, da sollte ich mich nicht mit meinem Halbwissen einmischen.« Sie grinst.

Ich bin ihr dankbar dafür, dass sie die Situation gerettet hat und mir mein Verhalten nicht übel nimmt. Die meisten wären jetzt eingeschnappt gewesen. Doch sie ist eben nicht wie die meisten. Sie ist Luca. Und in dem Moment, in dem sie lacht, verfalle ich ihren grünen Augen noch ein bisschen mehr.

Kapitel 16

Am nächsten Tag treffe ich mich mit Melissa zum Shoppen. Ich habe das Gefühl, mein Schrank wäre ausgeraubt worden. Wenn es hochkommt habe ich fünf T-Shirts, die noch akzeptabel sind. Der Rest ist entweder hässlich, zu klein oder beides. Aber meistens ist es ja so, dass man nichts findet, wenn man etwas Neues zum Anziehen braucht. Dann kann man in ein Dutzend verschiedene Geschäfte gehen und wird einfach nicht fündig. Als würde ein Fluch auf einem liegen und irgendjemand mit aller Macht verhindern wollen, dass man Geld ausgibt. Aber die Suche nach neuen Klamotten kommt mir ziemlich gelegen: Schon allein die Ablenkung tut gut.

Der zweite Tag als Single in der Schule war genauso komisch wie der erste. Ewigkeiten bin ich Hand in Hand mit Jonas durch das Schulgebäude gegangen, jetzt sind wir plötzlich allein. Ich verbringe den Schultag mit Melissa und Luca, und Jonas mit seinen Jungs. Obwohl ich froh bin, dass Luca bei mir ist, schau ich mich immer wieder nach Jonas um. Nicht, weil ich ihn noch liebe, sondern einfach, weil ich sichergehen will, dass es ihm gutgeht. So gut es eben geht. Vielleicht wäre es besser gewesen, wenn es einen Rosenkrieg gegeben hätte. Dann hätte ich einen Grund, ihn wirklich zu hassen. Doch den habe ich nicht. Er ist ein netter Junge mit schönen blauen Augen. Ich finde das selber absurd, aber ich wünsche mir, dass wir noch Freunde wären. Dass das Leben so weitergehen würde wie bisher, nur eben nicht mehr als Paar. Ohne Küsse und ohne Händchenhalten –

doch mit einem Lächeln im Gesicht. Meinem Verstand ist klar, dass das nicht funktioniert, weil ich ihn dafür viel zu sehr verletzt habe. Es ist sein gutes Recht, sich von mir zu entfernen. Ich kann es nachvollziehen, aber ich wünsche mir, dass es nicht so wäre. Er ist bestimmt ein guter Kumpel. Doch kann aus Liebe Freundschaft werden?

»Alles gut?«, fragt Melissa, als ich gedankenverloren in einen Spiegel blicke, der zwischen zwei Kleiderständern hängt, und mir ein T-Shirt vor die Brust halte. Natürlich sieht sie, dass nicht alles okay ist. Weil sie das immer tut.

Ich seufze. »Nein. Jonas sieht echt fertig aus, oder?« Ich nehme das Shirt wieder runter. Plötzlich gefällt es mir nicht mehr. Wahrscheinlich denkt Melissa, dass ich bereue, mit Jonas Schluss gemacht zu haben. Doch das tue ich nicht. Ich bin glücklich darüber, frei zu sein, und meine Gedanken fliegen oft zu Luca. Auch wenn ich mir das immer noch nicht so richtig eingestehen will, weil sie ein Mädchen ist. Es klingt so selbstsüchtig von mir, dass ich davor wegrenne. Luca hat mehr Mut. Sie geht offen damit um, dass sie auf Mädchen steht. Doch ich schaffe das einfach nicht. Und vielleicht ist es ja auch nur eine Phase, dass ich so oft an sie denke, und wir können einfach Freundinnen sein. Vielleicht hat das alles nichts zu bedeuten. Vielleicht aber eben doch.

Melissa betrachtet all die verschiedenen Shirts, die auf einem Tisch liegen. Ihre Finger streifen den Stoff. »Das ist doch klar. Hast du gedacht, dass er dir ab jetzt jeden Morgen einen Handschlag gibt und mit dir um die Häuser zieht?« Sie sieht mich nicht an, aber ich weiß, dass sie gerade ihre rechte Augenbraue hebt.

»Nein, habe ich nicht. Aber vielleicht hat sich das ein kleiner Teil von mir gewünscht«, sage ich ehrlich.

»Ach Mia! Du hast ihm das Herz gebrochen!« Ihren letzten Satz spricht sie aus, als müsste sie mich daran erinnern. Als könnte ich das vergessen.

»Ich weiß.« Ich gehe weiter zu den Jacken. Jacken sind eigentlich das Letzte, was ich im Moment brauche, aber ich will mich nicht zu weit von Melissa entfernen und sie ist immer noch mit den T-Shirts beschäftigt.

»Denkst du, dass er mir eines Tages verzeihen wird?«, frage ich flüsternd, als dürfte uns niemand hören.

»Ich glaube noch nicht einmal, dass er sauer auf dich ist. Er ist verletzt. Aber nicht sauer.«

»Das hoffe ich.«

Sie kommt auf mich zu. »Wie findest du das Shirt?« Ich bin froh, dass sie das Thema wechselt. Es hat gutgetan, ein bisschen mit ihr zu reden, und ich bin ihr auch dankbar dafür, dass sie meine Schuldgefühle heute nicht zum ersten Mal mit mir durchgekaut hat, aber ich möchte mir diesen schönen Nachmittag nicht vermiesen lassen. Auch wenn ich in Gedanken immer wieder bei Luca bin. Ich frage mich, was sie gerade macht. Vielleicht sitzt sie bei einem anderen Mädchen auf dem Bett, so wie sie gestern auf meinem gesessen hat. Es ist ihr gutes Recht, und trotzdem spüre ich, dass dieser Gedanke wie tausend Steine auf meinem Herzen lastet.

Ich sehe an Melissa herab, tue so, als würde ich jede Faser des Shirts genau betrachten, doch eigentlich denke ich nur darüber nach, wie es wäre, mit Luca shoppen zu gehen. Vor ihr würde ich mich bestimmt für meine Kleidergröße schämen. Und trotzdem würde ich gerne mal mit ihr durch die Stadt bummeln. Einfach, um bei ihr sein zu können. Und dann würden wir unseren ersten Kuss in der Umkleidekabine haben. Wünsche ich mir wirklich, dass wir uns küssen? Ein Mädchen? Ich könnte mir nicht vorstellen, Melissa zu küssen. Aber sie ist ja auch meine beste Freundin. Mit Luca ist das irgendwie anders.

»Mia? Hallo?« Melissa wedelt mit ihrer Hand vor meinem Gesicht herum. Ich schrecke aus meinen Gedanken hoch. Mir wird heiß und ich spüre, dass mir die Röte ins Gesicht steigt.

»Ja … das ist toll! Steht dir gut«, stottere ich.

»Was ist denn los bei dir?« Melissa kommt noch einen Schritt auf mich zu und sieht mich an, wie eine Mutter ihr Kind ansieht, wenn sie sich fragt, ob es Fieber hat.

»Nichts, alles okay«, lüge ich. Ich kann ihr nicht von Luca erzählen. Ich kann ihr nicht sagen, dass ich sie ziemlich gut finde und ständig an ihre grünen Augen denken muss. Ich kann ihr auch nicht sagen, dass Luca jetzt AnnenMayKantereit hört und ich mir sicher bin, dass sie das nur tut, weil sie weiß, dass ich diese Band liebe. Und vor allem kann ich ihr nicht sagen, dass ich mir eben vorgestellt habe, sie zu küssen. Vielleicht würde sie es nachvollziehen können. Es kann schon sein, dass sie mir ihre Hand auf die Schulter legen, mir tief in die Augen sehen und leise flüstern würde, dass es okay ist. Dass sie trotzdem meine Freundin bleibt. Aber was, wenn nicht? Was, wenn sie plötzlich eine ganz andere ist als die, die ich bisher gekannt habe? Und deshalb bleibe ich still.

Melissa sieht mich einen Moment zu lang an. Ich merke, dass sie mir nicht glaubt, doch ich halte an meiner lächelnden Maske fest. Sie sagt nichts mehr und geht in Richtung Umkleidekabine. Ich folge ihr.

»Wollen wir mal was essen?«, fragt Melissa.

Ich nicke. Gute Idee.

»Worauf hast du denn Lust?«

Ich überlege einen Moment und lasse meinen Blick über die Fressmeile schweifen. »Ganz klassisch McDonald's?« Hier gibt so viele verschiedene Möglichkeiten – von Currywurst über Döner oder Wraps, bis hin zu Pizza, Nudeln und Chinesisch. Doch am Ende zieht McDonald's mich immer an, als wären wir durch zwei Magneten verbunden.

Sie lacht, weil sie wahrscheinlich nichts anderes erwartet hat und steuert dann ohne ein weiteres Wort darauf zu. Wir bestellen, was wir immer bestellen: Ich eine Fanta, einen Thai-Wrap und Curly Fries, sie eine Sprite, zwei Hamburger und große Pommes. Standard.

Und schon jetzt wissen wir beide, dass ich mir gleich noch einen Keks bei Subway und sie sich einen McSunday holen wird. Weil das so eine Art Tradition bei uns ist.

»Hast du dich eigentlich schon mal mit Luca getroffen?«, fragt Melissa, während sie ihren ersten Burger auspackt.

Fast verschlucke ich mich an einer meiner Curly Fries, doch ich kann mich gerade noch so fangen. »Ja, schon zweimal. Einmal sind wir Eis essen gegangen und ich habe ihr das beste Limetteneis der Gegend gezeigt, und natürlich auch direkt die beste Band von ganz Köln.« Ich lache. Kurz blitzen die Bilder von diesem Nachmittag in meinem Kopf auf, als würde man eine Diashow abspielen. »Und gestern ist sie auch bei mir gewesen«, sage ich.

»Habt ihr über Jonas gesprochen?« Ich meine, ein bisschen Eifersucht in ihrer Stimme zu hören. Doch ich kann ihr einfach nicht erklären, dass das mit Luca etwas ganz anderes ist als mit ihr. Noch nicht. Vielleicht irgendwann.

»Ja, aber nicht viel. Sie kennt ihn ja gar nicht richtig.« Ich lüge, weil ich nicht auch sie verletzten will. Dabei war Luca die Erste, der ich geschrieben habe, als ich mit Jonas Schluss gemacht habe.

»Ach so, okay«, sagt sie. Auf ihre Lippen legt sich ein Lächeln, aber ihre Augen verraten, dass sie mir nicht glaubt. Wahrscheinlich haben meine Augen mich schon wieder verraten.

»Ist es nicht komisch, mit einem Mädchen befreundet zu sein, bei dem man weiß, dass es sich in einen verlieben könnte?«

»Nein, ich war ja auch mit Simon befreundet, obwohl er ein Junge ist. Außerdem bist du doch auch mit ihr befreundet«, sage ich. Doch es ist schwer mit einem Mädchen befreundet zu sein, wenn ihre grasgrünen Augen die ganze Zeit in deinem

Kopf herumspuken, denke ich. Aber natürlich spreche ich das nicht aus. Ich schlucke es runter und vergrabe es ganz tief in meinem Herzen, als wäre Luca mein Schatz, den niemand sehen darf. Ein Schatz, über den ich nicht sprechen kann, weil ich Angst habe, ihn sonst zu verlieren. Und das, obwohl er mir nicht einmal gehört.

»Ja, das stimmt. Luca ist eigentlich ziemlich cool«, sagt Melissa, während sie sich eine Pommes in den Mund steckt.

Ja, da hast du recht. Sie ist wirklich cool. Vielleicht ein bisschen zu cool, denke ich. Doch anstatt all diese Worte auszusprechen, lächle ich nur und hüte meinen Schatz weiter für mich allein. Es ist es so viel leichter, Dinge für sich zu behalten.

»Weißt du, Mia, manchmal wünsche ich mir, ich wäre auch so groß und schlank wie Leah.« Melissa seufzt.

Ich sehe erschrocken zu ihr hoch. Mit einem solchen Themenwechsel hätte ich nicht gerechnet. Melissa ist neidisch auf Leah? Nachvollziehen kann ich es, Leah sieht toll aus und ist total beliebt, aber von meiner besten Freundin hätte ich einen Gedanken wie diesen nicht erwartet.

»Sie ist auf jeder Fete die, die als Erste geküsst wird. Sie ist überall die Beliebteste. Was hat sie, das ich nicht habe?« Melissa sieht mich fragend an. Traurigkeit schimmert in ihren Augen. Ja, was hat Leah, was Melissa nicht hat? Ein riesengroßes Loch da, wo ihr Herz sein sollte? Ich weiß es nicht, aber es lässt mich schlucken, dass es ihr so geht. Obwohl ich dieses Gefühl natürlich nur zu gut kenne.

Kapitel 17

Eine Woche später treffe ich mich wieder mit Luca. Wäre sie ein Junge, hätte meine Mutter bestimmt irgendeinen Kommentar abgeben. *Ihr seht euch ja ziemlich oft, läuft da etwas zwischen euch beiden? Was ist denn mit Jonas?* Und irgendwie wünsche ich mir, dass sie das bei Luca auch tun würde. Nicht, weil mir ihre Kommentare gefallen. Wahrscheinlich würde ich sie genervt ansehen und mit den Augen rollen. Doch das würde aussagen, dass sie Luca und einen Jungen auf dieselbe Stufe stellt. Theoretisch könnte ich jeden Menschen auf dieser Welt küssen. Wenn Luca ständig vorbeikommt, stellt sie keine Fragen, aber wenn es zum Beispiel Ben wäre, würde sie das. Ist doch komisch, oder?

Als Luca mich umarmt, pocht mein Herz mir bis zum Hals. Ich lächle und spüre die nervösen Flecken, die sich in einem warmen Rotton auf meinem Gesicht und meinem Hals abzeichnen. *Bitte nicht*, bete ich, auch wenn mir klar ist, dass das nichts ändern wird.

Wir umarmen uns vielleicht einen Ticken zu lang für zwei Mädchen, die einfach nur miteinander befreundet sind, doch das sieht meine Mutter nicht.

»Schön, dass du Zeit hast«, sagt Luca und lächelt. Ihr Lächeln ist ehrlich und kommt von Herzen, und ich erwidere es ganz automatisch.

Wir gehen hoch in mein Zimmer. Diesmal steuert Luca sofort auf mein Bett zu und setzt sich. »Na los, ich bin ja nicht zum Spaß hier!« Sie grinst. Natürlich – sie hat recht. Irgendwie macht mich das traurig, weil ich jetzt viel lieber mit ihr auf dem Bett liegen und über belangloses Zeug reden würde. Doch mein Herz erinnert mich leise daran, dass es vollkommen egal ist, warum sie da ist. Hauptsache sie ist es.

»Das stimmt«, sage ich und nicke. Dann krame ich mein Englischbuch aus meinem Stapel an Schulsachen hervor.

»Ich war eigentlich nie schlecht in Englisch. Sprechen konnte ich immer gut und darauf hat meine Lehrerin viel Wert gelegt. Aber bei euch ist das anders. Da muss man auch so viel schreiben, und die Zeiten waren nie meins«, sagt Luca und seufzt.

Ich zucke mit den Schultern. »Ist ja kein Problem. Welchen Teil verstehst du denn am wenigsten? Vielleicht sollten wir erst einmal mit der Zeit beginnen, die dir am meisten Probleme bereitet.« Ich stehe auf und lege mich neben sie ins Bett. Es fühlt sich komisch an, ihr so nah zu sein. Gleichzeitig ist es aber auch so unglaublich gut. Ich versuche, das schnelle Schlagen meines Herzens zu ignorieren und mich auf mein Buch zu konzentrieren. Sie überlegt. Und selbst dabei sieht sie unverschämt gut aus. »Also, ich denke, *Simple Present* ist kein Problem, oder?«, versuche ich ihre Gedanken zu unterstützen.

»Nein, das kriege ich gerade noch so hin.« Sie lacht.

»Wie sieht es mit *Past Progressive* aus?«

»Das klappt auch.« Sie nickt. Ich habe das Gefühl, dass es ihr ziemlich schwerfällt, sich so zu zeigen und ihre Schwäche zuzugeben. Lieber wäre sie das Mädchen, das alles kann, das auch nach wenigen Wochen eine der Kursbesten in Biologie ist – dem Fach, das so vielen Schwierigkeiten bereitet. Doch auch sie ist nicht perfekt. Auch sie kann nicht alles. Und ich bin froh, dass sie mir das zeigt. Gerade weil ich spüre, dass es schwierig für sie ist.

»Das *Future Perfect* bereitet mir oft noch Schwierigkeiten«, gibt sie zu.

Ich nicke, blättere ein bisschen in dem Buch herum und

überlege, wie ich am besten beginnen kann. Doch die Buchstaben verschwimmen, weil sie neben mir sitzt. Ich spüre ihren Blick auf mir und habe Angst, etwas falsch zu machen. Auch wenn ich weiß, dass sie es mir nicht übel nehmen würde, Angst habe ich trotzdem.

Als ich die entsprechende Seite gefunden habe, beginne ich, es ihr zu erklären. Eine Stunde kann ich mein Herzrasen ausblenden, erklären und sie antworten lassen. Und am Ende habe ich das Gefühl, dass sie es tatsächlich ein bisschen besser verstanden hat.

»*You will have teached me a lesson*«, erklärt sie feierlich und legt sich neben mich. »*Taught*«, sage ich und klappe das Buch zu. Sie lacht, und dann ist sie einen Moment lang ganz still. Ihr Kopf liegt nah bei meinem.

Ihre Lippen nähern sich meinen. »Du riechst gut«, haucht sie mir entgegen, als wären diese Worte nur für mich bestimmt.

»Du auch«, flüstere ich und komme mir sofort blöd dabei vor, weil sie jetzt bestimmt denkt, dass ich das nur aus Höflichkeit gesagt habe. Doch das ist es nicht – ihr Haar duftet nach Pfirsich und nach Freiheit. Ich habe es wirklich so gemeint.

Uns trennen nur noch wenige Millimeter. Die Luft zwischen uns ist dünn. Ich drehe meinen Kopf zu ihr, und sie sieht mich an und ich halte ihrem Blick stand, auch wenn es mir schwerfällt, weil ich das Gefühl habe, dass mein Herz gleich aus meiner Brust springt. Ich hätte nie gedacht, dass man so schnell Gefühle entwickeln kann, aber es stimmt: Wenn es dich trifft, dann trifft er dich.

Sie streicht mir eine Haarsträhne aus der Stirn. Mein Blick folgt ihren Fingern dabei, wie sie über meine Stirn gleiten. Sie soll mich endlich küssen. Ich möchte ihre Lippen endlich spüren, möchte wissen, ob sie so weich und zart sind, wie sie aussehen.

»Hat dir heute schon einmal jemand gesagt, wie schön du

bist?«, haucht sie. Ob sie mich absichtlich so zappeln lässt? Sie muss doch spüren, dass ich will, dass sie mich küsst. Ich hätte nicht gedacht, dass man so ungeduldig auf einen Kuss warten kann.

»Nein«, flüstere ich. Ich entscheide mich dagegen, ein *Und dir?* anzuhängen, weil es echt lächerlich wäre, ihr das Kompliment schon wieder zurückzugeben.

Sie fährt mit dem Daumen über meine Wange. Sie lächelt. Und dann nimmt sie endlich mein Gesicht in ihre Hände und küsst mich.

Es hat mich noch nie jemand so geküsst.

Sie küsst mich auf zärtliche und gleichzeitig so gierige Art und Weise. Ich genieße jeden einzelnen Moment.

Ihre Zunge stößt sanft gegen meine Lippen. Ich öffne meinen Mund und versuche meinen Kopf auszuschalten, nicht darüber nachzudenken, ob ich gut küsse oder nicht. Ich versuche es einfach geschehen zu lassen und mich dem Moment hinzugeben. Unsere Zungen tanzen miteinander und ich habe das Gefühl, sie harmonieren perfekt.

Als ich meine Augen kurz öffne, sehe ich, dass ihre auch offen sind. Sie lächelt. Und dann löst sie ihre Lippen von meinen, nur um an meinem Hals weitermachen zu können. Wenn dieser Kuss der Fehler meines Lebens sein sollte, dann ist es wenigstens ein schöner Fehler.

»Verdammt, du schmeckst so gut.« Sie sieht mich vollkommen atemlos an.

Ich lache. Und dann macht sie einfach weiter. Ihre Hände liegen an meiner Hüfte. Die Stelle erhitzt sich rasend schnell und ich habe das Gefühl, ich würde gleich verbrennen. Doch mein ganzer Körper fühlt sich heiß an, und ich spüre einen dünnen Schweißfilm, der sich über meine Haut zieht. So fühlt es sich also an, wenn man von Glückshormonen ertränkt wird. Ich hatte gedacht, meine Verliebtheit in Jonas wäre das höchste aller Gefühle gewesen; schon damals habe ich gedacht, ich platze vor Glück. Doch damit kann man das, was ich jetzt empfinde, nicht einmal vergleichen.

Lucas Lippen gleiten meinen Hals entlang, dann zurück über meine Wange zu meinem Mund. Und dann beginnen unsere Zungen wieder zu tanzen.

Einen Augenblick schießt mir durch den Kopf, was passieren würde, wenn meine Mutter plötzlich reinkäme. Sie hat die Angewohnheit, grundsätzlich nicht zu klopfen und könnte mir Wäsche bringen oder mir sagen, dass sie irgendwo hinfährt. Wenn Jonas zu Besuch war, hat sie wahrscheinlich nur geklopft, weil sie uns nicht halbnackt erwischen wollte. Doch bei Luca hat sie nichts zu befürchten. Denkt sie.

Ich frage mich, was sie tun würde, wenn sie uns so sähe; Lucas T-Shirt ist hochgerutscht und bedeckt nur noch die Hälfte ihres Bauchs, unsere Lippen kleben aneinander, als könnten wir sonst nicht atmen, und meine Hände sind ganz fest in ihren Haaren vergraben.

»Das gefällt mir«, flüstert sie und grinst zufrieden. Sie platziert ihr Bein zwischen meinen Schenkeln. Und dann küsst sie mich wieder. Ich erwidere ihre Küsse, immer gieriger, mit immer mehr Lust. Ich fühle mich wie auf einer Schaukel, die immer höher in die Luft geht. Und gerade, als ich darüber nachdenke, auch einmal die Führung zu übernehmen, lässt sie sich neben mich sinken.

»Du kannst echt gut küssen.«

»Du auch«, erwidere ich.

Ich lege meinen Kopf auf ihren Bauch, und sie spielt mit meinen Haaren und streicht mir sanft über die Stirn. So liegen wir einfach eine Zeit lang da, und ich genieße den Nachgeschmack, den ihre Lippen auf meinen hinterlassen haben.

Als ich sie später zur Tür bringe, raunt sie mir ein »Das war die schönste Nachhilfestunde meines Lebens« ins Ohr, dann verschwindet sie.

Ich gehe ins Wohnzimmer, weil ich noch nicht alleine sein will. Ich möchte beschäftigt sein, abgelenkt werden. Ich vermisse ihre Lippen jetzt schon, obwohl ich weiß, dass viele Probleme auf uns zukommen, wenn wir eine Beziehung eingingen. Im Augenblick ist mir das so was von egal.

»Was machst du denn hier, Mia?«, fragt meine Mutter verwundert. Ich gebe zu, es passiert selten, dass ich hier sitze. Ich versuche nicht allzu offensichtlich zu strahlen, aber es gelingt mir nur schwer, mein Grinsen zu unterdrücken.

Ich zucke mit den Schultern.

»Ich bin dann mal einkaufen«, sagt sie mit einem Kopfschütteln.

»Ich komme mit!« Ich stehe sofort auf. Perfekt. Beschäftigung. EDEKA. Viele Produkte. Viele Eindrücke. Ich habe mich noch nie so darüber gefreut, einen Supermarkt betreten zu können. Ich glaube, heute hätte ich sogar gebügelt, wenn sie das von mir verlangen würde.

Meine Mutter verzieht das Gesicht. Sie mag es eigentlich nicht, wenn ich mit ihr einkaufen gehe, weil ich alle zwei Meter stehen bleibe und irgendwas kaufen will. So ein Supermarkt ist aber auch verdammt verführerisch. Ich sehe ihr an, dass sie mir meine gute Laune nicht verderben will. Auf die Idee, dass ich wegen Luca so gut gelaunt sein könnte, kommt sie nicht. Und irgendwie bin ich froh darüber. Ich ziehe meine Schuhe an und mache mich auf den Weg zum Auto, bevor meine Mutter es sich anders überlegen kann.

Kapitel 18

»Mama, können wir das kaufen?« Ich hebe die Flasche mit dem gelb-orangen Saft aus dem Regal und halte ihn meiner Mutter unter die Nase. Wir sind höchstens zehn Meter in den Supermarkt vorgedrungen und ich frage sie das schon zum dritten Mal. Sie wusste, dass es so kommen würde, und ich weiß, dass sie es hasst, doch immer, wenn ich hier bin, gibt es neue Produkte. Meine Mutter kauft immer dasselbe Zeug, und das, obwohl es so viele verschiedene Sorten gibt.

Sie wirft mir einen bösen Blick zu. »Nein!«

»Aber der sieht doch total cool aus!«, sage ich.

»Mia, wir haben gerade schon die Trinkmilch in den Wagen gelegt, die du unbedingt probieren willst, und die wir auf jeden Fall jetzt sofort kaufen müssen, weil schließlich *Limited Edition* draufsteht und du Angst hast, dass es sie beim nächsten Mal nicht mehr gibt! Und auch den weißen Kakao habe ich gekauft! Es reicht!«

Sie wendet sich von mir ab und biegt in den Gang mit den Backwaren ab.

»Aber der Saft schmeckt bestimmt total lecker«, bettle ich.

Eine Frau geht an uns vorbei und wirft einen Blick in unseren Wagen. Meine Mutter sieht sie an.

»Okay, dann kaufe ich eben diesen total lecker aussehenden Saft.«

Strike. Manchmal ist es gar nicht so schlecht, wenn die Eltern vor anderen Leuten immer gut dastehen wollen. Die Frau sucht eine Backmischung im Regal, legt diese gemeinsam mit einem Päckchen Zitronenaroma in ihren Einkaufswagen und verlässt den Gang. Meine Mutter und ich sind wieder alleine. Bevor auch sie sich den Backwaren zuwendet, dreht sie sich noch einmal zu mir um. »Wehe, du fragst mich noch nach einem einzigen Teil!«

Ich nicke und rolle genervt mit den Augen. Aber ich weiß, dass ich nur den richtigen Moment abpassen muss. Dann wird meine Mutter wieder nachgeben, weil sie vor anderen Leuten nicht mit mir streiten will.

Wir gehen weiter zur Wursttheke. Ich grinse vor mich hin, muss aufpassen, dass ich gehe und nicht tanze. Doch eigentlich hat das alles nichts zu bedeuten. Es war bloß ein Kuss. Ein Kuss von jemandem, mit dem ich noch gar keine Beziehung führe. Außerdem ist Luca ein Mädchen, und ich weiß, dass meine Eltern das nicht akzeptieren würden. Doch meine Gefühle steuern meinen Körper, und meine Beine bewegen sich wie von selbst. Ich kann nichts dagegen tun, dass ich den Drang habe, der ganzen Welt zu zeigen, wie unfassbar glücklich ich bin. Meine Mundwinkel heben sich von selbst. Es war nur ein Kuss, doch dieser Kuss war der Wahnsinn.

Ich erkenne schon von Weitem, wer ganz hinten in der Schlange steht. Marianne, Jonas' Oma. Für einen Moment denke ich darüber nach, zu flüchten. Ich könnte sagen, dass ich noch einmal zu den Cornflakes möchte. Doch dann würde meine Mutter mich nur wieder böse ansehen, und ich bin viel zu glücklich, um den Streit mit ihr so hochzuschaukeln. Ich entscheide mich dazu, mich einfach in die Schlange zu stellen. Irgendwann würden wir uns sicherlich wieder über den Weg laufen. Aber gerade bei Marianne trifft es mich irgendwie, weil ich weiß, wie sehr sie mich gemocht hat. Sie hat bestimmt mit ihrem Enkel mitgelitten, ihm Kakao gekocht und Brote mit Erdbeermarmelade geschmiert. Jetzt liegt Jonas alleine in ihrem Garten. Wenn überhaupt. Wahrscheinlich bleibt er lieber drinnen, weil er es nicht erträgt, dort zu liegen, wo wir noch vor einer Woche zusammen lagen.

Ich habe mehr Zeit mit Marianne verbracht als mit seinen Eltern. Sie hatte uns immer gern bei sich. Doch jetzt muss ich mich auch ihr stellen und dazu stehen, dass ich mich von ihrem Enkel getrennt habe. Ich hoffe, dass sie es zumindest ein bisschen nachvollziehen kann.

Meine Schritte verlangsamen sich und ich tue so, als würde ich noch all die Produkte, die rechts und links von mir stehen, betrachten wollen. Nur noch wenige Meter, bis wir an der Wursttheke ankommen, und bisher hat sich noch niemand hinter Marianne gestellt. Aber vielleicht habe ich ja Glück und sie dreht sich gar nicht um. Aber dann würde meine Mutter sie bestimmt ansprechen. Diese Situation erdet mich wieder ein bisschen. Es fühlt sich an, als würde ich wieder den Boden unter meinen Füßen spüren, und ich wäre gerne noch ein bisschen geflogen.

Kaum stehen wir hinter ihr in der Schlange, dreht sie sich auch schon um. Sie tut so, als würde sie einen Blick auf die verschiedenen Fleischsorten werfen, die dort ausliegen, aber ich bin mir sicher, dass sie mich schon längst bemerkt hat. Doch ein paar Sekunden verstreichen, ehe ihre blauen Augen direkt auf meine treffen. Sie haben dieselbe Farbe wie die von Jonas.

»Mia«, sagt sie nur. Sie sucht nach den richtigen Worten. Was sagt man denn in so einem Moment? *Lang nicht gesehen!* ist wahrscheinlich eher unpassend, wenn ich gerade mit ihrem Enkel Schluss gemacht habe. Schluss gemacht – das klingt so hart. Ich habe unsere Beziehung beendet, das ist alles.

»Hallo Marianne«, antworte ich. Ich überlege, ob ich noch ein Lächeln hinterherschieben soll, doch auch das erscheint mir unpassend.

»Jonas hat mir von euch erzählt … Schade! Ihr seid ein

wirklich schönes Paar gewesen!« Sie fällt direkt mit der Tür ins Haus.

Ich seufze. »Ja, ich habe auch lange gehofft, dass wir das noch einmal hinbekommen.« Ich werfe meiner Mutter einen unauffälligen Blick zu. Sie sieht verwirrt zwischen uns hin und her. Als sie meinen Gesichtsausdruck bemerkt, sieht sie mich fragend an. Meine Lippen formen ein stummes *Erklär ich dir gleich* – dann wende mich wieder Marianne zu.

»Jonas ist ganz schön traurig. Er versucht immer, das vor anderen zu verstecken, aber er ist sehr sensibel. Und du warst seine erste große Liebe.«

Ich beiße mir auf die Unterlippe. Ich bin mir sicher, dass sie das nicht absichtlich macht, aber mit ihren Worten weckt sie wieder das schlechte Gewissen in mir. Ich weiß nicht, was ich darauf antworten soll. Schließlich bekomme ich das jeden Tag in der Schule zu spüren.

Marianne schiebt ihren Wagen ein Stückchen weiter nach vorne. Wir folgen ihr. Jetzt steht nur noch eine Person vor ihr.

»Vielleicht hat all das aber auch etwas Gutes an sich. Jetzt ist Jonas traurig, aber das wird vorübergehen. Du wirst immer einen Platz in seinem Herzen haben, doch irgendwann wird er sich sicher wieder neu verlieben.« Das sind Worte, die nur Menschen sagen, die schon ein paar Jährchen gelebt haben. Sie hat natürlich recht, aber so fühlt sich das gerade sicher nicht an. Ich nicke. »Ich hoffe es für ihn«, sage ich.

Mariannes Mund öffnet sich und ich sehe ihr an, dass sie noch etwas sagen möchte, doch die Stimme der Verkäuferin unterbricht uns. Marianne wendet sich ihr zu und gibt ihre Wünsche auf. »Na ja, ich wünsche dir noch viel Glück für die Zukunft. Wir sehen uns bestimmt noch irgendwann einmal wieder.« Marianne lächelt. Ich auch. Und dann legt sie ihre Bestellung in ihren Einkaufswagen und geht. Für einen Moment habe ich das Gefühl, als wäre ich hart auf dem Boden der Tatsachen aufgeschlagen.

Im Auto spricht mich meine Mutter natürlich sofort auf Marianne an. Wahrscheinlich wollte sie es nicht riskieren, dass andere Leute uns zuhören.

»Du … du bist nicht mehr mit Jonas zusammen?« Sie sieht mich ungläubig an. »Warum hast du uns das nicht erzählt?« Sie steckt den Schlüssel ins Zündschloss und schnallt sich an.

»Na ja, wir sind erst seit einer Woche getrennt. Ich hätte es euch irgendwann noch erzählt, aber ich hab erst einmal ein paar Tage für mich gebraucht, um das zu verkraften. Auch wenn ich diejenige bin, die die Beziehung beendet hat, ist es nicht so einfach, plötzlich wieder single zu sein«, sage ich. Ich schnalle mich an, aber sie fährt noch nicht los.

»Warum habt ihr euch getrennt?«

Wie soll ich das bitte meiner Mutter erklären? Sie würde es nicht verstehen. *Er ist zu lieb und zu langweilig.* Darüber würde sie doch laut lachen. Meine Gedanken überschlagen sich. Ich atme tief durch. Sie sieht mich von der Seite an. Ihr Blick bohrt sich in mich hinein.

»Na ja, wir haben uns eben auseinandergelebt. Uns in verschiedene Richtungen entwickelt«, sage ich. Das ist nicht einmal gelogen. Es drückt die Wahrheit nur etwas sanfter aus. Ich denke an Luca und frage mich, wie es ihr gerade geht. Denkt sie auch so oft an mich? Vielleicht hat ihr der Kuss überhaupt nichts bedeutet. Vielleicht aber tanzt sie gerade auch genauso durchs Haus wie ich. Wenn ich zu Hause bin, muss ich ihr von meiner Begegnung mit Marianne erzählen. Und Melissa auch.

»Inwiefern habt ihr euch entwickelt?«

Warum stellen Eltern eigentlich immer so viele Fragen? Sie müssen immer weiter in der Wunde bohren. Ich will diese Frage nicht beantworten, schaue stattdessen aus dem Fenster und betrachte die vorbeifahrenden Autos. Sie fragt nicht noch einmal nach, sondern dreht endlich den Zündschlüssel um und startet das Auto. Vielleicht hat sie sich gerade an ihre eigene Jugend zurückerinnert, und ihr ist bewusst geworden, dass es nicht so toll ist, wenn man in meiner Situation mit Fragen gelöchert wird. Mein Kopf ist voll genug. Ich will einfach nur alleine sein. Oder bei Luca. Ich bin meiner Mutter dankbar, dass sie einfach schweigt.

Kapitel 19

Mein Blick klebt wie gefesselt an Luca. Sie steht neben mir und ich merke, dass auch ihre Augen an mir hängen. Es fällt mir schwer, nicht offen zu ihr zu stehen. Eigentlich wollte ich genau diese Art von Adrenalinschub. Ich wollte große Gefühle, die ich nicht erklären kann. Die habe ich jetzt: Ein nervöses Loch in meinem Bauch, das ich einerseits genieße, bei dem ich mir andererseits aber auch wünsche, dass es nicht da wäre. Es wäre viel einfacher, wenn Luca ein Junge wäre. Auch wenn mich dann wahrscheinlich die ganze Schule als Schlampe bezeichnen würde, weil ich schon so schnell eine neue Beziehung führe, aber nach ein paar Tagen wäre das verpufft. Doch die Liebe zu einem Mädchen – das sorgt für Zündstoff. Und ich wäre ihre Zielscheibe.

Selbst vor Melissa traue ich mich nicht, offen zu sein. Es ist immer noch etwas anderes, wenn die beste Freundin auf ein Mädchen steht. Schließlich hat sie mich auch gefragt, ob es nicht komisch ist, mit Luca befreundet zu sein. Möglicherweise hat sie nichts dagegen, wenn andere Leute das ausleben, aber eine Lesbe als beste Freundin, das möchte sie vielleicht nicht. Aber ich bin gar nicht lesbisch. Schließlich habe ich noch bis vor wenigen Tagen eine Beziehung mit einem Jungen geführt. Doch ich habe Gefühle für Luca. Das kann ich nach unserem gestrigen Kuss nicht mehr leugnen. Und sie ist ein Mädchen. Nur was heißt das jetzt für mich?

Ich versuche, mich auf Melissa zu konzentrieren. Sie erzählt gerade irgendwas von ihrem Bruder, der mal wieder ein Mädchen hat sitzen lassen. Er macht oft einen auf Womanizer, der nur für eine Nacht zu haben ist. Und doch fallen die Mädchen immer wieder auf ihn rein. Ich weiß nicht, ob sie sich mehr darüber aufregt, dass ihr Bruder immer wieder so mies ist, oder eher über die Mädchen, die ständig auf ihn hereinfallen. Ich versuche ihr zuzuhören, auch wenn meine Gedanken wo ganz anders sind. Es tut gut, von ihr abgelenkt zu werden, und ich versuche mich wirklich auf ihre Worte zu konzentrieren. Doch es ist, als würden sie mein Ohr knapp verfehlen. Luca merkt das. Glaube ich zumindest. Sie guckt mich die ganze Zeit von der Seite an. Ich muss mich richtig zusammenreißen, sie nicht auch anzusehen. Wenn ich nicht in ihre grünen Augen blicke, vergesse ich sie vielleicht irgendwann. Und dann tut es nicht mehr weh.

Im nächsten Moment brechen die Stimmen in meinem Kopf in lautes Gelächter aus. Wie soll ich ihre grünen Augen vergessen, wenn wir zusammen zur Schule gehen, wenn mein Finger bei WhatsApp immer wieder wie von selbst auf ihr Profilbild klickt und mein Herz die ganze Zeit schreit, dass es sie wieder treffen will? Von meinen Lippen, die kribbeln, wenn ich nur an sie denke, weil sie sich unbedingt wieder auf ihre legen wollen, mal ganz zu schweigen. Mein Herz schlägt ein bisschen schneller. Nein. Nein. Nein. Ich zwinge mich weiter dazu, Melissa zuzuhören. Mittlerweile redet sie nicht mehr über ihren Bruder, sondern über den Ordnungsfimmel ihrer Mutter.

Es klingelt. »Was haben wir jetzt noch mal?«, fragt Luca.

»Erdkunde«, sage ich, sehe sie dabei aber nicht an.

Für einen Moment denke ich darüber nach, ob mein Verhalten nicht kindisch ist. Gestern habe ich sie noch leidenschaftlich geküsst, mich einfach fallen gelassen, und heute benehme ich mich so, als würde ich sie nicht kennen. Ich weiß, dass sie mich mag. Und ich mag sie. Warum mache ich es mir selber so schwer?

Mein Blick wandert zu Jonas. Auf seinen Lippen liegt ein Lächeln – wahrscheinlich hat Simon gerade einen seiner schlechten Witze erzählt. Aber in seinen Augen erkenne ich immer noch die Leere, und deshalb sehe ich schnell weg. Doch Luca kann ich auch nicht ansehen. Und Melissa fühlt sich bestimmt auch schon beobachtet.

»Also irgendwie hab ich ziemlich Glück gehabt mit meinen Eltern. Mein Stiefvater ist zwar nicht so oft zu Hause, aber wenn, dann ist es total schön mit ihm. Er kümmert sich wenigstens noch um seine Familie«, sagt Luca plötzlich. Ich habe gar nicht mitgekriegt, worauf sich das überhaupt bezieht, aber mein Herz setzt einen Moment aus. Ich beiße mir auf die Lippen. Ihre Worte reichen aus, um mein Herz fast zum Stillstand zu bringen und wieder im Hier und Jetzt anzukommen.

Es ist Pause. Kinder rennen an uns vorbei, vollkommen sorglos. Abiturienten stehen in der Raucherecke, Pärchen küssen sich. Und ich stehe meinem Ex gegenüber und weiß nicht, wie ich anfangen soll. Andere würden einen genervten Kommentar abgeben oder sich erst gar nicht auf ein Gespräch einlassen, aber Jonas sieht mich nur schweigend an. Ich atme tief durch, nehme meinen Mut zusammen und beginne einfach zu sprechen. Ihm kann ich sowieso nichts vormachen, wir sind ein Jahr zusammen gewesen, und ich muss einfach mit ihm reden.

»Ich hab gestern deine Oma getroffen«, sage ich. »Sie hat gesagt, dass du ziemlich fertig bist und ich sehe das in der Schule ja auch … Ich möchte einfach, dass du weißt, dass es mir wirklich leidtut. Ich hab das nicht gewollt.« Ich komme mir total albern vor, aber ich habe das Bedürfnis, das alles loszuwerden.

»Ich weiß, dass dir das leidtut. Und ich mache dir auch überhaupt keine Vorwürfe, aber verletzt bin ich trotzdem. Das kannst du doch sicher nachvollziehen, oder?«

»Ja … natürlich kann ich das nachvollziehen! Ich hab noch eine Frage, Jonas …« Ich überlege, ob ich es wirklich aussprechen soll. Doch ich muss es einfach wissen. »Hast du es deiner Oma erzählt oder hat sie nach mir gefragt?« Ich sehe ihn nur kurz an, dann blicke ich wieder auf den Boden.

»Ich hab es ihr erzählt. Also, erst hat sie gefragt und dann hab ich es ihr erzählt. Du warst schon seit einigen Tagen nicht mehr bei ihr gewesen. Dann hat sie gefragt, wann du das nächste Mal kommst und ich habe ihr erzählt, dass unsere Beziehung vorbei ist.«

Ich nicke, weil ich nicht weiß, was ich sonst tun soll. »Ihr Garten war immer toll«, sage ich.

»Ja, ich mag ihn auch sehr. Aber eine Beziehung lebt nicht von Blumen allein.« Über seine Lippen huscht ein kleines Lächeln.

»Das stimmt wohl«, stimme ich ihm zu und lächle auch. Es freut mich, dass er wieder ein bisschen lächeln kann. Das sah wirklich echt aus. Vielleicht werden wir es ja wirklich eines Tages schaffen, Freunde zu sein. Das wäre toll.

»Aber vielleicht hat Lucas Oma ja auch einen tollen Garten.« Er klingt, als würde er mehr mit sich selbst als mit mir reden.

Mich erschreckt seine Anspielung auf Luca.

»Wieso Luca?« Natürlich weiß ich, warum Luca. Aber ich weiß nicht, was ich sonst tun soll, außer so zu tun, als wüsste ich nicht, wovon er redet.

»Ich war ein Jahr mit dir zusammen. Ich kenne jede Faser deines Körpers, jeden Ausdruck, den dein Gesicht in den verschiedensten Situationen zeigt. Glaubst du, ich bin blöd?« Er sieht mir direkt in die Augen. Ich muss seinem Blick standhalten, weil es mich verraten würde, würde ich jetzt wegsehen. Mein Herz schlägt mir bis zum Hals. Ich spüre, dass meine Hände feucht werden. Er hat recht. Dennoch habe ich Angst vor dem, was er jetzt sagt. »Ich merke doch, dass sie meinen Platz in deinem Herzen eingenommen hat. Du hast wegen ihr mit mir Schluss gemacht, und ich sehe, wie du sie anschaust. Und weißt du was, ich sage es dir noch einmal, weil ich es genauso meine: Ich wünsche euch beiden alles Gute. Ich möchte, dass du glücklich bist.«

Kapitel 20

Ich treffe mich mit Melissa im Park. Genau hier habe ich noch vor ein paar Tagen mit Jonas gesessen und versucht ihm zu erklären, warum ich mit ihm Schluss mache. Ich frage mich, ob ich für Melissa auch so durchschaubar bin wie für Jonas, oder ob sie immer noch glaubt, dass Luca und ich nur Freunde sind.

»Hast du Zoff mit Luca?«, fragt meine beste Freundin plötzlich. Ich zucke zusammen. Ein bisschen, weil sie mich damit aus meinen Gedanken reißt; ein bisschen, weil mich ihre Frage schockiert. »Ich wollte dich nicht erschrecken!« Sie nimmt gespielt unschuldig die Hände in die Luft.

»Nein!« Ich antworte ein wenig zu impulsiv. Verdammt, ich habe gar keine Kontrolle mehr über meinen Körper. Ich lache ständig, auch wenn ich es gar nicht will, und trete ununterbrochen von einem Fuß auf den anderen, weil ich nicht still sitzen kann und am liebsten Luftsprünge machen würde. Und alles nur wegen eines Kusses? Ich hätte nicht gedacht, dass ein Kuss so viel verändern kann.

»Okay, okay!« Wieder hebt Melissa die Hände. »Warum hast du sie dann heute den ganzen Tag nicht eines Blickes gewürdigt? Du hast sie fast ignoriert.« Sie sieht mich fragend an.

»Habe ich das?« Ich tue so, als wüsste ich nicht, wovon sie spricht.

»Mia, ich bitte dich! Normalerweise kleben deine Augen regelrecht an ihr, so dass ich mir sicher bin, dass du schon nach den wenigen Tagen jede ihrer Sommersprossen auswendig gekannt hast.« Ihr Blick löst sich nicht von mir, aber ich wünschte, sie würde mich nicht so anstarren. Ich hätte nicht gedacht, dass es wirklich so offensichtlich ist. Ich betrachte den Boden, als würde ich etwas suchen. »Und heute hast du plötzlich so getan, als wäre sie nicht da! Stattdessen hast du mich angestarrt, als würdest du mich hypnotisieren wollen und vor der Erdkundestunde hast du dann über unsere Köpfe hinweg alle anderen beobachtet. Und ich glaube, du hast noch nie so lange nach vorne gesehen wie heute. Was war da los?«

Ihre Worte prasseln auf mich ein wie Hagelkörner. Sie hat mich ertappt.

»Wir haben keinen Streit. Ich möchte nur nicht, dass sie auch denkt, dass mein Blick nur an ihr kleben würde.« Das ist nicht einmal gelogen.

»Ach ja? Und du glaubst, wenn sie sieht, dass dein Blick an mir genauso hängt, wird sie das nicht mehr komisch finden?« Sie zieht fragend eine Augenbraue in die Höhe.

Nicht mehr lange, dann wird sie mich geknackt haben. Ein Teil von mir freut sich darauf, weil ich es dann endlich nicht mehr vor ihr verstecken muss, aber der andere hat Angst davor. Ich kneife die Augen zusammen, sehe kurz in den Himmel. Dann hole ich tief Luft. Sie ist meine beste Freundin. Sie weiß alles über mich. Sie wird auch das verstehen. Tausend Gedanken schießen durch meinen Kopf. Ich bleibe stehen, halte mir meine gefalteten Hände vor den Mund und fahre mir durch die Haare. Mein Herz schlägt mir bis zur Brust, und diesmal ganz bestimmt nicht vor Freude.

»Was ist denn los mit dir, Mia? So kenne ich dich ja gar nicht!«

Ja, so kenne ich mich auch nicht, antworte ich in Gedanken. Doch es ist Zeit für die Wahrheit. »Verdammt, ich habe mich in sie verliebt! In ein Mädchen! Und ich will das nicht!« Plötzlich bleibt mir die Luft weg. Die Worte kommen einfach aus meinem Mund geflogen, doch jetzt ist er so trocken, dass ich nichts mehr sagen kann.

Melissa schluckt. Ich sehe ihr an, dass sie das nicht erwartet hat. Sie sieht mich an, öffnet den Mund, weiß aber nicht, was sie darauf antworten soll. Sie ist sprachlos.

Und irgendwie sticht das mehr in mein Herz, als wenn sie einen blöden Kommentar abgegeben hätte. Sie sagt einfach nichts. Ich setze mich wieder in Bewegung. Melissa folgt mir. Ich lasse mir nicht anmerken, wie sehr mich ihre Stille trifft. Schweigend gehen wir nebeneinanderher.

Nach ein paar Minuten findet sie ihre Sprache wieder. »Du … bist bisexuell? Hast du deswegen mit Jonas Schluss gemacht?«

»Diese Frage hat Jonas auch gestellt. Nein. Ich hätte auch ohne Luca mit ihm Schluss gemacht, es hat einfach nicht mehr gepasst. Aber natürlich hat sie eine gewisse Rolle gespielt. Wäre sie nicht da, hätte ich vielleicht noch ein paar Wochen abgewartet.«

Melissa nickt. Sie wirkt, als bräuchte ihr Gehirn Ewigkeiten, um diese Informationen zu verarbeiten. »Jonas weiß es also auch schon?«

»Ich musste ihm gar nicht sagen, dass ich in Luca verliebt bin, er hat es gespürt. Er weiß eben genau, wie ich ticke.« Während ich rede, kann ich Melissa nicht ansehen. Deshalb konzentriere ich mich weiterhin auf meine Füße.

»Mhm, ja, irgendwie kann ich das auch nachvollziehen. Es hat mich ja auch gewundert, dass du sie dauernd anguckst, aber ich dachte, das liegt einfach daran, dass sie neu ist, und dass sich das bald wieder legt.«

»Ja, das dachte ich auch. Es fing damit an, dass ich ihre grünen Augen so unfassbar schön fand – ich dachte: Ich finde viele Augen schön, sie ist eben nur ein weiteres Mädchen mit schönen Augen! Doch dann haben wir uns zum ersten Mal getroffen, und es ist einfach sofort eine gewisse Vertrautheit da gewesen«, erzähle ich.

»Das Strahlen in deinen Augen spricht Bände!« Meine beste Freundin lacht, und ich habe das Gefühl, als würde eine Last von mir abfallen. »Du hast dich mit ihr getroffen und ihr das beste Limetteneis der Gegend gezeigt, richtig?«

Ich grinse. »Richtig. Und AnnenMayKantereit. Sie kannte die Band vorher gar nicht. Und jetzt hört sie sie genauso viel wie ich. Obwohl ich ja glaube, dass sie das eigentlich nur tut, weil sie weiß, wie sehr ich ihre Musik liebe.« Ich schaue verträumt in den Himmel. Es ist schön, verliebt zu sein. Auch, wenn ich weiß, dass es nicht leicht werden wird.

»Das war ja klar!« Sie lacht. »Und warum möchtest du diese Gefühle jetzt nicht? Das klingt doch toll! Ist es nicht schön, wenn man jemanden hat, der Dinge tut, nur weil er weiß, dass sie den anderen glücklich machen?«

»Doch, natürlich. Aber nicht jeder reagiert so gechillt darauf wie du. Du hast doch gesehen, wie Leah ausgerastet ist, als sie auf der Party gesehen hat, dass Luca mit einem anderen Mädchen rumgeknutscht hat. Ich möchte nicht ihr Mobbingopfer sein!«

»Ach Mia, du weißt aber auch, wie schnell sie wieder von ihr abgelassen haben. Das ist vielleicht ein, zwei Tage interessant, aber nicht länger!«, versucht sie mir ins Gewissen zu reden.

»Ja, aber das war doch nur so, weil Jule und sie nach der Party nie wieder ein Wort miteinander gewechselt haben. Das war eine normale Knutscherei auf 'ner Party – das macht jeder von uns, wenn die Stimmung stimmt. Aber ich liebe dieses Mädchen. Ich möchte kein One-Night-Stand sein, mit der sie einmal knutscht und dann nie wieder redet!« Ich schütte meiner besten Freundin mein ganzes Herz aus. Ich bin froh, dass sie es endlich weiß, und dass sie es auch ziemlich entspannt aufgenommen hat.

»Ja, natürlich ist mir klar, dass das ein Unterschied ist. Aber wenn die merken, dass es vollkommen egal ist, ob ihr ein Junge und ein Mädchen oder zwei Mädchen seid, werden sie euch schon in Ruhe lassen.«

»Glaubst du wirklich, dass es so einfach wird?«, frage ich. Ich betrachte sie von der Seite.

Sie seufzt. »Nein, ich glaube nicht, dass es einfach wird! Aber glaubst du, dass deine Gefühle verschwinden werden, nur weil du so tust, als wären sie nicht da?« Ich spüre, dass sie mein Verhalten lächerlich findet.

»Irgendwie schon. Wenn ich nicht mehr so oft in ihre Augen gucke, werde ich sie vielleicht eines Tages nicht mehr so schön finden.« Jetzt, wo ich meine Gedanken tatsächlich laut ausspreche, klingen sie wirklich ziemlich dämlich.

»Ich bitte dich! Mit Sicherheit werden deine Gefühle nicht einfach verschwinden, nur weil du sie ignorierst. Außerdem: Was wird Luca dann von dir denken?«

Damit streut sie natürlich Salz in meine Wunde. Und das weiß sie. Ich zucke resigniert mit den Schultern. »Keine Ahnung. Wahrscheinlich hätte ich es sowieso nicht lange durchgehalten. Sie spukt viel zu sehr in meinem Kopf herum«, gebe ich zu.

»Eben. Und deshalb musst du einfach zu deinen Gefühlen stehen. Auch wenn es schwer wird!«

»Du hast ja recht.« Ich muss dazu stehen. Ja, das muss ich. Sonst werde ich Luca verlieren. Und das möchte ich auf keinen Fall.

Kapitel 21

Herr Krülwitz sitzt auf dem Pult. Sozialwissenschaft. Eins der unnötigsten Fächer, die der Lehrplan zu bieten hat.

Es dauert einen Moment, bis Ruhe im Raum herrscht, doch ich bin sofort still. Luca sitzt ein bisschen von mir entfernt. Ich habe die perfekte Position, um sie ungehindert zu beobachten.

Mein Gespräch mit Melissa von gestern steckt mir noch in den Knochen. Sie weiß es. Und ich merke, dass sie auch weiß, dass ich Luca die ganze Zeit mehr oder weniger heimlich beobachte, denn sie lächelt mich immer wieder von der Seite an. Ihr Blick scheint zu sagen *Mach ruhig, es ist alles gut!*, und ihr Zuspruch beruhigt mich. Trotzdem habe ich das Gefühl, dass ich Luca zu viel ansehe. Wenn sie das bemerken würde, wäre das zwar nicht dramatisch – immerhin haben wir uns schon geküsst –, aber trotzdem müsste ich ihr dann viel erklären. Ich müsste ihr erzählen, dass mir der Kuss mehr bedeutet als nur Spaß. Vielleicht wäre dann alles in Ordnung. Vielleicht würde sie dann meine Hand nehmen und offen zu mir stehen. Aber es könnte auch sein, dass ihr der Kuss genauso wenig bedeutet hat wie der mit Jule. Vielleicht hat sie einfach gemerkt, dass ich sie so viel anstarre und das ausgenutzt, weil sie auf englische Grammatik keine Lust mehr hatte.

Bei diesem Gedanken zieht sich mein Herz schmerzhaft zusammen. Ich zwinge mich dazu, meinen Blick von ihr zu lösen. Melissa weiß noch nicht, dass wir uns geküsst haben. Dass ich sie liebe, ja, aber nicht, dass da von ihrer Seite auch etwas gekommen ist. Ich wippe nervös mit den Beinen und mein Blick fliegt zwischen Melissa und Luca hin und her. Die Stimmen in meinem Kopf übertönen die von Herrn Krülwitz.

Mein Blick wandert zu Leah. Sie scheint unserem Lehrer tatsächlich zuzuhören, immerhin guckt sie nach vorne und beschäftigt sich nicht mit anderen Dingen. Doch als Leah bemerkt, dass ich sie angucke, wendet sie ihren Blick sofort von unserem Lehrer ab. Als müsste sie mir beweisen, dass sie kein Streber ist. Wieder ein kurzer Moment der Unsicherheit, doch schnell fängt sie sich. Wie damals auf der Party.

Noch nie habe ich Leah so genau betrachtet. Wir sind schon lange im gleichen Jahrgang, natürlich habe ich sie schon oft angeguckt, aber noch nie so genau. Zum ersten Mal entdecke ich die kleine Narbe an ihrer Schläfe. Sofort frage ich mich, woher die kommt. Ich weiß gar nicht, warum ich mich das interessiert.

Melissa beneidet dieses Mädchen. Aber worum genau? Melissa ist zu stolz dafür, mir das zu sagen. Für einen kurzen Moment ist sie bei unserem Shoppingnachmittag eingeknickt, aber gleich darauf hat sie ihre Fassade wieder aufgebaut und so getan, als wäre nichts geschehen. Doch ich rätsle noch immer, was es ist, das sie gern hätte. Klar, manchmal wäre ich auch gerne so beliebt wie Leah, so schön wie Frau Korn oder so umschwärmt wie Ben. Aber ich habe noch nie ernsthaft andere Menschen um irgendwas beneidet. Und von Melissa hätte ich das noch weniger erwartet.

»Ich habe heute Morgen ganz vergessen, die Arbeitsaufträge zu kopieren. Das mache ich jetzt noch einmal schnell. Ihr verhaltet euch ruhig!«, sagt Herr Krülwitz und wirft einen mahnenden Blick in den Kurs. Wir alle nicken. Das ist unser Sozialwissenschaftslehrer. Jung, schwarze Hornbrille, frisch aus dem Referendariat, ziemlich verplant und noch hoch motiviert. Ich brauche nicht zu erwähnen, dass ihm die halbe Schule zu Füßen liegt. Und ich glaube, er weiß das und genießt es. Noch.

Sobald er die Tür hinter sich geschlossen hat, gehen die Gespräche los. Ich wende mich Melissa zu – nicht, ohne noch einen prüfenden Blick auf Luca zu werfen, die gar keinen hat, mit dem sie sich unterhalten kann, weil sie alleine sitzt. Als sie hier neu war, schien ihr das wahrscheinlich als die beste Lösung, doch jetzt, wo sie schon Freunde gefunden hat, hätte sie bestimmt lieber jemanden zum Reden.

»Du, Melissa?«

»Mhm?«

»Es gibt da etwas, das ich dir gestern noch nicht gesagt habe …«

»Was denn?« Sie sieht mich verwundert an.

Ich suche nach den richtigen Worten. Soll ich es ihr lieber direkt ins Gesicht sagen oder irgendwie drumherum an die Sache herangehen? Ich weiß es nicht, aber ein Teil von mir sagt mir, dass sie das gar nicht mehr so schocken wird – schließlich weiß sie ja schon, dass ich mehr für Luca empfinde. Doch die böse Stimme in mir drin kontert sofort, dass zwischen heimlichen Gefühlen und einem offenen Kuss noch einmal einiges liegt. Meine Gefühle kann ich versteckt halten, aber wenn Luca auch etwas für mich empfindet und wir zusammen sein wollen, wissen bald auch alle anderen, dass ihre beste Freundin auf Mädchen steht. Doch dann kommt wieder die andere Stimme, die sagt, dass Melissa schließlich die gewesen ist, die mich dazu ermuntert hat, zu meinen Gefühlen zu stehen. Muss sie da nicht mit einem Kuss rechnen? Wenn auch eher in der Zukunft und nicht in der Vergangenheit.

Die Uhr, die über der Tür hängt und tickt, erinnert mich daran, dass ich anfangen sollte zu sprechen. Gleich wird Herr Krülwitz zurückkommen.

»Luca und ich haben uns vorgestern noch einmal getroffen. Und dabei haben wir uns geküsst«, flüstere ich ihr zu. Puh. Jetzt ist es raus. Ich habe es ihr wirklich gesagt. Ihr zu gestehen, dass ich in ein Mädchen verliebt bin, war nur der erste Schritt. Doch mit diesen Worten habe ich meine Gefühle offen dargelegt. Und das fühlt sich plötzlich ziemlich komisch an.

Doch bevor Melissa etwas antworten kann, kommt Herr Krülwitz wieder rein, alle Gespräche ebben augenblicklich ab und er beginnt damit, uns den Arbeitsauftrag mitzuteilen. Ich versuche ihm zuzuhören, aber ich bin viel zu gespannt, was Melissa zu unserem Kuss sagt. Warum eigentlich? Was soll sie schon sagen? Eigentlich gibt es dazu nichts zu sagen. Ich wollte nur, dass sie es weiß. Doch trotzdem bin ich gespannt, wie sie reagiert. Diese Stunde soll einfach ganz schnell enden. »In den nächsten Stunden wird es eure Aufgabe sein, ein gemeinsames Referat zu erstellen. Ich habe die Paare wild gemixt. Das Thema dürft ihr frei wählen – die einzige Vorgabe ist: Es soll ein kritisches Thema sein, das euren Alltag betrifft, also zum Beispiel Obdachlosigkeit, Bulimie oder Flüchtlinge. Welches Thema ihr wählt, ist vollkommen euch überlassen. Ihr müsst zu zweit eine PowerPoint-Präsentation und eine anschließende Fragerunde vorbereiten«, erzählt unser Lehrer. Das klingt ja eigentlich ganz interessant – auch wenn ich es hasse, wenn wir uns unsere Partner nicht selber aussuchen dürfen. Meistens habe ich dann nämlich Pech und am Ende bleibt die ganze Arbeit an mir hängen. Außerdem mache ich viel lieber Plakate als PowerPoints. Aber die Idee klingt toll, da kommen bestimmt interessante Themen bei raus. Gespannt gucken wir alle nach vorne, denn es gibt nur eine Sache, die uns im Kopf herumschwirrt: Mit wem werden wir unser Referat halten müssen?

»Bevor ich jetzt vorlese, wer mit wem arbeiten wird, möchte ich noch aufkommende Fragen klären.« Er sieht in die Runde. Das ist wahrscheinlich einer der wenigen Momente, in denen wirklich alle Augenpaare auf ihm liegen. Und ein bisschen fühlt er sich wahrscheinlich wie ein Star, der von Paparazzi umzingelt wird. Und genießt auch das.

Natürlich schnellen sofort ein paar Hände in die Luft und es werden die typischen Fragen gestellt.

»Wie lang soll die Präsentation werden?« Josi. Zehn Minuten, fünf pro Person. Videos werden extra drauf gerechnet.

»Wie viele Folien brauchen wir?« Sophie. Höchstens fünfzehn.

»Wie lange haben wir Zeit?« Ben. Zwei Wochen. Aber nur zu Hause. Ihr seid alt genug. Mit dieser Aussage macht er sich nicht gerade beliebt, aber das interessiert ihn nicht.

Er soll jetzt einfach sagen, mit welchem Idioten ich den Vortrag diesmal machen muss. Und dann möchte ich endlich wissen, was meine beste Freundin über den Kuss zwischen Luca und mir denkt. Ich traue mich gar nicht, sie anzusehen, aber Luca kann ich in dieser Situation auch nicht angucken. Deshalb analysiere ich das Gesicht meines Politiklehrers so genau, wie ich es noch nie zuvor getan habe. Er hat ein Muttermal unter seinem rechten Auge.

Nachdem auch die letzte Frage geklärt ist, beginnt er, die Namen vorzulesen. Wir hängen alle an seinen Lippen.

»Mia, du arbeitest mit …« Obwohl er für diesen Satz nur eine Sekunde braucht, bleibt mein Herz kurz stehen. Und dann spricht er es aus. »Luca.« Hat er das gerade wirklich gesagt? Ich brauche einen Moment, um es zu realisieren. Ich versuche, meine Freude nicht zu offensichtlich zu zeigen. Mein Blick sucht ihren und sie lächelt. Ich erwidere es. Es ist der erste offensichtliche Blickkontakt, den wir heute während der Stunde aufnehmen. Und sofort nistet sich ein warmes Gefühl in meinem Bauch ein.

»Ich hoffe, das ist okay.« Er sieht mich fragend an. Ich nicke. Fragt er das jetzt, weil Luca neu ist? Der Sinn dieser Vergabe ist es doch, auch mal mit jemandem zusammenzuarbeiten, den man auf den ersten Blick vielleicht nicht so okay findet.

Wow, das ist das erste Mal, dass es mich nicht schlecht getroffen hat. Entweder, Herr Krülwitz wollte mir einen Gefallen tun, oder er hat einfach noch nicht gemerkt, dass wir Freunde sind. Und vielleicht auch mehr als das.

Ich grinse die ganze Stunde vor mich und kann nicht aufhören, mit dem Stuhl zu kippeln. Die anderen im Kurs halten mich wahrscheinlich schon für vollkommen durchgeknallt, aber ich kann es einfach nicht unterdrücken. Ich kann nichts gegen diese Gefühle unternehmen. Verdammt. Ich führe mich auf, als wäre ich betrunken und hätte die Kontrolle über meinen Körper verloren. Doch ich bin nur verliebt. Verliebt in diese grünen Augen.

»Es klingelt jetzt gleich, aber ihr könnt euch ja schon einmal mit eurem Partner zusammensetzen und euch überlegen, welches Thema ihr wählen wollt.«

Die Hälfte der Klasse steht auf, die einen strahlend und motiviert, die anderen eher angewidert und unerfreut. Melissa muss mit Leah arbeiten – ich bin auf das Ergebnis mindestens genauso gespannt wie sie. Vielleicht wird sie dann doch einmal ein ganz anderes Mädchen kennenlernen. Das Mädchen hinter dieser dicken Schicht Make-up und der großen Klappe.

»Da hat es uns ja wunderbar getroffen! Dann können wir ja genau dort weitermachen, wo wir vorgestern aufgehört haben!« Luca grinst, als ich mich neben sie gesetzt habe.

Für einen Moment erschreckt mich ihre Offenheit, doch dann freue ich mich tierisch darüber, dass sie tatsächlich auch noch an unseren Kuss denkt. Und sie sagt, dass wir genau dort weitermachen können – das heißt, er hat für sie auch eine Bedeutung! Ich grinse zurück.

»Das machen wir.«

»Und welches Thema nehmen wir?«

Ich überlege. »Mhm, ich weiß nicht.«

»Also ich weiß nicht, ob dich das stört, und wenn es das tut, sag das, aber ich finde, dass das Thema LGBTQ toll wäre. Also lesbian, gay, bisexual, transgender und queer. Wir könnten uns mit dem Umgang damit hier in Deutschland – in der Gesellschaft und vor dem Gesetz – aber auch in anderen Ländern beschäftigen. Was hältst du davon?« Sie sieht mich fragend an.

»Find ich super!«, sage ich sofort.

»Na, dann haben wir uns ja schnell für ein Thema entschieden!«

»Ich muss nach der Stunde noch schnell etwas mit Melissa klären – wir kommen danach einfach zu unserem Treffpunkt in der Mensa, okay?«

»Klar. Soll ich euch schon einmal etwas zu essen kaufen?«

»Nein, danke. Aber du hältst uns zwei Plätze frei, ok?«

»Klar, gerne.« Sie nickt.

Als ich aufstehe, um zurück zu meinem Platz zu gehen, klingelt es auch schon. Die fürs Stundenende typische Panik bricht aus: Alle können nicht schnell genug aus dieser stickigen Höhle kommen.

Melissa steht mir gegenüber. »Warum starrst du mich so an, Mia?« Sie lacht. »Du hast schon ganz nervöse Flecken im Gesicht!«

Warum muss ich immer diese Flecken bekommen? Ich hasse das!

»Was soll ich denn dazu sagen? Ich freue mich für euch. Es ist doch schön, wenn du weißt, dass deine Gefühle erwidert werden. Für mich macht es wirklich keinen Unterschied, ob du mit einem Jungen oder einem Mädchen zusammen bist. Klar, das geht jetzt ziemlich schnell und ich würde an eurer Stelle vielleicht nicht sofort damit an die Öffentlichkeit gehen – schon alleine Jonas zuliebe –, aber wegen mir brauchst du dir da echt keine Sorgen zu machen. Ich bin ganz gechillt.« Sie legt mir ihre Hand auf die Schulter.

»Danke, Melissa. Du bist die beste Freundin der Welt.«

Sie lächelt.

»Aber wir sind nicht zusammen. Wir haben uns nur geküsst!«, schiebe ich nach.

»Okay. Trotzdem. Wenn ihr irgendwann einmal zusammenkommen solltet, sollst du wissen, dass das für mich kein Problem ist.«

Wir umarmen uns, dann machen wir uns auf den Weg in Richtung Mensa. Irgendwie sagt mir meine innere Stimme, dass alles gut werden wird. Heute ist ein guter Tag.

Kapitel 22

Luca steht bei uns im Flur. Meine Eltern haben bis jetzt nichts dazu gesagt, dass ich mich in der letzten Woche beinahe täglich mit ihr getroffen habe. Schließlich ist Luca ein Mädchen und es ist vollkommen normal, dass man sich oft mit einer Freundin trifft. Mache ich mit Melissa schließlich auch. Da kann in der Welt meiner Eltern ja nichts zwischen uns sein. Vielleicht haben sie einfach noch nichts gesagt, weil sie ihren Paradiesapfel nicht zerstören wollen, aber ich glaube, in ihrem Weltbild haben solche Gedanken einfach keinen Platz.

Ich warte, bis Luca ihre Schuhe ausgezogen hat. Sie besteht darauf, obwohl ich ihr schon so oft gesagt habe, dass sie sie anbehalten kann.

Nervös tripple ich von einem Fuß auf den anderen. Ich versuche, mein breites Grinsen zu unterdrücken. Und auch Luca wirft mir heimliche Blicke zu und lächelt, obwohl sie versucht, sich nichts anmerken zu lassen. Auch wenn es keine Lösung ist, es meinen Eltern nie zu sagen, ist es besser, wenn sie erst einmal nichts davon erfahren. Und deshalb muss ich mich so unauffällig wie möglich verhalten, auch wenn mir das in ihrer Nähe ziemlich schwerfällt, weil ich die Kontrolle über mich immer mehr verliere. Ich lache, wenn ich gar nicht lachen will; meine Hände werden feucht, obwohl es gar nicht warm ist. Jetzt hat Luca die Macht. Sie weiß genau, wie sie mich um ihren Finger wickeln kann. Ein Blick genügt. Doch vielleicht habe ich ja auch ihre Zügel in der Hand? Vielleicht geht es ihr ja genau wie mir.

Ich schaue auf ihre Hände. Wie gerne würde ich sie jetzt einfach nehmen und in die Welt hinausschreien wie sehr ich dieses Mädchen liebe, doch das alles ist nicht so leicht.

Ich sehe zu meinen Eltern. Warum stehen die beiden eigentlich neben uns, als wären wir zwei Straftäterinnen, die bewacht werden müssen? Meine Mutter sieht mich an und lächelt. Ich lächle zurück, weil ich ihr ein Stück von meinem Glück abgeben möchte, obwohl sie noch gar nichts davon weiß. Ich bin so glücklich mit diesem Mädchen. Auch wenn seit unserem Kuss nichts mehr passiert ist. Bei unseren Treffen haben wir nur ab und zu unauffällig unsere Hände berührt oder ganz zufällig den Po der anderen gestreift. Doch das hat gereicht, um mir zu zeigen, was dieses Mädchen mir bedeutet. Vielleicht zu viel.

»Warum grinst ihr zwei so?« Meine Mutter sieht mich fragend an.

»Ach, heute ist etwas Lustiges in der Schule passiert«, lüge ich. Und das, obwohl ich weiß, dass sie mich gleich fragen wird, was es gewesen ist. Und ich werde mir irgendwas aus den Fingern saugen müssen. Nur was? Fieberhaft beginne ich zu überlegen, noch bevor sie ihre Frage gestellt hat. Doch mein Kopf bleibt leer. Verdammt! Was habe ich da nur gesagt? Ich hätte mir irgendeine andere Ausrede einfallen lassen sollen.

»Was ist denn passiert?« Die Stimme meiner Mutter klingt besonders interessiert. Ein Schauspiel für Luca.

Noch bevor mir eine passende Ausrede einfällt, kommt Luca mir zuvor. Zum Glück. Als hätte sie mir angesehen, dass ich keine Antwort weiß.

»Herr Krülwitz hat heute vor dem Kurs getanzt. Und das sah ziemlich …« Luca macht eine Pause und tut so, als würde sie nach der richtigen Beschreibung suchen, »… verrückt aus.«

Ich nicke zustimmend. »Ja, wir haben gegrölt vor Lachen!«, unterstütze ich ihre Aussage.

Bei der Vorstellung, dass unser Sozialwissenschaftslehrer vor dem Kurs tanzt, muss ich jetzt tatsächlich ziemlich lachen. Die Ausrede ist toll. Hoffentlich spricht Mama ihn nicht darauf an, wenn der nächste Elternsprechtag ansteht. Das würde ziemlich peinlich enden.

Meine Mutter sieht ein bisschen verwundert aus. Doch schließlich nickt sie. »Oh, okay. Aber ist ja toll, dass er so locker drauf ist!«

»Ja, das stimmt.« Luca legt ein Ich-lache-weil-ich-bei-Fremden-bin-Lächeln auf und es steht ihr perfekt. Wie alles.

»Wir gehen dann mal hoch!«, sage ich.

»Klar. Wenn ihr etwas braucht, meldet euch.«

»Machen wir!«

Dann gehen wir in mein Zimmer. Und auch wenn wir ein Referat vorbereiten müssen, freue ich mich schon sehr darauf, Luca nur für mich zu haben. Mit ihr alleine zu sein. In meinem Zimmer. Vielleicht wird es ja wieder zu einem Kuss kommen. Ich hoffe es, doch leider würde ich mich nie trauen, es laut auszusprechen. Also muss ich einfach warten und hoffen, dass Luca genauso denkt wie ich und diesen Nachmittag nicht nur für Sozialwissenschaft nutzen möchte.

Doch sie kann nicht in meinen Kopf gucken. Deshalb beginnen wir nicht mit einem Kuss, sondern mit Recherche über LGBTQ-Themen. Bestimmt wäre es auch interessant, von unseren eigenen Erfahrungen damit erzählen zu können – vor allem Luca hat bestimmt schon so einige gemacht. Doch natürlich traue ich mich auch hier nicht, das anzusprechen. Ich weiß, dass Luca offen für all meine Vorschläge sein wird, schließlich ist es nicht ihr Vortrag, sondern unserer, und doch habe ich das Bedürfnis, in ihrer Gegenwart keine Fehler zu machen. Ich habe Angst, meine Vorschläge zu äußern, weil ich nicht will, dass sie irgendwas an mir entdeckt, das sie nicht mag. Klar, es wird immer Meinungsverschiedenheiten geben, und irgendwie will ich das ja auch. Aber noch will ich für sie genau die sein, die sie liebt. Die, an der sie alles mag. Die, in der sie ein Stück von sich selbst findet.

Und deshalb recherchiere ich stur vor mich hin. Ich suche Informationen, schreibe Sachen heraus, überlege, streiche sie wieder.

»Ich würde eigentlich auch gerne jemanden aus der Community befragen. Ich könnte natürlich auch von meinen eigenen Erfahrungen erzählen, aber da bin ich mir unsicher. Jemand Fremdes gibt einem einen gewissen Sicherheitsabstand. Und ich denke, ich biete dadurch, dass ich den Vortrag überhaupt über dieses Thema halte, schon genug Angriffsfläche.« Luca sieht mich nachdenklich an. Mein Herz rast in meiner Brust. Einerseits liegt es an dem Mädchen, in dessen grünen Augen ich mich so verliere, dass ich fast vergesse, ihr zu antworten, andererseits hat sie mich auch aus meinen Gedanken gerissen. Bisher haben wir nicht viel gesagt, und ich habe die Stille genossen. Nicht dass ich nicht gerne mit ihr rede, aber ich denke, es ist wichtig, dass man mit Menschen auch einfach schweigen kann. Nicht immer reden, reden, reden. Einfach mal leise sein.

»Also, ich finde auf jeden Fall, dass das eine tolle Idee ist, weil es dem nüchternen Vortrag eine gewisse Lebendigkeit verleiht.«

Sie nickt.

»Natürlich wäre es toll, wenn du von deinen eigenen Erfahrungen erzählen würdest – das zeigt Herrn Krülwitz auch noch einmal mehr, dass du weißt, wovon du sprichst. Aber ich kann auch nachvollziehen, wenn du sagst, dass du das nicht möchtest. Dieses Thema bietet natürlich eine gewisse Angriffsfläche, auch wenn das eigentlich ziemlich traurig ist. Mach einfach das, was dein Herz dir sagt.« Ich lächle sie an. Und damit kennt sie jetzt ja meine Meinung. Aber gleichzeitig habe ich ihr auch gesagt, dass ich es okay finden würde, wenn sie es nicht tut. Das ist der perfekte Mittelweg.

Luca sieht ein paar Sekunden nachdenklich an die Wand

hinter mir. Sie seufzt, doch sagt nichts. Die Entscheidung ist sicherlich nicht leicht. Aber ich traue mich auch nicht, weiterzuarbeiten. Ich möchte ihr schließlich nicht das Gefühl geben, es würde mich nicht interessieren. Denn das tut es.

Noch einer gefühlten Ewigkeit löst sie ihren Blick von meiner Wand und sieht mich an. »Ich glaube, ich fühle mich wohler damit, wenn ich die Geschichte von jemand anderem erzähle. Ich denke, an der Art des Vortrages werden die anderen schon merken, dass für uns mehr hinter der Thematik steckt. Außerdem ist es bei mir dank Leah ja schon allgemein bekannt.«

Ich nicke.

»Ich bin einfach noch nicht dazu bereit. Ich dachte, ich wäre es, deswegen habe ich Jule geküsst. Ich habe mich selber dazu gezwungen, hier so offen lesbisch zu sein wie in Hamburg. Ich habe gedacht, es sei feige, es nicht zu tun. Doch eigentlich braucht das noch Zeit. Und diese Zeit würde ich mir selber gerne geben.«

»Ja, wie gesagt, ich kann das total nachvollziehen.«

»Danke«, haucht sie.

Und dann widmet sie sich wieder ihrem Handy und beginnt, nach einem Erfahrungsbericht zu googeln. Ich lese inzwischen einen Artikel über die Geschichte der LGBTQ-Community. Lesben, Schwule, Bisexuelle, trans-Personen und andere Menschen, die sich heute vielleicht als queer bezeichnen würden, hat es schon immer gegeben. Doch wie hat sich der Umgang mit ihnen im Lauf der Jahrtausende verändert? Ich versuche krampfhaft, mich auf diesen Text zu konzentrieren, aber es fällt mir sehr schwer. Mein Herz hämmert gegen meine Brust, meine Hände gleiten verschwitzt über den Bildschirm meines Handys. Ich habe ein unglaublich starkes Bedürfnis, sie anzugucken, doch ich wehre mich dagegen. Ich atme tief durch, hoffe, dass das etwas bringt. Natürlich nicht, denn Luca ist schließlich immer noch da, und mein Herz rast immer noch genauso schnell. Ich drehe mich auf den Bauch, vielleicht hilft der Perspektivenwechsel. Heute Nacht werde ich bestimmt nicht schlafen können, weil ich die ganze Zeit an meiner Bettdecke riechen und darüber nachdenken werde, dass sie noch vor wenigen Stunden in meinem Bett gelegen hat.

Doch irgendwann kann mein Herz nicht mehr.

Ich sehe sie an. Lasse meine Hände aufs Bett sinken, genieße den Moment. Konzentriert blickt sie auf ihr Handy, googelt, zieht die Augenbrauen zusammen, macht Screenshots, verlässt die Seite wieder, öffnet die nächste. Und ich genieße es, ihr wunderschönes Profil dabei betrachten zu können. Doch dann entdeckt sie meinen Blick, löst ihre Augen von ihrem Bildschirm und sieht mich an. Lange. Wir sagen nichts. Verlieren uns einfach in den Augen der anderen. Ein magischer Moment. Gänsehaut legt sich wie ein kühles Tuch auf meine Haut.

Und dann küsst sie mich. Sie küsst mich, drückt mich gegen die Wand, setzt sich auf mich. Ich erwidere ihren Kuss und sie wird immer stürmischer. Wir atmen heftig, die Luft wird schwerer, die Lust größer. Leise stöhnt sie in unseren Kuss hinein. Ihre Hand gleitet unter mein T-Shirt.

»Darf ich?«, fragt sie.

Ich nicke. »Ich auch?«

Sie nickt ebenfalls.

Ich ziehe ihr das Shirt über den Kopf, und sie befreit mich von meinem. Für einen Moment hängen meine Augen wie gefesselt an ihren Brüsten. Ich spüre, dass auch sie mich genau betrachtet. Dann küsst sie mein Schlüsselbein und greift hinter meinen Rücken, um meinen BH zu öffnen. Ich versuche es ihr gleichzutun und nestle mit zitternden Fingern an ihrem Verschluss, aber jemand anderem den BH auszuziehen fühlt sich ganz anders an, als den eigenen aufzumachen. Als Luca das bemerkt, grinst sie mich an, legt ihre Hände auf meine und hilft mir dabei, den Verschluss zu öffnen. Es tut so gut, endlich ihre nackte Haut auf meiner zu spüren. Ich lächle verlegen, wieder einer der Momente, die zeigen, dass sie mehr Erfahrung hat als ich. Doch mit dem Kuss, den sie mir darauf gibt, löscht sie all meine Gedanken aus. Wenn wir uns küssen, gibt es kein Morgen. Keine Sorgen. Keine Probleme. Nur uns.

Sie streichelt meine Seite, küsst meinen Hals entlang. Mein Atem geht schwer. Die Luft flirrt. Ich könnte ewig so weitermachen.

»Mia?!« Die Stimme meiner Mutter klingt entsetzt. Luca lässt sofort von mir ab und schnappt sich ihren BH. In diesem Moment muss sie am liebsten im Erdboden versinken wollen. Sie sieht zu meiner Mutter, die eine Hand vor ihren Mund geschlagen hat und die andere nun langsam an den Türrahmen legt. Sie versucht, ihren Schock zu verbergen, aber ich kenne sie zu gut. *Eine Lesbe als Tochter? Eine Schande.* In diesem Moment wird ihr klar, warum wir ebenso viel gegrinst haben. Sie atmet tief durch. Jetzt spürt man auch Spannung in der Luft. Doch nicht mehr wegen unserer Lust, sondern wegen meiner Mutter. Denn ich habe in diesem Moment das Bild, das sie all die Jahre von ihrer Tochter hatte, kaputt gemacht. Ich habe in diesem Augenblick ihr ganzes Weltbild zerstört. Mit einem einzigen Kuss.

Kapitel 23

Luca zieht sich schnell an, packt ihre Sachen und geht. Sie murmelt mir ein »Tschüss« entgegen, aber sie berührt mich nicht mehr. Und obwohl mein Kopf weiß, dass das die einzig richtige Entscheidung ist, weint mein Herz. Meine Lippen schreien ohne Worte nach ihren, meine Haut pulsiert immer noch. Wie ein Nachbeben.

Ich folge ihr ein paar Schritte, sehe meiner Mutter kurz in die Augen, als wir an meiner Zimmertür ankommen und mache ihr die Tür vor der Nase zu. Ich möchte jetzt nicht mit ihr reden. Ihr Blick hat Bände gesprochen. Aber meiner auch. Ich bin wütend und enttäuscht. Ich wusste ja, dass es mit meinen Eltern nicht leicht werden würde, aber in diesem Moment tut es doch verdammt weh.

Ich lege mich in mein Bett und presse mein Gesicht in mein Kissen. Mein Herz fühlt sich an, als wäre es in tausend Teile zerbrochen. Es schmerzt und ich würde am liebsten weinen und ganz laut schreien. Ich würde gerne auf einem Berg stehen und einfach meine Wut in die Welt hinausbrüllen. Doch beides geht nicht. Ich kann nicht weinen. Als würden meine Tränen im Stau stehen und einfach nicht von der Stelle kommen, obwohl sie es so gerne wollen. Genauso wie all die anderen: die Gefühle, die Schreie, die Aggressionen. Doch niemand kommt hier weg. Wir hängen alle gemeinsam fest.

Ich werfe mein Kissen gegen die Wand. Natürlich riecht es nach ihr und ihrem Grapefruitgeruch. So wie mein ganzes

Zimmer. Ich liebe diesen Geruch, aber jetzt muss ich lüften. Sonst zerstöre ich gleich noch irgendwelche Gegenstände.

Jahrelang wollten meine Eltern perfekt sein. Jeden Streit unter ihnen haben sie so gut wie möglich vor mir versteckt, wir haben wunderschöne Urlaube miteinander verbracht und waren immer eine Vorzeigefamilie. Ich habe ihnen das abgekauft. Bis zu ihrem Streit vor ein paar Wochen. Und seitdem hat sich viel verändert. Doch heute ist die Kirmes nicht nur über Nacht geschlossen, heute hat sie ihren Betrieb eingestellt. Meine Mutter hat nichts gesagt. Und ich weiß, dass sie das von sich aus auch nicht tun wird. Aber ich möchte, dass sie mir alles an den Kopf wirft, was sie darüber denkt. Ich möchte, dass es so richtig knallt. Weil ich es nicht aushalte, nicht darüber zu sprechen. Viel zu wütend bin ich über ihre Einstellung. Warum darf ich nicht einfach lieben, wen ich will? Was macht es für einen Unterschied, ob Luca ein Junge oder ein Mädchen ist? Gar keinen. Außer dass es etwas ist, das nicht ihrer Norm entspricht. Die meisten Leute stehen eben nicht aufs eigene Geschlecht. Und alles, was nicht Mainstream ist, passt nicht in ihr Weltbild. Aber müsste nicht gerade sie als die Mutter, die immer wollte, dass das Leben ihres Kindes ein einziger Rummelplatz ist, das unterstützen? Doch wahrscheinlich hört der Spaß genau an diesem Punkt auf. So wie bei Luca. Genau da zerbricht das starke Mädchen in tausend Teile.

Ich stehe auf und gehe nach unten. Meine Eltern unterhalten sich. Nur Bruchstücke finden den Weg zu mir, doch die reichen, um zu wissen, worüber sie sich mit fassungsloser Stimme austauschen. *Dieses Mädchen. Luca. Nackt.* Ich bleibe auf dem Treppenabsatz stehen. Das bestätigt mir nur den Eindruck, den ich nach dem Blick meiner Mutter hatte. Ich werde noch viel wütender. Ich schaue auf mein Handy, doch Luca hat mir nicht geschrieben. Wahrscheinlich wird sie mir nie wieder schreiben, weil sie keine Beziehung mit einem Mädchen führen will, das solche Eltern hat. Und ich kann sie sogar verstehen. Würde ich auch nicht wollen. Trotzdem tut es mir so weh. Jetzt will ich erst recht schreien, doch es geht nicht. Ich spüre die Hochspannung, die durch das ganze Haus fließt, ohne dass ich mit meinen Eltern im Raum bin. Gleich wird ein großes Feuer entflammen. Das weiß ich.

Ich gehe ins Wohnzimmer, schlucke für einen kurzen Moment all meine Emotionen runter und tue so, als wäre nichts. Ich möchte sehen, wie sie reagieren. Natürlich sagen sie kein Wort mehr. Sie sehen sich noch einmal an, dann gucken sie zu mir.

»Hallo Süße, wie geht es dir?«, fragt meine Mutter. Sie lächelt. Kirmes. Aber sie wird gleich noch merken, dass die Schausteller weitergezogen sind.

»Ist diese Frage dein Ernst, Mama?!« Ich werde ihr alles an den Kopf werfen. So lange, bis keine Worte mehr übrig sind. Zum ersten Mal in meinem Leben weiß ich, wie sich Liebe anfühlt. Natürlich war ich in Jonas auch verliebt, aber das mit Luca ist noch viel mehr als das. Und diesen Menschen will meine Mutter mir jetzt wegnehmen? Wirklich? Sie soll verdammt noch mal damit aufhören, so eine Show abzuziehen. Ich funkle sie böse an. Mit dieser Antwort hätte sie nicht gerechnet, das sehe ich in ihren Augen. Aber *womit* hat sie bitte gerechnet?

»Mia … du hast mich nur ein wenig … na ja …« Sie sucht nach dem richtigen Wort. Doch egal, welches sie wählen wird, es wird das falsche sein. Es gibt kein richtiges für ihre Reaktion. »… sagen wir … überrascht.«

Ich atme tief durch. Wie ein Boxer, der überlegt, wo er den nächsten Schlag platzieren soll. Ich hätte nie gedacht, dass ich jemals so sauer auf meine Mutter sein würde.

»Überrascht?!« Ich sehe zu meinem Vater. Es wäre toll, wenn er auch einmal etwas sagen würde.

»Wir haben das eben nicht von dir erwartet, Mia. Wir haben gedacht, ihr wärt gute Freundinnen. Dass da mehr zwischen euch läuft, hat uns eben ein bisschen verwundert. Du hast immerhin bis vor wenigen Wochen noch einen männlichen Freund gehabt.« Mein Vater versucht die Situation zu retten, doch es gelingt ihm nicht. Meine Gedanken fliegen immer wieder zu Luca. Vielleicht denkt sie über unsere Beziehung nach und fragt sich, wie es weitergehen soll. Ich finde auf diese Frage keine Antwort. Ob sie eine gefunden hat? Eine, die nicht mein Herz bricht?

»Mama, du warst nicht überrascht. Das hätte ich verstehen können. Allein wegen Jonas. Aber in deinen Augen, da lag keine Verwunderung. Das war pure Fassungslosigkeit. Ich, deine doch sonst so perfekte Tochter, habe etwas mit einem Mädchen! Nein! Das geht doch nicht!« Ich schlage theatralisch meine Hände über dem Kopf zusammen. »Aber Mama, wir sind hier nicht bei Conni mit der Schleife im Haar, wo Mama und Papa immer alles geregelt bekommen. Das Leben ist kein Bilderbuch!« Ich atme laut aus.

Ich kann mir vorstellen, was meine Mutter jetzt denkt. Was soll sie darauf bloß antworten? Ich habe die Wahrheit gesagt. All das stimmt. Aber sie steht in einer Einbahnstraße und kann nicht einfach umdrehen. Sie will hartnäckig bleiben. Nur wie?

»Mia, das hast du bestimmt nur so aufgenommen. Uns ist klar, dass im wahren Leben nicht immer alles so läuft, wie man sich das vorstellt. Aber Luca hat uns eben überrascht.« Mein Vater kommt meiner Mutter zuvor.

»Nein, das habe ich bestimmt nicht. Ich bin doch nicht blöd! Ich kann Fassungslosigkeit von Verwunderung unterscheiden, glaub mir!« Es tut gut, mal nicht alles runterzuschlucken. Ich muss das Bild unserer Familie nicht weiter aufrechterhalten. Es ist an der Zeit für eine Veränderung. Es ist an der Zeit für die Wahrheit.

Mein Vater seufzt. Dann fährt er sich einmal über sein Gesicht. Er weiß nicht mehr weiter. Und das ist okay, von ihm brauche ich nicht sofort Antworten. Auch wenn ich weiß, dass er genauso darüber denkt wie meine Mutter, kann ich es ihm eher verzeihen. Wenn ich meine Mutter ansehe, kann ich nur mehr an ihr fassungsloses Gesicht denken. Sie kann ihre Abneigung nicht mehr verstecken und kapituliert.

Es entsteht ein stiller Moment, in dem der einzige Ton im Raum von dem Ticken der Uhr kommt. Meine Mutter denkt nach. Ich bin immer noch sauer. Aber mittlerweile nicht mehr auf ihre Reaktion, sondern darauf, dass sie nicht dazu steht.

»Ja, okay, Mia, ich war geschockt. Ich hätte wirklich nicht damit gerechnet, dass du ein Mädchen küsst. Jonas war ein toller Junge, und ich hätte einfach nicht von dir erwartet, dass du ihn nach einer so langen Zeit für ein Mädchen verlässt, das du erst seit ein paar Tagen kennst. Es schockiert mich tatsächlich, dass du ihn wegen so einer – einer Verirrung einfach aufgibst.« Wir sehen uns tief in die Augen. Daher weht der Wind also. Ich muss aufpassen, dass mir der Mund nicht offen stehen bleibt. Jetzt bin ich diejenige, die fassungslos ist.

»Das ist also der Grund, ja?« Ich löse meinen Blick nicht von ihr. So kann sie mir nicht ausweichen. »Also erstens: Jonas *ist* ein toller Junge. Ich habe nie ein Problem mit ihm gehabt. Aber mit Luca ist das noch einmal eine ganz andere Liga. Sie hat mich vom ersten Augenblick an fasziniert. Ich habe Jonas nicht wegen ihr verlassen. Ich habe schon über einen längeren Zeitraum mit dem Gedanken gespielt. Aber hätte ich sie nicht kennengelernt, hätte ich mit diesem Schritt wahrscheinlich noch ein bisschen gewartet.« Ich erzähle meinen Eltern offen von Dingen, über die ich bis jetzt nur mit meinen besten Freunden geredet habe. Aber sonst würden sie meine Gefühle ja nie nachvollziehen können. »Glaubt ihr, ich habe mir das leicht gemacht? Ich habe mich auch erst gegen meine Gefühle gewehrt. Versucht, mir ihre wunderschönen grünen Augen aus dem Kopf zu schlagen. Aber irgendwann kann man sich nicht mehr gegen seine Gefühle wehren. Irgendwann will man das auch gar nicht mehr.« Ich gucke erst zu meiner Mutter, dann zu meinem Vater. »Verdammt, ich bin in Lucas Gegenwart so glücklich wie noch nie!«

Meine Mutter schluckt laut. »Weiß Jonas von Luca?«, fragt sie.

»Das ist deine einzige Sorge?«, erwidere ich empört. »Aber ja, er weiß von ihr!«

»Und was sagt er dazu?«

»Wenn du es genau wissen willst: Er wünscht uns viel Glück!«

Ich schaue zu meinem Vater. Er zuckt mit den Schultern.

»Ich denke sowieso, dass das nur eine Phase ist. Bald wirst du bestimmt wieder einen männlichen Freund haben. Luca und du sollten die ganze Sache nicht zu sehr aufbauschen.«

Ihre Worte machen mich nur noch wütender. »Ähm, bitte was? Wer von uns bauscht die ganze Sache denn auf? Und was soll das überhaupt heißen, dass das nur eine Phase wäre?« Spinnt sie? Ich ziehe eine Augenbraue hoch.

»Du wirst schon sehen, dass …«

»Dass was?«, falle ich ihr ins Wort.

»Dass dein Ausflug ans andere Ufer bald vorbei sein wird.«

»Klar, ich habe vor Luca einen Freund gehabt und vielleicht werde ich nach ihr wieder einen haben. Vielleicht hält das mit uns aber auch für immer, das kann man jetzt doch noch nicht sagen, so wie man es auch bei anderen Pärchen nie sagen kann. Aber deshalb ist das, was jetzt zwischen uns ist, doch nicht weniger wert!« Meine Stimme wird lauter. Ihr Verhalten ist enttäuschend und lächerlich. Sie soll endlich dazu stehen, dass sie verloren hat. Kapitulieren, wie mein Vater es insgeheim schon längst getan hat.

»Ja, vielleicht.« Sie nickt.

»Ihr werdet nie von unserer Beziehung erfreut sein, oder? Und ein bisschen kann ich das sogar nachvollziehen, weil das einfach nicht in euer Weltbild passt. Ihr hättet euch eine Tochter gewünscht, die nur auf Jungs steht, heiratet, Kinder bekommt und ein Haus baut. Das volle Programm eben. Aber die bin ich nicht. Und das tut mir leid.« Ich sehe erst zu meiner Mutter, dann zu meinem Vater. »Aber bitte akzeptiert sie einfach. Luca ist ein wirklich nettes Mädchen und sie macht eure Tochter unglaublich glücklich.« In meiner Stimme klingt ein flehender Unterton durch. Der war nicht geplant, aber ich kann einfach nicht anders. Mein Herz drückt eine Verzweiflung aus, die mein Kopf zu verdrängen versucht. Ich möchte Luca auf gar keinen Fall verlieren. Noch nie war mir jemand so wichtig. Und das können auch meine Eltern nicht zerstören. Egal, was sie dagegen unternehmen. Aber es wäre trotzdem schöner, wenn sie es akzeptieren würden. Sie sind doch immer noch meine Familie, und ich möchte mich nicht zwischen Luca und meine Eltern stellen müssen.

»Wir werden es versuchen«, erwidert mein Vater krampfhaft optimistisch.

Ich nicke und zwinge mir ein kleines Lächeln auf. Sie erwidern es beide, und ich bin mir nicht sicher, wie aufgesetzt das ist. Meine Eltern schaffen es immer wieder, einen Streit gut enden zu lassen. Eigentlich will ich immer noch wütend sein. Aber in mir ist nichts mehr drin. Kein Hass, keine Wut, keine Trauer. Nichts. Nur noch Leere.

Kapitel 24

Ich knalle die Tür hinter mir zu. Ein sommerliches Gewitter wütet über mir. Donner grollt; Blitze zucken über den Himmel. Passend zur Situation. Aber ich muss Luca jetzt einfach sehen. Ich muss mit ihr sprechen, ihr die Situation erklären.

Ich versuche mich irgendwie zu schützen, mache mich klein. Zum Glück ist der Weg bis zu ihr nicht weit.

Ich renne. Es tut gut, das Stechen in meiner Lunge zu spüren. Ich erwarte mehr von meinem Körper als er leisten kann. Jeder Schritt schmerzt. Und doch renne ich immer schneller, angetrieben von Blitz und Donner. Wie es wohl für Luca war, als ihre Eltern erfahren haben, dass sie auf Mädchen steht? Haben sie auch ein so großes Fass aufgemacht oder sind sie ganz souverän mit der Situation umgegangen? Fragen stapeln sich in meinem Kopf. Vielleicht werde ich ja gleich eine Antwort auf sie bekommen. Ich ziehe noch einmal kräftig an, sprinte die letzten Meter. Meine Waden brennen, mein Kopf dröhnt, meine Lunge sticht. Ich bin nicht gerade die Sportlichste und brauche keinen Marathon, um diese Reaktion meines Körpers hervorzurufen. Sport war noch nie meins, doch heute tut es gut. Heute genieße ich diesen Schmerz. Denn er zeigt mir, dass ich noch ich bin. Wie an dem Tag, an dem ich mich von Jonas getrennt habe. Leere muss mit irgendwas gefüllt werden. Und ich fühle mich wie ausgehöhlt.

Ich komme bei ihrem Haus an. Vollkommen außer Atem stütze ich mich an ihrer Hauswand ab und atme tief durch.

In ihrer Küche brennt noch Licht. Das heißt, dass ihre Eltern auch noch wach sind. Bestimmt sehen sie noch fern. Und was macht Luca? Ich brauche einen Moment, um mich zu fangen. Immerhin bin ich hier unter ihrem Vordach in Sicherheit vor dem Gewitter. Ich atme schwer. Als das Dröhnen in meinem Kopf langsam aufhört und nicht mehr jeder Atemzug im Hals brennt, drücke ich auf die Klingel. Während ich darauf warte, dass mir die Tür geöffnet wird, spiele ich mit dem Gedanken zu flüchten. Was, wenn Luca mich gar nicht sehen will? Wenn sie enttäuscht ist, weil ich meinen Eltern noch nichts von ihr erzählt hatte? Doch ich habe keine Wahl. Ich muss sowieso hierbleiben, bis das Gewitter vorbei ist.

Schon wird mir die Tür geöffnet. Ein Mann mit ergrauten Haaren sieht mich aus müden Augen an.

»Hallo«, bringe ich hervor.

»Hallo, wie kann ich dir helfen?« Er gähnt. Der Arme scheint echt wenig Schlaf abzubekommen. Was soll ich jetzt sagen? Mein Gehirn fühlt sich wie leergefegt an. Er stützt sich an der Tür ab, als würde er ansonsten den Halt verlieren.

»Ich würde gerne mit Luca sprechen«, sage ich.

»Um diese Uhrzeit?«, fragt er verwundert. Ich habe mit dieser Frage gerechnet, und doch erschreckt sie mich jetzt. Warum nur habe ich mir keine Antwort darauf zurechtgelegt?

»Ähm, ja, ich bin eine Freundin von ihr.« Ich nicke und zupfe an meiner Jacke. Auch wenn schon Sommer ist, ist es in der Kombination mit dem Regen ganz schön kühl. *Eine Freundin?*

»Komm rein«, sagt er lächelnd. Doch die Verwunderung in seinen Augen entgeht mir nicht. Er sieht aus, als würde er Luca später auf jeden Fall noch darauf ansprechen.

»Danke«, erwidere ich und betrete das Haus. Es sieht schön aus. Nicht zu groß, aber gemütlich. Zumindest der Teil des Hauses, den ich von hier aus sehen kann.

Ich ziehe meine Schuhe aus.

»Die Treppe hoch, zweite Tür links.«

Ich nicke. »Danke.«

Er nickt auch, dann lässt er mich alleine im Flur stehen und geht wieder zurück ins Wohnzimmer. Ich höre noch, wie er zu seiner Frau sagt, »Irgendein Mädchen, das mit Luca sprechen will. Sie lädt sich ihren Besuch auch ein, wann sie will!«, dann gehe ich hoch.

Als ich vor ihrer Tür stehe, halte ich die Türklinke fest. Kann ich mir wirklich sicher sein, dass sie mich sehen will? Was ist, wenn sie mich wegschickt? Doch ich muss es riskieren. Ich kann nicht einfach wieder gehen, ohne mit ihr gesprochen zu haben. Dann würde ich mich nie wieder vor ihrem Stiefvater blicken lassen können. Ich muss das Risiko einfach eingehen. Ohne weiter darüber nachzudenken öffne ich die Tür. Sofort vernehme ich Hennings Stimme, wie er leise *Pocahontas* singt.

Luca schreckt aus ihren Gedanken hoch. Ich sehe ihr an, dass sie geweint hat. Ihre Augen sind rot und verquollen. »Mia …« Sie sieht mich verwundert an.

»Darf ich reinkommen?«, frage ich. Mir fällt auf, dass ich immer noch die Türklinke in der Hand halte. Ich lasse sie los.

»Klar.« Sie nickt. Sie macht mir Platz auf dem Bett. Ich setze mich neben sie.

Sie nähert sich mir und drückt mir einen Kuss auf die Lippen. Nicht so leidenschaftlich wie sonst, aber es ist ein Kuss. Ein Kuss, der sagt: *Ich geb dich nicht auf.*

»Hast du geweint?«, frage ich.

»Ja. Ich hatte Angst, dass du mich verlässt. Auch wenn wir noch gar keine Beziehung führen – ich hatte Angst, dass deine Eltern dich dazu bringen, mich zu verlassen. Ich habe es genau im Blick deiner Mutter gesehen.«

»Ich hab eben mit meinen Eltern gesprochen«, sage ich.

Sie guckt mich erstaunt an. »Echt? Und?«

»Na ja, erst haben sie versucht sich rauszureden. Von wegen sie wären nur überrascht gewesen. Aber am Ende sind sie dann doch eingeknickt und haben gemerkt, dass es nichts bringt, zu lügen.«

»Das war keine Überraschung, das war pure Fassungslosigkeit gepaart mit nackter Enttäuschung.« In Lucas Blick liegt Verachtung. Irgendwie kann ich sie verstehen. Und obwohl ich solch einen tiefen Hass nicht empfinden kann, weil sie immer noch meine Eltern sind, weiß ich, dass meine Mutter jetzt bei Luca unten durch ist. Und kann es verstehen.

»Ja, das habe ich ihnen auch gesagt.«

»Und dann?«

Ich erzähle ihr von unserer ganzen Diskussion. Mit all den Emotionen, die seitdem in mir brodeln.

»Und wie ist es geendet?«, fragt sie.

»Mein Vater hat gesagt, sie werden versuchen, es zu akzeptieren.«

»Also ein offenes Ende.«

Ich nicke. Ich blicke auf unsere Hände. Sie liegen so dicht beieinander, dass sie sich fast berühren. Aber nur fast. Luca nimmt meine Hand in ihre. »Besser?« Sie grinst.

»Besser.« Ich versuche auch zu grinsen, aber ich kann nicht so locker sein wie sie. Ich fühle mich ziemlich ertappt.

»Wir schaffen das schon«, flüstert Luca. In ihrer Stimme liegt wahrer Optimismus. Und Erfahrung. Man merkt, dass sie das nicht einfach nur sagt. Wir werden das schaffen.

»Das werden wir«, flüstere ich zurück. Und dann küssen wir uns und es ist, als würde sie damit die Welt für einen Moment zum Stehen bringen. Ich kann alles vergessen. Meine Eltern. Leah. All die anderen, die ein Problem mit uns haben werden. Es gibt nur uns.

Irgendwann löst sie sich wieder von mir. Sie lehnt sich kurz an die Wand hinter sich, lässt meine Hand aber nicht los. Unterbewusst lecke ich mir über meine Lippen. Sie schmeckt so gut.

»Wissen deine Eltern, dass du lesbisch bist?«, frage ich. Es fällt mir nicht leicht, diesen Satz auszusprechen, aber ich brauche eine Antwort auf meine Frage und ich weiß, dass ich sie bei Luca bekommen werde.

»Ja.« Luca sieht mich nicht an. Wir schauen beide an die Wand uns gegenüber.

»Wie haben sie darauf reagiert?«, frage ich weiter. Die böse Stimme in meinem Kopf ruft sofort, dass es keine gute Idee ist, diese Frage zu stellen. Dass sie bestimmt irgendwelche Wunden bei Luca aufreißen wird, und dass sie sicherlich nicht gerne darüber redet. Doch die andere Stimme in meinem Kopf antwortet sofort, dass es nichts bringt, eine Beziehung aufzubauen, wenn man nicht über alles reden kann. Und ich habe ihr schließlich gerade auch erzählt, wie meine Eltern reagiert haben. Warum soll sie dann nicht darüber reden? Gerade das ist ein Thema, mit dem wir beide offen umgehen müssen. Wenn sie nicht mit mir darüber spricht, mit wem dann?

»Sie haben es eigentlich ganz gut aufgenommen. Klar wussten sie nicht so ganz, wie sie damit umgehen sollen, aber es hat sie nie gestört. Und vor allem haben sie nicht so getan, als wäre ich ein anderer Mensch, nur weil ich auf Mädchen stehe. Eigentlich hat es für sie gar keinen Unterschied gemacht.«

Es freut mich zu hören, dass ihre Eltern so reagiert haben. Sie sind mir sofort sympathisch, obwohl ich sie noch gar nicht kennengelernt habe. Alle Eltern sollten so denken wie sie. Man ist kein anderer Mensch, nur weil man auf dasselbe Geschlecht steht. Das verändert doch nicht den Charakter eines Menschen.

»Ich wünschte, meine Eltern wären auch so.« Ich seufze.

»Ja, das stimmt. Meine haben damals ziemlich cool reagiert, als ich das erste Mädchen mit nach Hause gebracht habe. Natürlich haben sie mich später darauf angesprochen. Aber sie haben aus Interesse nachgefragt, nicht, um mir Vorwürfe zu machen.«

Ich nicke. »Das ist ja auch eine normale Reaktion.«

»Vielleicht haben wir ja Glück und deine Mutter und dein

Vater begreifen noch, was wir einander bedeuten.« Wieder versucht Luca, optimistisch zu klingen.

»Ja, vielleicht.« Ich kann das nicht, obwohl ich es versuche.

»Meine Eltern reden bestimmt auch gerne mal mit deinen und erzählen ihnen, wie das damals für sie war.«

»Gar keine so schlechte Idee.«

Luca lächelt, dann beugt sie sich wieder zu mir rüber und küsst mich. »Wir schaffen das«, wiederholt sie. »Das verspreche ich dir«, flüstert sie in meine Haare hinein, bevor sie meine Schläfe küsst.

Ich lächle. »Ja.«

Und für einen Moment kommt der Optimismus zu mir zurück. Wir werden das irgendwie hinbekommen. Eines Tages werden meine Eltern erkennen, dass es keinen Unterschied macht, auf wen man steht. Luca schenkt mir Hoffnung. Sie schenkt mir so viel mit ihrem Lächeln. Mit ihrer Art. Ich möchte sie nicht verlieren. Wollen meine Eltern wirklich verantworten, ihrer eigenen Tochter das Herz zu brechen?

Kapitel 25

Ich spiele zwischen meinen Fingern mit einem Kugelschreiber und sehe Herrn Berghoff an. Fach: Geschichte. Beliebtheit: mittelmäßig. Coolness: nicht vorhanden. Ganz und gar nicht. Aussehen: ziemlich gut aussehend, das muss man ihm lassen. Das ist aber auch der einzige Pluspunkt, den er in unserem Kurs kriegt. Eigentlich ist er ein Arschloch. Noch mitten im Referendariat und hält sich jetzt schon für den Größten. Ich möchte wieder meinen alten Geschichtslehrer zurück, der war nett, kompetent und alle mochten ihn. Nicht so selbstverliebt wie dieser Idiot, der gerade dabei ist, Blätter zu sortieren. Allein sein Anblick macht mich aggressiv. Kann er die Blätter nicht zu Hause sortieren? Oder vor der Stunde? Mir ist klar, dass meine Gedanken nach einem Haar in der Suppe suchen, weil ich sowieso schon schlecht gelaunt bin, aber er nervt mich einfach noch mehr.

Ich wäge die Situation ab. Braucht er noch lange und ich kann Melissa noch von meinem Streit mit meinen Eltern erzählen oder wird er uns unterbrechen? Ich habe keine Lust, in der Pause noch einmal von vorne anfangen zu müssen. Ich entscheide mich dagegen, auch wenn es mir unter den Nägeln brennt. Ich möchte unbedingt, dass sie es weiß und ihre Meinung dazu hören. Bei Frau Korn hätte ich diese Zeit jetzt, schließlich braucht sie immer ewig bis sie zu Potte kommt. Doch Herr Berghoff ist unberechenbar. Ich kann nicht einschätzen, wann er die blöden Blätter endlich geordnet hat.

Weitere fünf Minuten vergehen. Mittlerweile bereue ich es, nicht doch schon mit ihr gesprochen zu haben. Zumindest die Kurzversion hätte ich ihr in der Zeit beibringen können, und eine kurze Meinung hätte sie auch sagen können. Dann wäre ich wenigstens ein bisschen besänftigt und nicht so hibbelig. Aber ich habe diese Chance vertan.

Herr Berghoff ist endlich fertig. Er begrüßt uns. Wir klingen noch unmotivierter als sonst. Ein bisschen lassen wir ihn alle spüren, dass wir ihn nicht mögen. Sollte er sich mal fragen, woran das liegt.

»Wir werden uns heute weiter mit den Goldenen Zwanzigern beschäftigen«, verkündet unser Lehrer, doch ich höre ihm nur mit einem Ohr zu.

Ich sehe zu Luca rüber. Sie lächelt vorsichtig, als sie meinen Blick entdeckt, doch ich spüre, dass sie die Reaktion meiner Eltern nicht vergessen kann. Sie macht sich Gedanken, und ich kann das gut nachvollziehen. Tue ich ja auch. Schließlich ist es wichtig, dass meine Eltern unsere Beziehung akzeptieren. Wenn sie das nicht tun, wird das immer zwischen uns stehen; sie werden schließlich immer meine Eltern bleiben, und solange ich mit ihnen unter einem Dach wohne …

Ich möchte, dass beide akzeptieren, dass ich ein Mädchen liebe. Auch wenn das nicht in das von ihnen vorgelebte Bild passt. Doch ich habe kein Interesse daran, mich zu verbiegen. Entweder sie respektieren meine Beziehung mit Luca oder unsere sorglose, glückliche Familie wird genau daran zerbrechen. Für immer. Denn ich liebe Luca. Und ich möchte zu ihr stehen. Egal, was kommt.

Die Stunde zieht wie ein Güterzug an mir vorbei und ich realisiere gar nicht so wirklich, worum es geht. Meine Gedanken bleiben immer wieder bei Luca hängen. Ich habe Angst.

Ich frage mich, wie es wird, wenn wir das Referat halten. Mir ist klar, dass wir mit unserer Präsentation zum Thema

LGBTQ eine große Angriffsfläche bieten werden. Leah wird sich das Maul über uns zerreißen. Wer redet denn darüber, wenn er nicht selber dazugehört? Und wer zu denen gehört, ist nicht normal. Und über Leute, die nicht normal sind, muss man sprechen. Denn jeder, der nicht der Norm entspricht, steht außerhalb der Gesellschaft. Aber ist Heterosexualität wirklich die Norm? Muss Liebe einer Norm folgen?

Nach Stundenende warte ich ungeduldig auf Melissa. Ich hätte ihr schon vor der Schule davon erzählen sollen, da hat man die meiste Ruhe. Doch irgendwie gab es keine passende Gelegenheit. Also müssen mir jetzt fünf Minuten Pause und die Zeit, die unser Lehrer braucht, um den Unterricht beginnen zu können, reichen. Melissa lacht mir entgegen und ich erwidere es. Ich sehe ihr an, dass sie merkt, dass ich nur so tue als ob. Ich habe momentan auch keinen Grund zu lachen.

»Was ist los?«, fragt sie. Ich bin froh, dass sie das tut, weil diese Frage den Stein ins Rollen bringt. Und wenn er einmal rollt, ist der Rest so viel leichter.

»Luca war gestern bei mir, weil wir noch unser Referat für SoWi machen mussten. Am Anfang war auch alles gut, aber dann ...«

Melissa unterbricht mich. »Habt ihr euch gestritten?« Ihre Augen suchen nach Luca, aber sie finden sie nicht. Sie versteckt sich irgendwo zwischen all den anderen Schülern. Unscheinbar. Unsichtbar. Allein.

Ich spreche weiter. »Nein, haben wir nicht.« Auf meinem Herzen lasten Steine. In meinem Magen liegt ein unwohles Gefühl. Ich fühle mich wütend und traurig zugleich, undefinierbar. So undefinierbar wie ich selbst bin.

»Wir haben uns geküsst«, sage ich leise. »Ziemlich wild, ziemlich leidenschaftlich. Wenn sie bei mir ist – irgendwie macht es mich wahnsinnig und überglücklich zugleich, so dass ich weiß, dass das nur der Anfang ist.« Wir sind fast beim nächsten Raum angekommen. »Sie hat meinen Hals geküsst und ich hab die Funken zwischen uns so richtig gespürt. Und dann stand plötzlich meine Mutter in der Tür.«

Melissa merkt am Klang meiner Stimme, dass die Reaktion meiner Mutter nicht gerade erfreut war. Sie sagt nichts, hört mir einfach nur stumm zu. Und auch dafür bin ich ihr dankbar.

»Na ja, und meine Mutter war richtig schockiert. Luca ist dann auch sofort gegangen. Und ich habe das Gefühl, dass sie sich vertrieben fühlt«, gebe ich offen zu.

»Aber sie weiß doch, dass du überhaupt nichts getan hast. Du kannst doch nichts dafür, dass deine Mutter so drauf ist.« Melissa versucht, optimistisch zu klingen.

»Aber es ist wichtig, dass die Eltern die Beziehung ihres Kindes akzeptieren. Mir zumindest.«

Melissa lehnt an einem Baum, der in einer Ecke unseres Schulhofes steht. »Natürlich ist das wichtig. Und es wäre ja auch wirklich schade, wenn sie das nicht täten. Aber trotzdem bin ich der Meinung, dass du dir dein Glück nicht von ihnen zerstören lassen darfst.« Sie sieht mich ernst an.

»Ich habe gleich nachdem Luca weg ist mit ihnen gesprochen. Und du weißt ja, wie sie sind. Natürlich haben sie versucht, die Sache wieder gerade zu bügeln, aber irgendwann mussten sie kapitulieren. Da ist etwas zerbrochen, das sie nicht mehr so leicht richten können.«

»Du sagst *ihnen* – das heißt, dein Vater ist derselben Meinung wie deine Mutter?«, fragt sie.

Ich nicke.

»Das ist echt scheiße von den beiden. Ich meine, was macht es für einen Unterschied, ob du mit einem Jungen oder einem Mädchen glücklich bist?« In ihrer Stimme schwingt ein Hauch Verständnislosigkeit mit.

»Jonas ist auch so ein Problem. Sie haben ihn total gemocht. Es hat sie aus der Fassung gebracht, dass ich so kurz nach unserem Beziehungsende schon wieder jemanden am Start hatte – und dann kam eben noch erschwerend hinzu, dass Luca ein Mädchen ist.« Ich seufze. »Es ist doch auch für mich ungewohnt. Glaubst du nicht, dass ich mir ständig Gedanken darüber mache? Ich fühle mich auch schlecht, weil ich so schnell wieder neu verliebt bin. Aber auf der anderen Seite macht mich Luca so glücklich. Ich kann doch auch nichts für meine Gefühle! Für mich ist das doch auch alles andere als leicht.« Ich knabbere an meiner Unterlippe.

»Ja, ich glaub dir das. Vielleicht solltet ihr euch gegenseitig die Zeit geben, die ihr braucht. Da liegt noch ein langer Weg vor euch vieren. Aber ich hoffe für dich, dass deine Eltern nicht wie Leah sind.« Natürlich weiß auch Melissa, dass es sein könnte, dass meine Eltern nie akzeptieren werden, dass ich mich in ein Mädchen verliebt habe. Aber sie ist schon immer eine Optimistin gewesen. Zumindest, wenn es um andere geht.

»Das hoffe ich ja auch, nur irgendwie glaube ich das nicht. Aber na ja, ich habe ja auch nicht gedacht, dass meine Mutter so reagieren würde. Ich meine, ich wusste schon, dass sie da nicht so offen ist, aber dass sie so entsetzt ist …«

»Was glaubst du denn, warum sie so reagiert?«

»Ich denke, sie hat sich schon immer eine Bilderbuchfamilie ausgemalt – Haus, Ehemann, Kind. Und irgendwann eben auch dasselbe für ihr Kind, mit Enkelkindern für sie. Auf dem klassischen Weg, ganz traditionell. Und diese typische, diese stereotypische Familie bleibt ihr verwehrt, wenn ihre Tochter auf Frauen steht.«

»Ich habe deine Mutter immer als eine so liebe Frau gekannt …«

»Klar, in einem Bilderbuch ist die Mutter immer nett. Oder hast du schon einmal erlebt, dass Caillou sich mit seiner Mutter streitet? Und meine Mutter ist auch wirklich so, aber eben nur so lange, wie die Geschichte nach ihrem perfekten Plan läuft.«

Melissa sieht mich traurig an. »Puh.«

Ich zucke mit den Schultern. »Ich bin es mittlerweile gewohnt.«

»Aber du weißt, dass ich hinter dir stehe, oder?« Melissa sieht mich fragend an.

Mein Herz fühlt sich noch immer schwer an. Doch ihre Worte nehmen mir eine Last von den Schultern. »Ja, das weiß ich. Und das bedeutet mir sehr viel.« Ich versuche zu lächeln, aber ich kann mich einfach nicht dazu zwingen. Es fällt mir schwer, weil in meinem Hinterkopf immer noch herumspukt, dass meine Eltern etwas gegen Luca haben. Und ich hätte so gerne, dass sie dieses Mädchen einfach in meinem Leben respektieren würden. Außerdem fehlt mir ihre Nähe. Ich vermisse ihren Duft und ihre Lippen auf meiner Haut. Und es lässt meine Mundwinkel nur noch schwerer werden, wenn ich daran denke, dass es noch sehr lange dauern wird, bis ich dieses Gefühl wieder spüren darf.

»Ich freu mich wirklich sehr darüber, dass du glücklich bist.« Ich merke, dass sie alles versucht, um mich tatsächlich zum Lächeln zu bringen. »Und ich bin mir sicher, dass mit ein bisschen Zeit auch deine Eltern erkennen werden, dass das die Hauptsache ist.«

Wir umarmen uns. Jetzt schleicht sich tatsächlich ein kleines Lächeln auf meine Lippen. Vielleicht hat sie ja recht. Vielleicht werden meine Eltern eines Tages respektieren, dass man sich nicht aussuchen kann, in wen man sich verliebt. Liebe überkommt einen einfach – immer genau dann, wenn man es am wenigsten erwartet. Und manchmal eben auch, wenn alle anderen der Meinung sind, dass sie einen eigentlich nicht überkommen dürfte. Dass es nicht der richtige Mensch oder nicht der richtige Zeitpunkt ist. Aber dieses Gefühl tief in einem drin hält sich nicht an irgendwelche willkürlichen Regeln, das Herz schlägt trotzdem bei jedem Gedanken ein bisschen schneller. Dieses Gefühl, es ist einfach da. Und man muss das Beste daraus machen. Und manchmal auch all die anderen ignorieren, auf ihre Meinung pfeifen, das tun, was das Herz einem sagt. Wehren kann man sich sowieso nicht. Denn das Herz sagt bitte bleib, auch wenn der Kopf ruft es ist besser zu gehen. Das habe ich aus den letzten Wochen gelernt.

Kapitel 26

Unser Kurs ist alleine, Herr Glover, unser Englischlehrer, ist noch schnell etwas kopieren. Schnell ist bei ihm so eine Sache. Meistens verquatscht er sich doch noch mit irgendwem und kommt erst Minuten später zurück. Kein Problem für uns. Das ist der Moment, in dem wir in Gesprächen versinken und alles tun, nur nicht das, was wir tun sollen. Das ist doch in jedem Kurs so, oder?

Plötzlich ruft Alex wie aus dem Nichts heraus: »Ey, was ist eigentlich aus dem Kuss zwischen Jule und Luca geworden? Habt ihr inzwischen gefickt? Obwohl, das geht bei euch Mädchen ja gar nicht so richtig!«

Alles in mir zieht sich zusammen. Ich fühle mich ertappt, obwohl ich gar nicht die bin, die er angesprochen hat. Wochenlang haben sie über dieses Thema geschwiegen. Nach der Party hat nie wieder jemand erwähnt, dass die beiden sich geküsst haben. Es gab auch keinen Anlass, keine Zielscheibe, sie selbst haben sich auch so gut es ging voneinander ferngehalten, vermutlich um genau das zu vermeiden. Doch plötzlich kommt das Thema wieder hoch. Ich spüre den Schmerz, der Luca in diesem Moment durchfährt, und die Röte, die in Jules Gesicht hochsteigt, doch ich traue mich nicht, die beiden anzusehen. Weil ich nicht weiß, wo ich sonst hingucken soll – Alex anzusehen scheint mir auch nicht richtig zu sein –, starre ich einfach stur die Tischplatte an.

Natürlich steigt Leah sofort mit in dieses Gespräch ein.

»Stimmt! Das hab ich ja schon *fast* wieder vergessen! Ja, was ist eigentlich aus euch beiden geworden?« Leahs Blick klebt an Lucas Profil, aber sie reagiert nicht darauf.

»Kommt, nehmt Stellung dazu!«

Sie beginnen zu klatschen und zu pfeifen, feuern die beiden an. Viele machen mit, einige aus Überzeugung, die meisten aber nur, weil sie Angst haben, sich gegen sie aufzulehnen. Nur wenige haben den Mut, still zu bleiben. Ich auch. Luca tut mir gerade so leid.

Sekunden verstreichen. Blicke bohren sich in die beiden hinein wie Messerstiche. Ich frage mich, ob es wirklich so mutig ist, still zu sein.

»Was interessiert euch mein Liebesleben so brennend? Hat euch doch wochenlang auch nicht gejuckt, ob ich flachgelegt werde oder nicht!« Luca lässt ihren Blick durch den Raum schweifen. Sie sieht wütend aus, und so stark. Äußerlich zumindest. Für den Bruchteil einer Sekunde bleibt ihr Blick an mir hängen, ihre Gesichtszüge entspannen ein wenig. Dann schaut sie weiter.

»Doch, ich habe mich immer für dich interessiert, Luca! Uns Jungs bleibt richtig was verwehrt!« Domenik macht einen beleidigten Schmollmund. Innerlich rolle ich mit den Augen. Noch nie habe ich mir so sehr gewünscht, dass Herr Glover endlich wieder auftaucht.

Luca stöhnt genervt auf, geht aber gar nicht auf diese Bemerkung ein. »Und du, Leah? Du steigst doch mit jedem ins Bett –« Kurz kippt mir bei dieser Bemerkung die Kinnlade hinunter, aber sie hat sich schon allein für Leahs Blick gelohnt. Fast hätte ich anerkennend gepfiffen. »Ich bin fest davon überzeugt, dass du – im Gegensatz zu mir – an dem Abend unserer Party noch Sex hattest. Und da du keinen Freund hast, gehe ich davon aus, dass du es nicht geplant hattest und dass du es einfach getan hast, weil es gerade zur Stimmung und dem Abend gepasst hat.« Ihre Worte prasseln auf Leah ein. Ich finde es toll, dass

Luca den Mut hat, sich gegen sie aufzulehnen. Sie hat es verdient, dass ihr mal jemand Paroli bietet.

Leah sieht leicht ertappt aus. Kurz wirkt sie so, als fehlten ihr die Worte, aber schnell hat sie sich wieder gefangen und geht zum Gegenangriff über.

»Stimmt, hatte ich. Ziemlich guten sogar, muss ich sagen, der Typ wusste, was er tut. Aber wenn ich das mit einem Typen tue, ist das auch etwas anderes, das kannst du überhaupt nicht vergleichen.«

Mittlerweile sind beide aufgestanden und stehen einander über die Tische hinweg Auge in Auge gegenüber. Luca zieht eine Augenbraue hoch. »Ach ja? Und womit begründest du das?« Man spürt die Spannung, die im Raum herrscht. Und vor allem spürt man, wie dieses Thema Luca zum Kochen bringt. Sie verteidigt sich wie eine Löwin.

»Ich bin normal, du nicht. Du kannst die Person, die du liebst, doch nicht einmal richtig ficken.« Bei ihrem letzten Satz legt Leah einen gespielt mitleidigen Blick auf.

Ich lasse meinen Blick einmal durch den Raum schweifen. Manche spielen mit Stiften zwischen ihren Fingern und tun vollkommen unbeteiligt, andere tuscheln leise. Und wieder andere blicken einfach genauso gespannt auf die beiden wie ich. Auch wenn ich es eigentlich nicht will, es fällt mir schwer, in diesem Moment nicht hinzusehen, wenn ich schon nichts sage. Leider scheint heute einer der Tage zu sein, an denen sich Herr Glover ziemlich verquatscht hat. Oder er macht sich gerade noch einen Kaffee und muss erst einmal den Kaffeesatz leeren.

Jetzt ist es Luca, die kurz aus der Fassung gerät wie ein Schachspieler, der mit diesem Zug nicht gerechnet hat und sich kurz neu sortieren muss.

Als Luca sich wieder gefangen hat, streicht sie sich eine ihrer braunen Haarsträhne aus der Stirn und sieht sie an. »Weißt du,

Leah, ich komme aus einer Großstadt. Das hat Vor- und Nachteile. Aber ein ganz großer Vorteil ist, dass die Menschen dort nicht so altmodisch sind wie ihr! Ich dachte immer, das sei ein Mythos, aber es stimmt wirklich: die Leute auf dem Dorf sind einfach noch nicht so entwickelt! Und es tut mir leid für dich, dass du so engstirnig erzogen worden bist, eigentlich müsste ich dafür deine Eltern beschuldigen, aber ich denke, du besitzt genug Stärke, um dich gegen sie aufzulehnen, wenn du das denn nur wollen würdest!«

Mittlerweile haben auch die letzten aufgehört miteinander zu quatschen. Sie haben gemerkt, dass das, was hier mitten im Klassenzimmer ausgetragen wird, viel spannender ist. Außerdem gibt es ihnen wieder einen Grund, um zu tratschen. Und Tratsch lieben die Leute auf dem Dorf genauso wie ihre altmodische Einstellung.

Luca gibt ihrer Gegnerin nicht die Chance, etwas zu erwidern. »Und was ist mit dir, Alex? Tust immer einen auf großer Macker, aber hast nicht die Eier in der Hose, um den Mund aufzumachen, wenn es wirklich drauf ankommt. Wahrscheinlich führst du dich nur so auf, weil du auf Leah stehst. Glaubst du, wir merken alle nicht, wie du sie ›heimlich‹ anschmachtest? Vielleicht solltest du dir mal überlegen, ob sie es wirklich wert ist. Ich meine, nicht dass es dein Hobby ist, angeln zu gehen und sie lieber einen Feuerwehrmann hätte, weil ihr Angeln nicht männlich genug ist. Tu dir das nicht an.« Luca gerät immer mehr in Fahrt. Ich höre ihr gespannt zu. Weil alle sie ansehen, fällt es auch gar nicht auf, dass meine Augen genauso an ihr kleben.

»Ich stehe dazu, dass ich lesbisch bin. Ja, ich stehe auf Frauen. Aber macht das wirklich so einen Unterschied? Ihr solltet euch alle einmal fragen, was für eine Wertvorstellung ihr habt.« Ein weiteres Mal wirft sie einen düsteren Blick in die Runde. »Und du, Josi, tust immer so, als würdest du die ganze Welt retten wollen – warum hast du dann gerade nicht ein einziges

Mal den Mund aufgemacht? Oder du, Ben? Steckt in deinem Hirn nichts anderes als Mendelsche Regeln? Wow, toll, er kann Biologie, Applaus! Das kann Mia auch. Aber hättest du gerade den Mund aufgemacht, *dann* wärst du etwas Besonderes und hättest dich von der Menge abgehoben. Hast du aber nicht. Weil ihr alle mehr Schein als Sein seid und wenn es drauf ankommt, lieber das Maul haltet als ein Risiko einzugehen und wirklich etwas zu verändern.« Ben und Josi fallen fast die Augen aus dem Kopf. Das hat sie wirklich getroffen. Wir müssen uns alle schuldig fühlen, nicht nur die beiden. Auch ich. Ich fühle mich so mies. Denn auch ich halte die Klappe.

»Und warum schenkt ihr Jule eigentlich keine Aufmerksamkeit? Warum starrt ihr alle nur mich an? Zwei Gründe. Erstens: Sie ist still, es lohnt sich nicht, sich auf sie einzuschießen. Zweitens: Sie hat einen festen Platz in dieser Schule und ihr wisst, dass euch Gegenwind erwarten würde, wenn ihr so über sie reden würdet. Und das Leben ist bekanntlich nur dann einfach, wenn man den Wind im Rücken hat.«

Ich bin geschockt und beeindruckt zugleich. Ich hätte nie gedacht, dass Luca wirklich so offen sein würde. Mir war klar, dass sie dazu steht, dass sie lesbisch ist – sonst hätte sie Jule ja auch nicht auf der Party geküsst –, aber mit diesen Worten macht sie sich zur Zielscheibe.

Ich bin mir nicht sicher, ob ich den Mut habe, auch so offen damit umzugehen. Könnte ich sie so vor allen küssen? Ich weiß nicht, ob ich mich so gegen Leah auflehnen kann. Weil ich lieber mit der Menge mitschwimme und akzeptiert werden will. Das reicht mir. Das hat mir bis jetzt immer gereicht. Doch Luca ist nicht so. Sie hat die Furchtlosigkeit, um dafür zu kämpfen, dass sie als homosexuelles Mädchen genauso wahrgenommen wird wie Leah als heterosexuelles. Und ich wünschte, ich hätte diesen Mut auch. Denn vielleicht wird uns genau diese Differenz irgendwann im Weg stehen. Und ich möchte nicht, dass uns irgendwas im Weg steht.

Mir ist klar, dass genug Leute uns das Leben schwermachen werden, wenn wir uns als Paar zeigen – zumindest am Anfang. Gerade in der Phase müssen wir beide zusammenhalten. Und ich weiß nicht, ob wir das schaffen, wenn ich sogar Angst davor habe, sie vor anderen zu küssen. Auch wenn es sich mit ihr so unglaublich perfekt anfühlt.

Leah sagt nichts mehr. Sie wirft Jule einen abschätzigen, stummen Blick zu. Doch eigentlich weiß sie, dass Luca recht hat, das sehe ich ihr an. Sie hat nur nicht die Courage, das zuzugeben.

»Ich hätte nie gedacht, dass ihr echt ein so feiger Haufen seid. Wir leben im 21. Jahrhundert – warum tut ihr dann so, als müsstet ihr euch ans Alte Testament halten?« Luca wirft einen weiteren fragenden Blick in die Runde. Ich sehe kurz zu Melissa. Sie blickt starr geradeaus. Ich höre ihren angespannten Atem. »Glaubst du an Gott, Alissa?«

»Nein.«

»Und du, Josi?«

Sie schüttelt schüchtern mit dem Kopf.

»Ach was. Und was ist mit dir, Sophie?«

»Nicht so richtig.«

»Ach!« Luca tut übertrieben erstaunt. »Und trotzdem lebt ihr so, als würden euch die Predigten irgendwas bedeuten. Und wenn jemand trans ist, werdet ihr ihn auch verachten? Ja, ist das so?« Fassungslos schüttelt sie den Kopf.

Endlich geht die Tür auf und Herr Glover kommt zurück. Wenn er wüsste, was hier gerade passiert ist.

»Sorry, Leute, ich hatte noch ein kurzes Gespräch mit der Schulleitung. Aber jetzt bin ich wieder da.« Seinen letzten Satz hätte er sich sparen können. Wir sehen, dass er wieder da ist. Aber viele wünschen sich wahrscheinlich gerade, dass er noch ein bisschen länger weggeblieben wäre. Weil's gerade so spannend war. Und als Unbeteiligter sieht man so was doch gerne, fehlt nur noch das Popcorn.

Wir sehen ihn alle an, als hätte er in diesem Augenblick eine heftige Prügelei unterbrochen, die gerade zum Höhepunkt anlief. Nur die Beteiligten schalten schnell um und tun so, als sei alles in Ordnung. Aber Luca steht noch immer da, ihre Fingerspitzen auf dem Tisch vor ihr abgestützt. Sie wirkt ganz ruhig, doch ich weiß, dass es in Lucas Seele anders aussieht. Sie fühlt sich, als hätte sie wirklich jemand verprügelt. Und sie vorher vor dem kompletten Kurs an den Pranger gestellt. Aber sie schluckt das tapfer herunter.

»Warten Sie, Herr Glover. Eins will ich noch loswerden.« Luca wartet gar nicht auf die Antwort unseres Lehrers, sondern wendet sich sofort an Leah. Nervöse Augen fixieren die beiden. Was jetzt wohl noch kommt? Und was Herr Glover als Lehrer und als jemand, der die ganze Diskussion nicht mitbekommen hat, wohl über das, was sie jetzt sagen wird, denken wird?

»Vielleicht lasse ich Jule nicht mehr an mich heran, ja, das stimmt, es hat Spaß gemacht sie zu küssen, aber eigentlich habe ich mich an dem Abend in jemand ganz anderen verliebt. Und um ehrlich zu sein ist mir vollkommen egal, was ihr über meine Beziehung denkt, denn ich liebe dieses Mädchen. Und es ist verdammt traurig, wenn ihr dieses Gefühl offensichtlich nicht kennt und nachvollziehen könnt.« Sie lässt einen abschätzigen Blick durch den Raum schweifen. Ich sehe für einen Augenblick zu Herrn Glover, der wirkt, als müsse er aufpassen, dass ihm die Kopien nicht aus der Hand fallen. Ich glaube, so langsam dämmert auch ihm, was hier in seiner Abwesenheit geschehen ist. Mein Herz schlägt schneller. Einerseits, weil ich Angst habe, dass jemand merkt, dass sie über mich spricht, andererseits, weil es mich so glücklich macht zu hören, dass sie genauso fühlt wie ich. Vielleicht wäre es fair, ihr das auch zu zeigen. Aber das kann ich hier nicht, sondern erst dann, wenn ich mit ihr alleine bin. Keiner weiß, von wem sie redet. Alle hängen an ihren Lippen, aber niemand so sehr wie ich. »Doch eure Meinung interessiert mich nicht. Von mir aus könnt ihr hinter meinem Rücken darüber lästern, wenn es euch glücklich macht. Aber ich werde deshalb trotzdem nicht aufhören, dieses wunderschöne Mädchen mehr zu lieben als je ein anderes zuvor.«

Kapitel 27

»Du tust mir verdammt leid, Melissa!«, sage ich kopfschüttelnd, während ich meine Sachen zusammenpacke.

»Warum?« Sie schultert ihre Tasche.

»Du musst mit Leah ein Referat machen.« Ich weiß, dass Melissa genau weiß, wovon ich rede. Aber sie bewundert Leah zu sehr.

»Ach, das ist eigentlich echt chillig. Ich habe am Anfang auch gedacht, dass das total anstrengend werden würde, weil ich sie ständig dazu bringen müsste irgendwas zu machen, aber sie arbeitet wirklich gut und zuverlässig.« Zack. Und schon wurde Leah mal wieder verteidigt. Sie wird immer irgendwelche Leute finden, die hinter ihr stehen. Aber mit ihrer Arbeitsmoral hat meine Abneigung nun mal gar nichts zu tun.

Ich schaue meine Freundin skeptisch an. »Was für ein Thema habt ihr denn?«

»Bulimie.«

Ich nicke. »Wow, interessant.«

»Ja.«

Schweigend gehen wir nebeneinanderher. Meine Augen sehen sich nach Luca um, doch ich finde sie nicht. Erst als wir beim nächsten Raum angekommen sind, entdecke ich sie. Während ich auf sie zugehe, denke ich darüber nach, dass Leah und ihre Clique uns gerade sehen können. Doch das ist Luca mir wert. Es ist meine Pflicht, ihr jetzt beizustehen.

»Hey«, sage ich leise. Sofort beschleicht mich wieder das

schlechte Gewissen, weil ich während der Diskussion nichts gesagt habe. Hätte das irgendwas verändert? Vielleicht hätten sie dann schon früher aufgehört. Leah hätte gemerkt, dass nicht nur sie Menschen im Rücken hat, die sie unterstützen.

»Hi«, erwidert sie. Ihre Stimme klingt vollkommen neutral. Nicht besonders liebevoll, aber zum Glück auch nicht vorwurfsvoll. Sie blickt zu Boden.

»Es tut mir leid«, platzt es aus mir heraus.

Ihre Augen schnellen zu mir hoch. »Was tut dir leid?«

»Dass ich eben nicht den Mut gehabt habe, um dich zu verteidigen. Ich hätte etwas sagen sollen, wie blöd ich das finde. Wie unfair. Aber ich hab mich nicht getraut.«

»Und warum nicht?«

Ich seufze. »Weil ich Angst habe, dass ich danach von ihr und ihren Freunden fertiggemacht werde.«

»Manchmal muss man im Leben auch mal etwas riskieren, wenn es um etwas geht, das einem am Herzen liegt.« Sie streicht sich eine Haarsträhne hinters Ohr.

Ich nicke und beiße mir dabei auf die Lippen. Das unwohle Gefühl in meinem Bauch breitet sich immer mehr aus. Sie hat recht. Natürlich muss man das. Weil mir eigentlich egal sein sollte, was andere denken, es geht nur Luca und mich etwas an. Und zur Liebe gehört schließlich immer ganz viel Mut. Mut, den beide aufbringen müssen. Sonst kommt man nicht von der Stelle. Und ich würde gerne von der Stelle kommen. Ich überlege, was ich erwidern soll. Schüler huschen an uns vorbei, Lehrerinnen mit Rollkoffer gehen zu ihren Räumen. Keiner von ihnen hat auch nur die leiseste Ahnung, was gerade bei uns im Unterricht passiert ist. Jeder Kurs hat seine Probleme, und ich glaube, es gibt immer so einen Boss wie Leah. Aber wir haben ein ganz besonderes Problem, in dem ich mittendrin stecke. Und doch lasse ich Luca alleine kämpfen. Das ist nicht fair. Ich müsste mich zu erkennen geben, müsste mich an ihrer Seite diesen miesen Kommentaren stellen, die mich genauso betreffen wie sie. Und es tut mir leid, dass ich diesen Mut nicht gefunden habe, aber jetzt ist es zu spät. Ich sehe sie wieder an.

»Ich weiß. Aber ich bin nicht so mutig wie du.«

»Das ist das Problem.«

Für einen kurzen Augenblick kommt mein Herz aus dem Takt. Problem? Zum Glück redet Luca schon weiter.

»Nicht nur du bist nicht mutig genug. Aber genau ihr seid die, die Leah damit unterstützen. Das ist wie wenn du nicht wählen gehst: Gibst du gar keine Stimme ab, unterstützt du automatisch den, der am stärksten ist. Und vielleicht ist genau er derjenige, den du auf gar keinen Fall an der Spitze wolltest.«

Ich nicke. »Ja, das stimmt.«

»Leah hat auch ihre Schwächen, irgendwo. Da bin ich mir sicher. Und genauso wie du meine Seifenblase zum Platzen bringst, wenn du meinen wunden Punkt berührst, kann man auch ihre irgendwie zerstören. Die Frage ist nur wie.«

Unsere Chemielehrerin kommt und beendet damit unser Gespräch. Ich hasse Chemie. Nicht nur, weil ich mich gerne noch länger mit Luca unterhalten hätte.

Jetzt herrscht in mir drin ein komisches Gefühl. Ich fühle mich schlecht, weil ich so feige bin und es am Ende doch so klang, als wäre Luca ein bisschen enttäuscht von mir. Was ich gut nachvollziehen kann. Sie hat ja recht. Aber ihre Worte haben mich auch ziemlich aufgewühlt. Ich muss den Mund aufmachen. Ich muss dazu stehen, dass ich mich nach Jonas nicht in einen anderen Jungen, sondern in ein Mädchen verliebt habe. Auch wenn ich damit riskiere, dass Leah mich fertigmacht. Es wäre unfair, nicht dazu zu stehen, und ich möchte Luca auf keinen Fall verlieren. Dafür liebe ich dieses Mädchen zu sehr. Schon allein mir das einzugestehen fällt mir nicht leicht, obwohl es meine eigenen Gedanken sind und niemand weiß, was in mir vorgeht. Aber irgendwann kann man nicht mehr vor seinen Gedanken davonrennen. Denn sie kommen immer wieder, und entweder man stellt sich ihnen oder man verliert einen Teil von sich selbst.

»Wie läuft es denn mit eurem Referat?«, fragt Melissa auf dem Weg nach Hause.

»Gut, wir sind schon fast fertig.« Ich kicke eine Plastikflasche vor meinen Füßen weg. »Und bei euch?«

»Auch echt gut. Vor allem hat mir dieses Referat aber einmal die Leah hinter der Make-up-Schicht gezeigt und dafür fand ich es schon sehr wertvoll. Ich glaube, das ist insgeheim auch Herrn Krülwitz' Plan gewesen: Er wollte, dass wir die Mitschüler, mit denen wir kaum Zeit verbringen, besser kennenlernen.«

»Ja, ich glaube auch, dass er die Pärchen nicht gewürfelt hat, sondern sich wirklich etwas dabei gedacht hat. Und scheinbar ist sein Plan ja auch aufgegangen«, erwidere ich.

»Ja. Und ich denke, dass es gut ist, dass sich jedes Pärchen ein Thema aussuchen konnte, das sie bewegt. So hat man erstens mehr Spaß, weil es einen wirklich interessiert, und zweitens direkt etwas, was man vielleicht noch nicht wusste. Wenn sich eine Gruppe für das Thema Transgender entscheidet, würde Partner A vielleicht erfahren, dass Partner B sich so fühlt und gleichzeitig hat Partner B die Möglichkeit, ein offenes Ohr zu finden. Ohne dieses Referat wäre es vielleicht nie dazu gekommen.«

Melissas Worte regen mich zum Nachdenken an. Sie klingen so authentisch, so überlegt.

»Ist das bei euch in der Gruppe auch so?«, frage ich geradeaus.

»Ja.«

Obwohl ich diese Antwort erwartet habe, erschreckt sie mich. Kenne ich meine beste Freundin doch nicht so gut, wie ich immer gedacht habe? Hat Melissa Bulimie?

Sie spricht weiter. »Leah hat Bulimie. Sie leidet unter dem Druck, gefallen zu wollen. Jeden Tag muss sie perfekt aussehen, und sie hat das Gefühl, dass sie kein Gramm zu viel auf den Rippen haben darf. Deshalb kotzt sie.«

Damit hätte ich nicht gerechnet. Und ich bin mir sicher, dass es Melissa genauso geht. Die starke, strahlende Leah, die immer umschwärmt wird, übergibt sich heimlich, um diesem vermeintlichen Ideal entsprechen zu können. Ich weiß gar nicht, was ich dazu sagen soll, deshalb antworte ich nur: »Krass, das hätte ich nie gedacht. Hat sie dir noch mehr erzählt?«

»Ja, sie hat mir erzählt wie alles angefangen hat. Am Anfang hat man noch Angst und macht sich zum Beispiel Gedanken darüber, was passiert, wenn die Eltern einen erwischen. Aber irgendwann ist man so drin, dass man einfach nur noch kotzt. Und bisher ist sie noch nie erwischt worden.«

Obwohl ich Leah eigentlich nicht mag und ich es immer noch extrem scheiße von ihr finde, was sie heute abgezogen hat, tut sie mir jetzt doch leid. Das hört sich so schlimm an. Ich kann es gar nicht richtig glauben. Ich atme tief aus. »Bist du nicht total geschockt gewesen?« Ich habe nicht die Kraft, um direkt auf Melissas Worte einzugehen, deshalb stelle ich einfach noch eine Frage.

»Doch, klar. Ich meine, Leah wirkt immer so selbstbewusst – ich hätte nie gedacht, dass sie so einen hohen Preis dafür zahlt. Dass da mehr dahintersteckt. Ich habe gedacht, es ginge ihr gut.«

Ich nicke und betrachte den Bürgersteig. In meinem Kopf rattern viele Gedanken; Fragen, die ich Leah so gerne stellen würde, Fragen, die ich mir selber stelle.

»Ich dachte, nur wir hätten unsere Baustellen. Nur wir würden an uns zweifeln oder wären traurig, aber so ist das nicht. Jeder Mensch hat seine Baustellen. Jedem geht es mal schlecht. Sogar Leah.«

»Mhm, stimmt.«

»Ich glaube, auch das ist eins der Ziele von Herrn Krülwitz gewesen. Wir haben gesehen, dass wir nicht alleine auf dieser

Welt sind. Eigentlich sind wir acht Milliarden Menschen, die alle im selben Boot sitzen.«

Ich nicke. Ich frag mich, ob er das wirklich so gut durchdacht hat. Bei Luca und mir ist es ja fast dasselbe gewesen. Wir haben uns auch ein Thema ausgesucht, das uns beide bewegt. Hätte ich nicht vorher schon gewusst, dass Luca lesbisch ist, hätte ich das auch erst durch unseren Vortrag erfahren. Und so erkennt jeder hier aus unserem SoWi-Kurs etwas Neues, denn irgendjemand findet sicher endlich den Mut, offen zu sein.

»Leah wirkt immer so mutig. Doch sie hat mir erzählt, dass sie darüber noch mit niemandem gesprochen hat. Und dann hat sie gesagt, dass es ihr geholfen hat, darüber zu reden. Sie hat gemerkt, dass ich sie nicht für ihre Krankheit verurteile, sondern sie verstehe. Und das hat sie bestärkt.« Dieses Gespräch liegt mir schwer im Magen. Warum habe ich nie gemerkt, dass auch Leah Probleme hat? Warum nur habe ich geglaubt, dass bei ihr alles in bester Ordnung ist?

»Das ist doch schön. Ich glaube, ihr seid nicht die Einzigen, denen es so geht.«

»Das glaube ich auch. Und deshalb bin ich gespannt, welches Thema sich die anderen ausgesucht haben. Denn ich glaube, wenn einem die Wahl wirklich vollkommen freisteht, sucht man sich immer eins aus, das einen irgendwie betrifft.«

»Das glaube ich auch. Man besitzt mehr Hintergrundwissen und hat sich wahrscheinlich schon mit dem Thema auseinandergesetzt.«

»Ja, man hat auch bei Leah gemerkt, dass sie sich viel mit ihrer Krankheit beschäftigt hat. Sie hat gesagt, sie hat immer die Augen davor verschlossen, dass sie krank ist und hat Zuflucht in irgendwelchen Foren gesucht. Aber jetzt weiß sie, dass sie nicht mehr davor wegrennen kann.«

»Das ist doch schon einmal ein Anfang«, erwidere ich. »Ich bin gespannt auf euer Referat.«

»Dito.«

Jetzt sehe ich Leah mit anderen Augen. Sie ist für mich nicht mehr das perfekte, unnahbare Mädchen. Jetzt weiß ich, dass auch sie Probleme hat und die mit ihrer überheblichen Art nur zu überspielen versucht. Niemandem zeigt sie, wie es wirklich in ihr aussieht. Wir sehen nur die schlagfertige Leah, die immer austeilt. Aber durch mein Gespräch mit Melissa durfte ich einmal in ihre Seele blicken. Und ich bin ihr dankbar dafür, denn sie hat mir gezeigt: Niemand ist perfekt. Wir alle haben irgendwelche Probleme. Und vor allem gibt es keinen Grund, Leah zu beneiden. Sie ist nicht die, die sie vorgibt zu sein.

Kapitel 28

Luca und ich sitzen in einem Zug. Sie hat mir nicht gesagt, wohin wir fahren, aber es ist mir auch egal. Es fühlt sich komisch an, neben Luca zu sitzen. Das Ereignis von gestern Vormittag und die Reaktion meiner Eltern hängt über uns wie eine dunkle Regenwolke. Und auch wenn wir beide versuchen so zu tun, als sei alles in Ordnung, spüren wir die Spannung zwischen uns.

Mein Kopf lehnt an der Scheibe, die sich nur für einen ganz kurzen Augenblick kühl anfühlt. Dann wird sie genauso heiß wie alles andere.

»Was hast du heute Morgen gedacht, als Leah all diese Kommentare abgegeben hat? Hat dich das in irgendeiner Form berührt?« Luca durchbricht die Stille.

Für den Bruchteil einer Sekunde bleibt mir wieder das Herz stehen, weil ich nicht damit gerechnet habe, dass sie das so bald wieder anspricht. Meine Gedanken überschlagen sich. Ich möchte genau das Richtige sagen. Doch woher soll ich wissen, was das Richtige ist?

»Natürlich hat mich das berührt. Ich hätte nie gedacht, dass das Thema noch einmal auf den Tisch kommt. Und erst recht nicht, dass sie so austeilen würden.« Nur für einen kurzen Moment wage ich es, sie anzusehen, dann starre ich die Rückenlehne des Sitzes vor mir an.

»Doch, das habe ich erwartet. Es passt zu Leah. Sie braucht immer eine große Show und sucht die Fehler bei allen anderen, aber nicht bei sich selbst.« Lucas Abneigung gegenüber Leah ist nicht zu überhören. Und auch wenn ich der Meinung bin, dass sie recht hat und dass es nicht in Ordnung war, dass Leah all das gesagt hat, hat mich das Gespräch mit Melissa verändert. Ich sehe Leah jetzt mit anderen Augen. Nach außen hin gibt sie sich selbstbewusst und großkotzig, doch eigentlich ist sie ein armes kleines Mädchen, das einen hohen Preis für diese Rolle zahlt. Ich spiele mit dem Gedanken, Luca davon zu erzählen. Sie würde das bestimmt nachvollziehen können. Doch was ist, wenn sie ihre Krankheit benutzt, um sich an ihr zu rächen? Das ist Leahs Schwachstelle. Damit hätte Luca sie in der Hand. Und am Ende würde Leah es auf Melissa zurückführen, die ihr Vertrauen missbraucht hat. Sie ist bestimmt nicht scharf darauf, dass die halbe Schule von ihrer Essstörung erfährt. Aber ich glaube nicht, dass Luca so ein Mensch ist. Sie würde sich nicht auf Leahs Niveau hinabbegeben. Und das würde sie tun, wenn sie aus Rache auch in ihrer Wunde herumstochern würde.

Vielleicht würde es also wirklich helfen, wenn Luca einmal die andere Seite von Leah kennenlernte. Ich antworte erst einmal irgendwas Schwammiges, um mir wieder einen kleinen Zeitpuffer zu verschaffen.

»Ja, das stimmt. Sie war schon immer die Anführerin in der Klasse, auch früher.« Ich muss mich darauf konzentrieren, dass ich beim Nachdenken auch zuhöre.

»Vielleicht ist sie perfekt. Ich jedenfalls nicht. Aber ich bin mit mir selbst zufrieden, und mit dem Mädchen, das gerade neben mir sitzt –« Sie wirft mir einen kurzen Blick zu und ein kleines Lächeln stiehlt sich auf unsere Lippen, »bin ich überglücklich. Reicht das nicht?«

»Doch, das reicht.« Ich mache eine kurze Pause und atme tief durch, bevor ich es ausspreche. Obwohl es mich nicht direkt betrifft, fällt es mir schwer, darüber zu reden. Ich weiß nicht, ob ich das Recht darauf habe, das weiterzuerzählen. Ein bisschen Angst schwingt auch mit, weil ich nicht einschätzen kann, wie Luca reagieren wird. »Leah ist nicht perfekt. Sie übergibt sich für ihre Rolle als Anführerin. Sie kotzt, um geliebt zu werden, um akzeptiert zu werden. Leah hat Bulimie.« Ich spüre, wie sehr meine Worte Luca erschüttern. Und ich merke, wie sich vor ihren Augen plötzlich ein anderes Mädchen auftut. Auf einmal ist Leah nicht mehr nur schön und beliebt, sondern genauso gebrochen wie alle anderen auch.

»Das hätte ich bei Leah nie gedacht! Sie lacht so viel und ist immer gut drauf! Und vor allem kann sie so gut austeilen und wirkt so stark. Und dann lässt sie sich von ihrem eigenen fehlenden Selbstwertgefühl unterkriegen.« Luca seufzt und schüttelt den Kopf. Und plötzlich tut Leah ihr leid. Das sehe ich in ihrem Blick. »Von wem weißt du das?«, fragt sie.

»Von Melissa. Sie arbeiten gemeinsam an dem Referat und haben das Thema Bulimie gewählt. Und dann hat Leah ihr das erzählt.«

»Glaubst du denn, dass das stimmt? Vielleicht sagt sie das auch nur, um sich wichtigzumachen.«

»Das glaube ich nicht. Sie hat Melissa ihre komplette Geschichte erzählt. Von Anfang bis Ende. Das klang schon verdammt authentisch. Ich glaube nicht, dass sie sich das ausgedacht hat. Warum sollte sie es dann gerade Melissa erzählen?«

»Vielleicht denkt sie, dass viele Themen nehmen, die sie selbst betreffen. Und dann werden alle Mitleid mit ihr haben und sie bedauern, wenn öffentlich wird, dass sie Bulimie hat. Und zack bumm richten sich wieder alle Augen auf sie.«

»Nee. Leah kann zwar manchmal echt dreist sein, aber so hinterhältig ist sie nicht. Ich glaube schon, dass das stimmt«, erwidere ich. In meinem Magen breitet sich ein ungutes Gefühl aus, wenn ich darüber nachdenke, dass ein Mädchen aus meinem Jahrgang es wirklich so schwer hat und das all die Jahre so gut verstecken konnte. Und vielleicht sitzt auch hier jemand, dem es so geht. Jemand, der genauso wie Leah trotzdem lacht. Sein Päckchen vor der Welt versteckt.

Der Zug kommt zum Stehen, Leute steigen ein und andere aus. An diesem Bahnhof war ich noch nie. Aber Luca macht immer noch keine Anstalten auszusteigen. Wir fahren noch weiter weg. Nur wohin?

»Was hat sie denn noch so erzählt?«

Ich erzähle Luca alles, was ich noch von Melissa weiß. Ab und an beschleicht mich mein schlechtes Gewissen. Immerhin erzähle ich hier einfach so ihr intimstes Geheimnis weiter. Wenn rauskommt, dass Luca das von mir weiß, bin ich dran, das ist mir klar. Doch ich rede einfach weiter, weil ich mir sicher bin, dass ich Luca wirklich vertrauen kann.

»Aber erzähl es nicht weiter. Auch wenn du momentan ziemlich sauer auf Leah bist und du damit eine gute Möglichkeit hättest, um sie bloßzustellen – begib dich bitte nicht auf ihr Niveau.«

»Ja, natürlich erzähle ich das niemandem weiter. Auch wenn ich Leah damit ein für alle Mal zeigen könnte, dass sie sich mit mir besser nicht anlegen sollte.«

»Das hat sie gestern stark genug zu spüren bekommen. Ich glaube nicht, dass sie noch mal einen Kommentar abgeben wird.«

»Wenn sie uns provoziert, während wir unseren Vortrag präsentieren, kann ich mich aber nicht zurückhalten und dann werde ich mal etwas zu ihrer Themenwahl sagen!«

Ich kann ihre Wut verstehen, aber das klingt nicht mehr nach dem Versprechen, das sie mir gerade gegeben hat.

»Ich denke schon, dass wir mit unserem Vortrag eine Diskussion anheizen werden. Aber da sind wir bestimmt nicht die Einzigen. Dafür hat Herr Krülwitz das ja auch gemacht.«

Luca erwidert nichts, sondern schaut einfach aus dem Fenster und sieht der Landschaft dabei zu, wie sie an uns vorüberzieht. Als die nächste Haltestelle angesagt wird, springt sie plötzlich auf. »Wow, schon so weit! Die Zeit ist ja wie im Flug vergangen. Lass uns mal aussteigen, ich möchte dir etwas zeigen.« Luca geht zur Tür. Warum wollte sie mir nicht sagen, wo es hingeht? Ich bin gespannt, wohin sie mich führt. Die Tür öffnet sich, sie steigt aus. Dann bleibt sie direkt stehen und vergewissert sich, dass ich hinter ihr bin. Ich lächle kurz, doch sie verlässt den Bahnsteig nicht. Sie geht zu den Sitzen, die dort stehen. Was will sie hier? Mitten auf dem Bahnsteig?

»Du fragst dich bestimmt, was wir hier machen.« Luca sieht mich nicht an, sondern betrachtet die Schienen, die vor ihr liegen.

Ich nicke. Als ich merke, dass sie mein Nicken ja gar nicht sieht, schiebe ich noch ein »Ja« hinterher.

»Erinnerst du dich noch an den Nachmittag, an dem wir im Wald gesessen und den Joggern zugesehen haben?«

»Ja.« Worauf will sie hinaus? Was ist an dem Nachmittag passiert? Und vor allem: Was hat das mit diesem Bahnhof zu tun?

»Ich habe dir doch erzählt, dass ich früher öfter mal im Wald gewesen bin – damals, als noch alles gut gewesen war. Erinnerst du dich?«

Eine blasse Erinnerung steigt in mir hoch. Wie ein Polaroidbild, das sich entwickelt, wird das Bild in meinem Kopf mit jeder Sekunde klarer.

»Ja.« Sie setzt sich auf den Eisenstuhl und ich nehme neben ihr Platz.

»Ich war sieben Jahre alt, da bin ich mit meinem Vater das letzte Mal an diesem Bahnhof gewesen. Du denkst jetzt wahrscheinlich: ›Du kommst doch aus Hamburg, was hast du denn hier gemacht?‹ – meine Oma hat früher hier gewohnt. Wir waren deshalb im Sommer oft hier. Früher sind wir immer alle zusammen mit dem Auto gefahren, doch in dem Sommer wollte mein Vater schon früher mit dem Zug nach Hause. Ich wollte nicht, dass er geht, aber er sagte, dass er bald wiederkommen würde und ich meine Ferien genießen sollte. Also ließ ich ihn schweren Herzens gehen.« Luca macht eine bedeutungsvolle

Pause. »Tief in mir drin habe ich gespürt, dass nach dem Urlaub irgendwas anders sein würde.«

Ich weiß nicht wieso, aber mein Magen zieht sich zusammen. Ich spüre, dass es Luca alles andere als leichtfällt, mir das hier zu erzählen. Und trotzdem öffnet sie sich mir. Ich überlege, ihr meine Hand auf die Schulter zu legen. Doch vielleicht möchte sie jetzt einfach alleine in ihrer Gedankenblase bleiben. Deshalb rühre ich mich nicht.

»Wir haben den ganzen Tag darauf gewartet, dass mein Vater sich meldet. Aber das hat er nicht getan. Und dann haben wir die schreckliche Nachricht erhalten: Der Zug ist entgleist. Zwei Menschen sind bei dem Unglück gestorben. Einer davon ist mein Vater gewesen.« Ihre Stimme stockt, eine Träne glitzert in ihrem Augenwinkel. Sie wischt sie nicht weg. Ich lege ihr meine Hand auf den Oberschenkel. Ob sie sie annimmt oder nicht, kann sie selbst entscheiden. Das klingt alles so schrecklich. Sie legt ihre Hand auf meine, bevor sie weiterspricht.

»Am Anfang habe ich das alles gar nicht geglaubt. Hab geweint und geschrien und gehofft, dass er wiederkommt. Ist er aber nicht.« Tränen tropfen auf unsere miteinander verschlungenen Hände.

»Ich bin seitdem nicht mehr hier gewesen. Meine Mama ist noch einmal hierhergekommen, in dem Sommer, in dem sich sein Todestag zum fünften Mal gejährt hat. Doch ich wollte nicht mit. Ich hab das einfach nicht geschafft.«

Mein Herz fühlt sich bleischwer an. Ich spüre den Schmerz, der Luca innerlich zu zerreißen droht. Doch ich weiß nicht, wie ich ihr helfen könnte, obwohl ich so gerne würde.

»Aber ich wollte dir diese Geschichte erzählen. Damit hast du mich noch ein bisschen besser kennengelernt. Jetzt weißt du auch, warum ich an dem Nachmittag im Wald nicht viel gesprochen habe. Dieser Nachmittag hat mich sehr an ihn erinnert. Aber ich war noch nicht bereit dazu, dir von ihm zu erzählen.«

Ich würde so gerne etwas sagen, aber ich weiß nicht was. Vielleicht ist es auch das Beste, wenn ich einfach still bin.

»Er war ein toller Vater. Ich vermisse ihn«, flüstert sie.

»Das glaube ihr dir. Aber er guckt bestimmt auf dich herunter und sieht dich gerade.«

»Danke, dass du mir zugehört hast. Es fühlt sich gut an, endlich einmal mit jemandem über ihn gesprochen zu haben. Meine Mutter redet nur selten über ihn, und wenn, dann wird sie sofort total traurig. So ganz wird sie nie über ihn hinwegkommen, glaube ich. Auch wenn sie das nie zugeben würde.«

»Hab ich gerne gemacht.«

Luca legt ihren Kopf auf meine Schulter und drückt meine Hand noch ein bisschen fester. Wir sehen dem nächsten Zug beim Einfahren zu. Niemand der Fahrgäste hier ahnt, welch einen intimen Moment wir gerade miteinander geteilt haben.

»Ich wünschte, er hätte dich kennenlernen können. Er hätte dich gemocht, da bin ich mir sicher.«

Und ich bin mir sicher, dass ich ihn auch gemocht hätte. Er war ein toller Mann, das weiß ich ohne ihn gekannt zu haben. Denn er ist Lucas Vater, er hat sie zu dem gemacht, was sie ist, und sie hat ihn geliebt. Es macht mich traurig zu wissen, dass ich ihn nie kennenlernen werden kann. Doch ich glaube wirklich daran, dass er gerade auf uns herabsieht. Und bestimmt lächelt er, weil er sieht, was für eine starke Tochter er hat. Und weil er verdammt stolz auf sie sein kann.

Kapitel 29

Noch leicht benommen von dem, was eben passiert ist, komme ich nach Hause. Tausend Gedanken rasen durch meinen Kopf. Ich habe das Gefühl, er würde gleich platzen. Luca und ich haben noch lange an dem Bahnhof gesessen. Wir haben uns von niemandem stören lassen. Von keinen verwunderten Blicken und auch von keinen Menschen, die sich neben uns gesetzt haben. Luca hat geweint. Einfach geweint. Irgendwann gab es keine Worte mehr, die ihren Schmerz hätten beschreiben können. Doch ihre Tränen haben alles gesagt.

Jahrelang musste sie dieses Gefühl in sich verschließen. Sie hat es niemandem gezeigt. Doch auch sie trägt eine traurige Geschichte in sich, die sie geprägt hat. So wie Leah. So wie wir alle.

Mein Herz fühlt sich schwer an. Ich glaube, es hat ihr gutgetan, mal mit jemandem darüber zu sprechen. Aber ich kann auch ihre Mutter verstehen, die das nicht gerne tut. Immerhin hat sie Lucas Vater auch mal geliebt und vielleicht tut ein Teil ihres Herzens das immer noch. Es ist bestimmt auch heute noch nicht leicht für sie, besonders wenn sein Todestag sich jährt. Zwei Menschen sind bei dem Zugunglück gestorben. Warum war einer davon ausgerechnet Lucas Vater? Warum hat es nicht seinen Sitznachbarn oder den Mann hinter ihm getroffen? Warum ist überhaupt ausgerechnet dieser Zug verunglückt? Die Familie, die Luca jetzt hat, wirkt glücklich. Zumindest sah ihr Stiefvater an der Tür echt nett aus. Aber dieses

Ereignis muss über der Familie liegen wie ein dunkles Tuch. Nur sieht dieses Tuch niemand, denn meistens schwebt es einfach nur über ihnen und sie können es verstecken und so tun, als wäre es nicht da. Doch manchmal legt es sich einfach über sie und alle Dämme brechen. So wie heute Mittag am Bahnhof. Dort ist er eingestiegen. Und nie wieder ausgestiegen.

Ich habe Luca gerne eine Schulter zum Anlehnen geschenkt. Auch wenn ich das Gefühl habe, dass ich zu wenig gesagt habe. Ich habe ihr gesagt, dass es mir leidtut, doch das klingt so nutzlos. Aber ich war so überfordert mit der Situation, dass ich irgendwann einfach still geblieben bin. Und vielleicht war das ja auch das Beste, was ich hätte tun können.

Ich ziehe meine Schuhe aus und gehe in die Küche, um mir etwas zu trinken zu holen. Es könnte jeden von uns treffen. Jederzeit. Ich frag mich, wie er wohl ausgesehen hat. Ob er die gleichen grünen Augen wie Luca gehabt hat? Oder ihre Nase? Wie er wohl darauf reagieren würde, dass seine Tochter auf Mädchen steht? Wäre er so intolerant wie meine Eltern? Auf diese Frage werden wir wohl nie eine Antwort bekommen, denn er wird nie wieder auf die Erde zurückkehren. Ich stelle mein Glas ab und atme noch einmal tief durch, bevor ich hoch in mein Zimmer gehe. Ich bin so leise wie möglich und hoffe, dass meine Eltern mich nicht sehen, denn ich habe keine Lust, mich jetzt mit ihnen zu unterhalten. Sie sehen ja an meinem Schlüssel am Schlüsselbrett, dass ich wieder da bin.

Ich gehe in mein Zimmer und mache meine AnnenMayKantereit-Playlist an. Wie eigentlich immer, wenn ich musikalischen Trost brauche.

Oft gefragt klingt es aus den Lautsprechern. Ob Luca dieses Lied wohl direkt wieder von ihrer Playlist gelöscht hat? Henning beginnt auf dem Live-Album den Song mit den Worten: *Das nächste Lied ist für meinen Vater!*

Luca hat keinen Vater. Ihr Stiefvater ist bestimmt toll, zumindest glaube ich das, aber er war nicht dabei, als sie ihre ersten Schritte gemacht hat, hat sie nicht getröstet, als sie Radfahren gelernt und sich die Knie dabei aufgeschlagen hat, hat sich nicht mit ihr auf ihren ersten Schultag gefreut. Und Luca weiß, dass sie nie mit ihrem Vater nach Prag, Paris und Wien, in die Bretagne und Berlin reisen wird. Denn er schaut von oben zu. Vielleicht aber hört sie dieses Lied auch besonders gerne, weil es sie daran erinnert, was ihre Mutter alles für sie getan hat. Gerade als das nächste Lied anklingt, höre ich meine eigene Mutter rufen.

»Mia, kommst du mal bitte runter?«

Genervt rolle ich mich aus meinem Bett und schalte die Musik aus. Dann trotte ich ganz langsam nach unten. Mission Ausweichen: grandios gescheitert.

»Was ist?«

»Schön, dass du uns auch mal begrüßt«, sagt mein Vater ironisch. Natürlich hat er mal wieder irgendwelche Hefte vor der Nase. Wenn der eigene Vater auch Lehrer ist, nimmt man das Schulsystem gleich ganz anders wahr. Nichts mit chillen, zwölf Wochen Ferien und nachmittags die Füße hochlegen. Arbeiten. Arbeiten. Arbeiten.

Ich rolle genervt mit den Augen, sage aber nichts.

»Was hast du heute gemacht?«, fragt meine Mutter.

»Bin mit Luca unterwegs gewesen.«

»Luca?«

Ich höre, dass ihre Antwort mehr eine Frage ist, aber ich reagiere nicht darauf, sondern nicke nur.

»Habt ihr schon etwas gegessen?«

»Nein.«

»Was soll ich denn später kochen?«

»Milchnudeln.«

»Mia, bist du im Kindergarten?« Mein Vater sieht mich entsetzt an.

»Nein, aber die schmecken auch mit siebzehn noch.«

»Das ist doch kein richtiges Essen!«

»Ach nein? Was denn dann? Künstliches Essen? Keine Sorge, Mama macht das nicht mit Plastiknudeln!« Ich schnaube genervt.

»Trotzdem!«

»Bist du ein Handwerker, der den ganzen Tag schwer gearbeitet hat und abends unbedingt etwas Deftiges auf dem Tisch haben muss? Nein!« Mit diesen Worten wende ich mich von ihm ab und sehe meine Mutter an.

»Mir ist das egal«, sagt sie und zuckt unschuldig mit den Schultern.

»Also, ich bin dafür, dass wir wirklich etwas anderes essen!« Mein Vater beharrt auf seinem *richtigen* Essen.

»Mein Gott, dann gibt es eben etwas *Richtiges* zu essen. Macht das unter euch aus. Ihr kennt jetzt ja all meine *Vorlieben.*« Ich habe wirklich größere Probleme, als mit ihnen über Essen diskutieren. In meinem Kopf sind momentan ganz andere Gedanken wichtig. Was Luca wohl gerade macht? Ob sich irgendwas in ihrem Leben verändert hat, jetzt, wo sie das erste Mal mit jemandem über ihren Vater gesprochen hat? Ich werde ihr später schreiben, aber jetzt braucht sie wahrscheinlich erst einmal ein bisschen Zeit für sich, um das, was heute passiert ist, zu verarbeiten. Und diese Zeit möchte ich ihr auf jeden Fall geben. »Gibt es sonst noch was?« Der ablehnende Unterton in meiner Stimme ist nicht zu überhören. Ich hoffe, dass sie das merken und mich gehen lassen. Heute ist wirklich nicht mein Tag. Ich möchte mich jetzt einfach nur mit AnnenMayKantereit in meinem Zimmer verschanzen und für mich sein. Ob Luca ihren Eltern davon erzählen wird, dass sie heute das erste Mal wieder an dem Bahnhof gewesen ist? Oder ist sie genauso wie ich schweigend hoch in ihr Zimmer gegangen und hat gehofft, dass sie niemandem erklären muss, was heute Mittag passiert ist? Wollte sie genauso wie ich, dass dieser Moment nur uns beiden gehört? Vielleicht ist sie aber auch direkt zu ihrer Mutter gegangen und hat ihr alles erzählt.

Doch wenn ihre Mutter so ist, wie Luca sie heute beschrieben hat, wird sie sie nicht damit belasten wollen. Und dieser Nachmittag gehört nur uns. Und ihrem Vater.

»Ist Luca dieses Mädel, das letztens hier gewesen ist?«, fragt mein Vater.

Ich habe auf diese Frage gewartet. »Ja«, sage ich so neutral wie möglich.

»Warum triffst du dich noch mit ihr?«

»Warum sollte ich das nicht tun?«

»Weil sie ein Mädchen ist!«

»Darf ich mich jetzt nicht mehr mit Freunden treffen?« Ich hebe fragend eine Augenbraue. Jetzt fängt er wieder damit an. Meine Mutter sitzt einfach still daneben.

»Doch, aber nicht mit Freundinnen, die du geküsst hast.«

»Verbiete ich dir, dich mit Mama zu treffen?« Ich sehe ihn herausfordernd an. Ich habe eigentlich keinen Nerv dafür, diese Diskussion noch einmal zu führen, sie wiederholen sich eh nur in dem, was sie sagen. Ich weiß, dass meine Eltern gegen meine Beziehung mit Luca sind. Aber das ändert doch nichts an meinen Gefühlen. Deshalb werde ich nicht plötzlich aufhören, Luca zu lieben. Oder mich nicht mehr mit ihr treffen. Was, wenn ich mich wirklich für meine Eltern verbogen hätte? Dann hätte Luca vielleicht nie den Mut gefunden, sich jemandem zu öffnen und hätte immer weiter alles in sich hineingefressen. Doch dieses eine kleine Detail kennen meine Eltern nicht. Und ich werde es ihnen auch nicht verraten.

Mein Vater sieht mich kopfschüttelnd an. »Ich bitte dich, das ist ja wohl etwas komplett anderes! Es ist okay, dass du dieses Mädchen geküsst hast. Aber das ist doch einfach nur eine Phase, und wenn du aufhörst, Zeit mit ihr zu verbringen, wirst du merken, dass du doch nicht auf Mädchen stehst und dich wieder in einen Jungen verlieben.«

Ist das wirklich sein Ernst? »Eine Phase? Wirklich? Nein, es ist keine Phase! Ich *liebe* dieses Mädchen.« Stille. Zum ersten

Mal habe ich es so deutlich ausgesprochen. Aber ich glaube, dass die beiden das wirklich hören mussten.

»Liebe!« Mein Vater schnaubt.

»Ja, du sagst es: Liebe!«

Er schüttelt mit dem Kopf. Ich sehe zu meiner Mutter. Ihre Augen verraten, dass sie auf der Seite meines Vaters steht, doch ihr Mund bleibt geschlossen.

»Du weißt doch gar nicht, wie sich das anfühlt. Bei euch ist immer alles einfach gewesen. Friede, Freude, Eierkuchen! Bei uns nicht. Wegen Leuten wie euch. Aber wenn ihr als meine Eltern schon nicht zu mir halten könnt, solltet ihr wenigstens mir zuliebe einfach gar nichts dazu sagen!« Ich sehe erst meiner Mutter in die Augen, dann meinem Vater. »Auch wenn das nicht eurer Vorstellung entspricht. Ich weiß, dass ihr euch etwas anderes gewünscht habt. Aber ich kann nun einmal nicht zaubern.« Mit diesen Worten lasse ich die beiden alleine und verlasse das Wohnzimmer.

Vielleicht wird sie das aufwecken. Vielleicht aber auch nicht, aber dann habe ich es wenigstens versucht. Ich gehe wieder hoch in mein Zimmer und vergrabe mein Gesicht in meinem weichen Kissen. Es ist so schade, dass meine Eltern so über Luca denken. Ich würde mir wirklich wünschen, dass sie sich einfach für mich freuen. Ganz egal, ob ich jetzt einen Freund oder eine Freundin habe – Hauptsache, ihr Kind ist glücklich. Und vielleicht werden sie ja eines Tages erkennen, dass vor allem zählt, dass wir ein glückliches Pärchen sind. Das würde ich mir wünschen. Für mich. Für meine Eltern. Für Luca. Für alle gleichgeschlechtlichen Paare auf der Welt. Eltern, die einfach glücklich sind, wenn ihr Kind es auch ist.

Ich mache das nächste Lied an. *21, 22, 23* – darin geht es nicht um Väter, sondern um das Erwachsenwerden. Und das beschäftigt mich momentan doch am meisten. Doch im Gegensatz zu Henning weiß ich schon vor meinem dreißigsten Geburtstag, was ich will. Luca. Egal, was meine Eltern dazu sagen.

Kapitel 30

Als Lucas Stiefvater mir heute die Tür geöffnet hat, habe ich ihn plötzlich mit anderen Augen gesehen. Er war nicht mehr nur ein netter Vater, er war plötzlich so viel mehr. Einer, der die leidvolle Aufgabe hat, ihren Papa zu ersetzen, und der es doch nie ganz schaffen wird. Denn kein Mensch kann einen anderen ersetzen. Trotzdem spüre ich, dass er alles dafür tut, um seine Aufgabe gut zu meistern.

»Morgen beginnen unsere Vorträge in SoWi«, merkt Luca an.

Wir sitzen uns im Schneidersitz gegenüber und keine von uns weiß so richtig, was sie sagen soll. Wir denken beide über gestern nach. Über Leah. Über Lucas Vater. Und ich über meine Eltern. Aber davon weiß Luca noch nichts. Ich wollte sie gestern nicht zusätzlich damit belasten.

»Ich weiß. Hast du dir schon Stichpunkte gemacht?«, frage ich. Lieber führe ich diesen Small Talk, als dass wir uns weiterhin so beharrlich anschweigen.

»Ja, hab ich, aber ich kenne mich so gut mit dem Thema aus, dass ich die eigentlich gar nicht bräuchte. Das ist der Vorteil, wenn man sich aussuchen darf, worüber man erzählt.« Ich überhöre die Traurigkeit, die in ihrer Stimme mitschwingt, nicht. Natürlich haben wir auch etwas über die negativen Kommentare anderer in unserer Präsentation. Und das betrifft sie heute so stark wie nie vorher in ihrem Leben, das hat sie gestern mehr als deutlich zu spüren bekommen.

»Und wie sieht es bei dir aus?«, fragt sie. Sie geht nicht weiter darauf ein, wie es sich anfühlt, Ziel unserer Negativbeispiele zu sein.

Ich erfülle ihr den Wunsch, ignoriere die Traurigkeit in ihrer Stimme und beantworte einfach ihre Frage. »Ich mache sie heute Abend noch. Bin ja noch neu auf dem Gebiet.«

Ein Nicken, dann Stille. Sie kennt das Gefühl, für mich ist es neu.

»Denkst du, irgendjemand wird während unseres Vortrages reinrufen und dumme Kommentare abgeben?« Luca hangelt sich zu der Wasserflasche, die an ihrem Bett steht und trinkt einen Schluck. Ob das Wasser auch so schlecht schmeckt wie das von Melissa? Vielleicht trinkt sie aber auch so viel, dass sie die Flasche oft genug wechselt. Immerhin ist dort von vorneherein keine Kohlensäure drin, die das abgestandene Wasser noch ein bisschen ekliger macht. Vielleicht ist es bei stillem Wasser auch egal, wie lange es herumsteht. Ich will es gar nicht testen.

Ich löse meine Augen von ihr, obwohl ich ihr stundenlang einfach nur zusehen könnte. Sie ist so schön.

»Ich hoffe nicht, aber ich könnte es mir bei Menschen wie Leah gut vorstellen. Obwohl ich zugeben muss, dass ich sie seit dem Gespräch mit Melissa irgendwie anders sehe. Sie ist nicht mehr einfach nur fies, weil ich jetzt weiß, dass auch sie eine Geschichte in sich trägt, die sie zu dem Mädchen macht, das sie ist«, sage ich.

»Mhm ja, das stimmt. Es ist schon krass, wenn man darüber nachdenkt, dass Leah kotzt, um dieses schöne, beliebte Mädchen sein zu können. Da spiele ich doch lieber im Mittelfeld und kann dafür essen und trinken worauf ich gerade Bock habe.« Luca nimmt noch einen Schluck. Es ist brühwarm in ihrem Zimmer. Der Sommer hat mittlerweile triumphierend Einzug gehalten, und wenn sie das Fenster öffnen würde, würde es nur noch wärmer werden.

»Möchtest du auch etwas trinken?«, fragt sie.

Ich nicke und nehme die Flasche entgegen, die sie mir reicht. »Es stört dich ja sicherlich nicht, wenn wir uns eine Flasche teilen«, sagt sie und zwinkert mir zu.

Ich schüttle mit dem Kopf. Ganz und gar nicht, denke ich, sage aber nichts. Das Wasser schmeckt frisch. Okay. Auch wenn ich Sprudelwasser immer vorziehen würde. Selbst abgestanden und lauwarm.

Ich gebe ihr die Flasche zurück.

»Ich würde dich jetzt gerne küssen, aber ich habe Angst«, sagt Luca.

Ihre Worte erschrecken mich, obwohl ich weiß, warum sie Angst hat.

»Ich würde dich auch gerne küssen«, erwidere ich.

»Was wohl deine Eltern dazu sagen würden, dass ihre Tochter hier sitzt und mit dem Gedanken spielt, ein Mädchen zu küssen? Bestimmt würden die mich direkt einbuchten!« Galgenhumor.

Ich seufze. »Wenn meine Eltern bloß ein bisschen weltoffener wären …« Ich denke an unsere Diskussion von gestern. Wie kann ich sie bloß davon überzeugen, dass es gar keinen Unterschied macht, ob man auf Männer oder auf Frauen steht? Vielleicht sollten sie Luca mal richtig kennenlernen. Dann würden sie sehen, dass das Geschlecht keine Rolle spielt. Doch ich glaube nicht, dass meine Eltern dazu bereit wären. Viel zu konservativ sind sie. Und ich weiß auch nicht, mit welchen Argumenten ich sie vom Gegenteil überzeugen könnte. Schließlich bin ich auch so erzogen worden.

»Hast du versucht, noch einmal mit ihnen zu reden? Vielleicht war es nur der erste Schock, wegen dem Kuss. Sie wären bei einem anderen Jungen bestimmt auch so geschockt gewesen, weil sie noch an Jonas hängen und nicht damit gerechnet haben, dass du schon wieder jemand Neues küsst.« Luca klammert sich an jeden Strohhalm.

»Ja, hab ich. Gestern Abend haben sie mich gefragt, mit wem

ich unterwegs gewesen bin und was wir gemacht haben. Und dann habe ich ihnen gesagt, dass ich mit dir den Tag verbracht habe und schon hatte ich wieder eine riesengroße Diskussion am Hals.«

»Und sie sind immer noch gegen uns?« Luca weiß, dass man daran nichts missverstehen kann, aber sie hofft bis zuletzt, dass ich mich einfach falsch ausgedrückt habe.

»Ja. Mein Vater glaubt, dass zwischen zwei Frauen keine wirkliche Liebe entstehen kann.« Ich betrachte nachdenklich meine Hände, die in meinem Schoß liegen.

»Und deine Mutter?«

»Die auch nicht. Sie hat zwar nichts gesagt, weil sie sich auch nicht zu offensichtlich gegen ihr Kind stellen möchte, aber ihre Augen haben verraten, dass sie meinen Vater unterstützt.« Ich sehe nicht hoch.

Das Knistern ihrer Plastikflasche wird beim nächsten Schluck hörbar. »Dann müssen wir ihnen irgendwie beweisen, dass ihre Denkweise totaler Blödsinn ist!«

»Und wie?« Ich bin wesentlich weniger optimistisch als Luca. Vielleicht, weil ich meine Eltern kenne. Wenn sie sich zu einer Sache ihre Meinung gebildet haben, dann lassen sie sich davon nicht abbringen. Und wenn sie von einer Sache in ihrem Leben überzeugt sind, dann davon, dass die Liebe zwischen zwei Frauen nicht funktionieren kann. So wie Leah. Dass sie damit ihr eigenes Kind verletzen, ist erst einmal egal.

»Weiß ich auch nicht so genau, ich kenn deine Eltern ja gar nicht.« Resigniert zuckt sie mit den Schultern.

Ich seufze.

»Wir schaffen das, Mia. Das weiß ich. Es wird nicht einfach. Es wird immer Menschen geben, die gegen uns sind. Und wenn das dann auch noch deine Eltern sind – das ist blöd. Aber ich weiß, dass wir es trotzdem hinbekommen werden.« Ihr Gesicht kommt meinem so nahe, dass uns nur noch wenige Millimeter trennen. Mir wird ganz warm. Auf meine Arme legt sich eine dünne Gänsehaut, obwohl es in diesem Raum alles andere als kalt ist. »Vorausgesetzt natürlich, ich bin es dir wert, in die Schlacht zu ziehen.« Sie flüstert diese Worte gegen meine Wange.

»Natürlich bist du es mir wert. Auch wenn es nicht leicht werden wird.« Plötzlich überkommt mich auch eine Welle des Optimismus. Vielleicht können meine Eltern gar nichts dafür. Unsere Gesellschaft lebt nun einmal vor, dass es ein Unterschied ist, ob man als Mann oder als Frau eine Frau liebt. Vielleicht möchten sie einfach einen sicheren Platz in unserer Gesellschaft haben und den bekommt man bekanntlich am besten, wenn man nicht aufmuckt. Vielleicht haben sie einfach nur Angst.

Lucas grüne Augen glitzern. Sie erzählen eine Geschichte von großem Glück, weil wir uns gefunden haben und von dem Schwermut darüber, dass ihr Vater mich nicht mehr kennenlernen konnte. Sie kommt mir noch ein bisschen näher, so dass ihre Stirn jetzt an meiner liegt.

»Darf ich dich jetzt küssen?«, fragt sie in einem Ton, der mich ans Standesamt erinnert.

Ich nicke. Und dann küsst sie mich und für einen Moment fühle ich mich, als würde ich in eine andere Welt eintauchen. Ohne Sorgen. Ohne Probleme. Ohne Zweifel. Und ohne Gegner. Nur sie und ich. Wir werden das schaffen. Alles. Ganz egal, was auch kommen wird. Das glaube ich, zumindest für einen Augenblick. Und das sind die Momente, die zählen. Die Momente, in denen ich einfach wunschlos glücklich bin und mein Gehirn wie leergefegt ist. So fühlt es sich an, wenn man jemandem haltlos verfallen ist. Und ich bin ihr verfallen. Das kann niemand ändern. Nicht einmal meine Eltern. Ich liebe sie.

Kapitel 31

Leah und Melissa stehen vor der Tafel. Sie haben eine tolle Power-Point-Präsentation auf die Beine gestellt. Und obwohl die beiden versucht haben, sachlich zu bleiben, hat man gespürt, dass Leah dieses Thema bewegt. Natürlich musste sie ihre Fassade aufrechterhalten, das ist eben der Preis, den sie zahlt. Aber vor allem in dem Moment, in dem sie erzählt hat, wie sich Bulimie für eine Betroffene anfühlt, hat man gespürt, dass sie das Thema nicht kaltlässt. Wenn man es nicht weiß, schließt man vielleicht nicht sofort darauf, dass sie selber krank ist, aber zumindest denkt man, dass sie jemanden kennt, den es betrifft.

Während die beiden vortragen, haftet mein Blick an Leah und ich kann nicht anders, als ihren Körper genau zu analysieren. Sie ist schlank, hat eine tolle Figur, sieht gesund aus, auf den ersten Blick zumindest. Aber der äußere Schein trügt. Ich versuche, sie nicht zu offensichtlich anzustarren, aber dieses Thema geht auch mir nahe. Vielleicht hätte Melissa mir erst nach ihrem Referat erzählen sollen, was mit Leah los ist. Dann müsste ich jetzt nicht die ganze Zeit darüber nachdenken.

Ihr Vortrag neigt sich dem Ende zu. »Wir haben überlegt, euch einen Film zu dem Thema zu zeigen, aber in Dokumentationen wird immer mindestens eine Szene gezeigt, in der die oder der Betroffene über der Kloschüssel hängt und sich übergibt. Das wollten wir euch ersparen«, erzählt Leah. Der Kurs kauft ihr das ab. Nur ich nicht. Ich glaube, dass sie keinen Film zeigen, weil Leah es nicht erträgt, den Spiegel vorgehalten zu bekommen. Was ich gut verstehen kann, wenn ich darüber nachdenke, wie schwer es für Luca und mich gewesen ist, unser Referat vorzubereiten. Man setzt sich mit sich selber auseinander und obwohl niemand im Kurs weiß, dass Leah davon betroffen ist, wird sie trotzdem das Gefühl haben, einen ganz intimen Moment geteilt zu haben. Und das ist ihr sicher schwer genug gefallen.

»Das war unser Vortrag zum Thema Bulimie«, beendet Melissa ihr Referat. Geklopfe ertönt. Als das abklingt, schießen die ersten Finger in die Höhe. Es sind immer dieselben, die irgendwas zu sagen haben.

»Bevor wir zu Lob und Kritik kommen, gibt es noch irgendwelche Fragen?« Unser SoWi-Lehrer schaut durch die Runde. Die Finger gehen wieder nach unten oder Leute schütteln mit dem Kopf.

»Ich habe aber noch eine Frage.« Herr Krülwitz wendet sich den beiden Vortragenden zu. In solchen Momenten steigt einem der Angstschweiß auf die Stirn. Was, wenn er jetzt ausgerechnet eine Frage stellt, die man nicht beantworten kann? Irgendwas, das man selber für unwichtig gehalten hat, das er aber total wichtig findet.

»Zu eurem Vortrag solltet ihr ja eine anschließende Fragerunde gestalten, habt ihr das getan? Ich habe von euch dazu keine Infos erhalten.«

Leah und Melissa sehen sich an. Niemand sagt etwas. Hinter mir raschelt irgendwer in seinen Sachen. Werden sie die Bombe platzen lassen? Leah geht auf die erste Reihe zu und holt sich einen der freien Stühle. Okay, das lässt darauf schließen, dass das, was jetzt kommt, ein bisschen länger dauern wird. Einen Augenblick bleibt meine beste Freundin verwirrt vorne stehen, aber dann wird sie wieder professionell und tut es Leah gleich.

Sie setzen sich vorne hin. Leah schlägt ihr linkes Bein über ihr rechtes. »Wir haben uns überlegt, keine klassische Fragerunde zu machen. Lieber möchte ich euch heute die echte Leah zeigen«, beginnt sie. Stille. Man könnte ein Reiskorn fallen hören. Noch einmal sieht sie absichernd zu Melissa. Ob Luca sich auch den ganzen Vortrag über Gedanken zu Leahs Krankheit gemacht hat? Vielleicht hat es irgendjemand anderes auch erraten.

Leah atmet noch einmal tief durch, dann beginnt sie zu sprechen. »Wisst ihr, ich glaube nicht, dass auch nur ein Einziger von euch ein Thema ohne Hintergedanken ausgesucht hat. Egal warum, es bewegt euch. Du zum Beispiel, Luca, welches Thema hast du dir ausgesucht?« Sie sieht herausfordernd zu Luca. Doch nicht wie bei ihrem Streit letztens, es ist eher eine überzeugte, aber verletzte Leah, die Luca in die Augen schaut.

»LGBTQ«, sagt diese selbstsicher. Sie steht dazu. Vielleicht, weil sie weiß, dass sie ja sowieso vortragen muss, vielleicht aber auch, weil sie weiß, dass sie nichts zu verlieren hat. Es weiß so oder so jeder hier.

»Siehst du: Du hast dieses Thema gewählt, weil es dich beschäftigt. Du bist selbst davon betroffen. Aber es wird dir umso schwerer fallen, das Referat zu halten. Nicht etwa, weil du deinen Text nicht kannst, sondern weil du das Gefühl hast, du würdest dich vor dem ganzen Kurs nackt ausziehen.« Leah lässt ihren Blick einmal durch die Klasse schweifen. Es stimmt, was sie sagt. Zum ersten Mal in unserer Schulzeit stimme ich ihr aus tiefster Überzeugung zu. Sie hat eben auch eine andere Seite. Die hat sie nur bis heute versteckt.

»Und selbst wenn jemand ein Thema wählt, bei dem niemand weiß, dass es euch betrifft – man wird es euch anmerken. An der Art, wie ihr sprecht, an den Blicken, die ihr in die Klasse werft.« Leah atmet laut aus. Ich blicke zu Melissa, die Leah die ganze Zeit über ansieht und ihr interessiert zuhört. Sie kennt Leahs Geschichte, sie weiß, warum sie dieses Thema gewählt haben. Und dennoch weiß sie nicht, was Leah preisgeben wird und was nicht. Und schon allein das, was sie jetzt gerade erklärt hat, hat uns alle überrascht. So etwas Tiefes und Geistreiches hat dieses Mädchen in all den Jahren noch nie gesagt. Das hat eben nicht zu ihrer Rolle gepasst.

»Ich habe dieses Thema gewählt, weil es mich eben betrifft. So wie du LGBTQ gewählt hast, weil du auf Mädchen stehst, hab ich Bulimie gewählt, weil ich Bulimie habe.« Ihre Worte klingen distanziert, als wolle sie Abstand von sich selbst nehmen, um nicht daran zu zerbrechen.

»Es hat mit Kalorienzählen begonnen. Doch meine Mama hat immer so leckeren Kuchen gemacht, und wenn ich ihn nicht gegessen habe, war sie enttäuscht. Also habe ich ihn gegessen und ihn dann wieder erbrochen.« Leah beginnt tatsächlich, ihre Geschichte zu erzählen. Zögerlich, aber sie spricht. Und plötzlich wird mir klar, dass in all den Momenten, in denen kurz die Unsicherheit in ihr aufgeblitzt ist, einfach nur ihre Fassade gebröckelt hat. Das war die echte Leah. Obwohl ich ihre Geschichte schon kenne, ist es noch einmal ein ganz anderes Gefühl, wenn die Betroffene selbst erzählt, wie sich das anfühlt. Und als ich meine Mitschüler ansehe, sehe ich, dass ich nicht die Einzige bin, die geschockt und beeindruckt ist. Niemand raschelt mehr mit seinem Zeug oder beschäftigt sich mit anderen Sachen. Wir schenken Leah alle unsere volle Aufmerksamkeit.

»Eigentlich bin ich ein verlorenes Mädchen in dieser großen Welt, das nicht weiß, was es will und wo es hingehört. Bis zu diesem Referat hier.« Pause. Stille. Nur das Ticken der Uhr ist zu hören.

»Dieses Referat hat mich verändert. Als Herr Krülwitz uns die Partner zugeteilt hat, hat bei mir direkt eine gewisse Antistimmung geherrscht. Doch ich bin ihm verdammt dankbar. Denn genau das war für mich der erste Schritt: Einmal jemandem alles erzählen, der mich nicht so gut kennt. Der glaubt, ich sei eine arrogante Zicke. Ich bin froh, dass er mir die Chance gegeben hat, Melissa meine andere Seite zu zeigen.« Ihr Blick wandert erst zu Herrn Krülwitz, dann zu Melissa. »Sie ist eine außenstehende Person. Hätte sie gelacht, hätte ich wieder gekotzt und dann wäre der Schmerz wieder betäubt gewesen. Doch ich hätte mich niemals getraut, mich vor meinen Freundinnen so zu öffnen.« Sie streicht sich ihr blondes Haar hinter beide Ohren. Ich glaube, dass sie das nur macht, um sich für einen Moment zu sammeln.

»Nutzt die Chance, die euch hier gegeben wird. Wir gehen jetzt teilweise seit sieben Jahren auf dieselbe Schule. Aber kennen wir einander überhaupt? Jeder von uns hat doch ein Geheimnis, das er für sich behält. Doch es hilft, wenn ihr es rauslasst, wenn ihr darüber sprecht. Auch wenn euch das anfangs verdammt schwerfällt. Denkt immer daran: Ihr seid nicht alleine, wir wissen alle nicht so richtig, wo oben und unten ist.« Ihre Stimme wirkt eindringlich. Sie appelliert an uns alle, uns zu öffnen. Und ich glaube, sie hat recht.

»Seitdem Melissa und ich begonnen haben, dieses Referat vorzubereiten, habe ich an ihr Eigenschaften entdeckt, die ich noch nicht kannte, und sie welche an mir. Wir haben uns praktisch noch einmal neu kennengelernt. Plötzlich sehe ich sie mit ganz anderen Augen. Und ich hoffe, dass auch ihr alle mich jetzt mit anderen Augen seht. Ich habe mein wahres Ich lange versteckt, um akzeptiert zu werden, doch das ist jetzt vorbei. Ich möchte mich nicht mehr verstecken. Wer mich mag, der mag mich, und wer nicht, der nicht.« Sie spricht diese Worte aus, als seien sie ein wahrer Befreiungsschlag für sie.

»Ich habe in den letzten Wochen viel gelernt. Und seit unserem Referat habe ich mich viel seltener übergeben.« Doch es hat nicht nur Leah verändert. Wenn wir hier rausgehen, wird niemand mehr so sein wie vorher.

»Nutzt diese Chance und seid offen für Veränderungen. Auch wenn ihr glaubt, dass ihr es nicht schaffen könnt. Ihr werdet es schaffen. Oder wie Julia Engelmann sagen würde: *Wenn du fest daran glaubst, dann wirst du glücklich* – und tatsächlich ist eine Grapefruit das erste Frühstück gewesen, das ich wieder im Magen behalten habe. Und es fühlt sich gut an, endlich die sein zu können, die ich wirklich bin. So echt, endlich keine Marionette mehr. Und ihr könnt das auch schaffen, das weiß ich. Denn ihr seid stärker, als ihr denkt.« Die alte Leah ist wie weggeblasen. Plötzlich sitzt ein zerbrechliches Mädchen vor uns, dessen Leben sich in den letzten zwei Wochen um hundertachtzig Grad gewendet hat. Ein ganz neues Mädchen. Und das gefällt mir viel besser.

Am Nachmittag sitze ich wieder mit Luca auf einer Bank im Wald, doch es fühlt sich nicht so unbeschwert an wie beim ersten Mal. Ich glaube, sie hat diesen Ort ganz bewusst ausgewählt. Sie holt ein Kästchen aus ihrer Schultasche. Was da wohl drin ist? Ein Instinkt in mir sagt mir, dass es etwas mit ihrem Vater zu tun hat. Sie hat diesen Ort hier doch nicht aus Zufall ausgesucht.

Luca holt einen kleinen Schlüssel hervor, der aussieht wie der eines Tagebuchschlosses. Bevor sie die Kiste aufschließt, atmet sie tief durch, als müsste sie überlegen, ob sie wirklich dazu bereit ist. Der Inhalt scheint ihr viel zu bedeuten. Sie öffnet die Kiste: ein Foto und anderer Krimskrams.

Sie nimmt das Foto heraus und sieht mich an. »Ich möchte Leah ein bisschen nachziehen und mich dir gegenüber noch ein Stück weiter öffnen. Wir sitzen zum zweiten Mal auf dieser Bank und jetzt bin ich auch endlich dazu bereit, dir noch mehr von mir zu erzählen.« Sie holt das Foto heraus. »Das ist mein Papa.« Ihre Stimme ist kaum mehr als ein Flüstern. Sie sieht erst auf das Bild, dann zu mir. Ich betrachte die Aufnahme auch. Sie sieht ihm wirklich ähnlich. Er hatte so schöne grüne Augen wie Luca. Braune Haare, kleine Grübchen. Ein Vaterschaftstest wäre vollkommen überflüssig.

»Das Foto haben wir in unserem letzten gemeinsamen Urlaub gemacht. Kurz bevor er wieder zurück nach Hause gefahren ist. Er hat gesagt, ›Das Foto kannst du dir jetzt jeden Abend ansehen bis der Papa wiederkommt‹ – aber er ist nie wiedergekommen. Vielleicht hat er es insgeheim auch gespürt.« Ihre Stimme bricht weg. Wieder bin ich in derselben Situation wie gestern. Soll ich sie einfach in den Arm nehmen, ihr eine Schulter zum Anlehnen bieten? Aber ich habe das Gefühl, dass sie gerade lieber mit dem Foto für sich ist, mit ihrem Vater in einer Blase aus Erinnerungen. Außerdem glaube ich, dass sie noch etwas sagen möchte.

»Er war ein toller Vater. Warum musste ausgerechnet er sterben?«

»Ich weiß es nicht«, sage ich offen, weil ich es wirklich nicht weiß.

»Die Kiste habe ich zu meinem vierzehnten Geburtstag bekommen. Da war dieses Foto drin.« Sie zeigt auf das Bild, das sie immer noch fest umklammert hält. Zum Glück ist es kein Polaroidbild, das mit der Zeit verblasst. Es wird für immer eine Erinnerung für sie sein. »Ich weiß, dass es meine Mutter viel Kraft gekostet hat, dieses Foto entwickeln zu lassen. Und auch wenn ich es nicht oft ansehe, bin ich ihr dankbar dafür, dass sie es getan hat. Ich habe Angst, ihn sonst zu vergessen.«

»Du wirst ihn nicht vergessen, Luca. Niemals.«

»Was, wenn ich mich irgendwann nicht mehr daran erinnere, dass er beim Lachen Grübchen hatte?«

»Das wirst du nicht. Aber dafür hast du ja auch dieses Foto.«

»Ja, eben.« Sie kramt weiter in dem Kistchen.

»Außerdem war dort noch eins seiner Lederarmbänder, die er oft getragen hat, und ein Armband, das er für mich gekauft hat, drin. Er wollte es mir geben, wenn er wieder nach Hause kommt, hat meine Mutter mir erzählt. Manchmal habe ich das Gefühl, dass meine Mutter sich wünscht, dass ich es anziehen würde. Aber ich bringe es einfach nicht übers Herz. Das erinnert mich zu sehr an ihn und diesen schrecklichen Tag.« Während sie diese Worte sagt, macht sie immer wieder eine

Pause, weil sie ihre Tränen hinunterschlucken muss. Doch irgendwann kann sie das nicht mehr und sie beginnt hemmungslos zu weinen.

»Ich öffne diese Kiste nur sehr selten, weil ich oft nicht die Kraft dazu habe. Wenn ich unser Foto ansehe, erinnert mich das immer daran, was ich verloren habe. Den besten Papa der Welt. Ich vermisse ihn so sehr. Jeden Tag.«

Eine Träne tropft auf das Bild von ihm. Doch nichts verändert sich. Es bleibt immer noch nur ein Foto. Und er immer noch tot.

»Er lebt in deinem Herzen weiter, wenn du ihn in deinen Erinnerungen lebendig hältst«, erwidere ich.

»Ja. Ich kann mich zwar nur noch schwach an den Urlaub erinnern, aber ich weiß, dass er wunderschön war. Wir hatten viel Spaß zusammen.« Sie legt das Bild wieder zurück in die Kiste und schließt sie. Dann stellt sie sie neben uns auf die Bank und rückt ein bisschen näher an mich heran. Und wieder habe ich heute etwas erfahren, das mir schwer im Magen liegt. Jetzt weiß ich, wie er aussah. Sein Bild wird mich immer verfolgen, wenn ich Luca ansehe. Vielleicht hätte ich lieber meine eigene Vorstellung von ihm behalten. Denn die ist lange nicht so stark wie die Gewissheit. Doch irgendwie bin ich auch froh, ihn mal gesehen zu haben. Ich kann mich noch nicht so ganz entscheiden, muss erst einmal mit der Situation fertigwerden. Doch ich weiß, dass Luca und ich auch diesen Schmerz miteinander teilen können.

Kapitel 32

In der nächsten Stunde müssen wir uns den Blicken der anderen stellen. Angespannt schaue ich mich im Kurs um. Obwohl niemand von meinen Mitschülern so aussieht, als wäre er wirklich brennend an unserem Vortrag interessiert, bin ich dennoch nervös. Ist man ja immer irgendwie. Obwohl keiner hier zu einem Statement gezwungen wird, kann ich mir vorstellen, dass Luca mutig genug sein wird, um eins abzugeben. Vielleicht auch ein bisschen aus Solidarität gegenüber Leah. Auch wenn bei uns beiden die Hintergrundgeschichte offensichtlicher ist, – vor allem bei Luca –, weiß ich nicht, ob ich dazu in der Lage sein werde, so stark wie Leah zu sein. Ich bin noch unentdeckt. Und ein Teil von mir möchte, dass das auch so bleibt. Dieser Teil hat Angst, dass sie mich fertigmachen werden. Doch der andere Teil sagt mir, dass es nicht okay ist, Luca alleine zu lassen.

Für Leah war es sicherlich auch alles andere als einfach, so offen zu sein. Für sie stand viel auf dem Spiel; sie hat das Bild, das die anderen von ihr gehabt haben, mit einem einzigen Hieb zerschlagen.

Es hat sich etwas verändert. Leah ist nicht mehr so vorlaut. Immer noch selbstbewusst, aber nicht mehr so aufgezwungen cool, nicht mehr als müsste sie ständig etwas beweisen. Sie ist weiterhin Teil ihres Freundeskreises, aber die Spannung, die in der Luft liegt, ist deutlich zu spüren. Ist ja auch klar, immerhin hat Leah sich damit in eine Richtung entwickelt, die ihre Freunde niemals erwartet hätten. Wie ein Puzzleteil, das man mit aller

Macht in das fertige Bild quetschen will, doch eigentlich spürt man, dass das nicht klappt. Es verbindet sich nicht so geschmeidig mit dem Rest, wie die anderen Puzzleteile es tun. Vielleicht wird es den großen Knall noch geben, vielleicht werden aber auch die anderen bei ihrem Vortrag noch eine Geschichte auspacken, mit der niemand gerechnet hätte. Und dann wird das zusammengefügte Bild innerhalb weniger Minuten in tausend Teile zerspringen, und nichts erinnert mehr an das Gesamtwerk von einst. Mein Blick wandert zu Leah. Sie sitzt auf ihrem Platz und quatscht mit Alissa. Doch dabei sieht sie nicht mehr so frei aus wie direkt nach ihrem Vortrag. Also, irgendwie schon, viel freier, denn jetzt braucht sie sich nicht mehr zu verstecken, aber dieses Gespräch sieht so gezwungen aus. Als müsste sie sich verzweifelt an etwas festklammern, das längst nicht mehr da ist. Aus Angst, alleine dazustehen. Niemandem mehr zu gefallen. Der Grund, warum sie überhaupt begonnen hat, sich zu übergeben. Doch wenn Alissa und die anderen Leah nicht so akzeptieren wie sie ist, sind sie sowieso die falschen Freunde. Vielleicht wird sie das eines Tages auch noch verstehen. Und stark genug dafür sein, sich das einzugestehen.

Meine Augen wandern weiter zu unserem Lehrer, der in seinen Sachen kramt. Als er meinen wartenden Blick bemerkt, sieht er kurz hoch und nuschelt ein: »Bin gleich so weit«.

Ich nicke und werfe Luca einen Blick zu. Als sie daraufhin lächelt, lächle ich auch. Automatisch. Wie immer.

Ein letztes Mal noch überfliege ich meine Stichwortzettel. Eigentlich kann ich alles. Ich bin gut vorbereitet. Trotzdem habe ich Angst, dass genau dann, wenn ich es wirklich vor dem Kurs präsentieren muss, alles einfach weg ist. Aber die Angst hat nahezu jeder, der vor der Tafel steht und darauf wartet, dass er sein Referat endlich beginnen kann. Wir sitzen also alle im selben Boot. Ob es Lehrern vor dem Beginn einer Stunde wohl auch so geht?

»So, dann seid bitte leise, wir können beginnen!« Wir sehen

Herrn Krülwitz noch einmal prüfend an. Als es komplett still im Raum ist, nickt er, um uns zu symbolisieren, dass wir starten können. Luca beginnt zu sprechen.

»Wir haben uns das Thema LGBTQ ausgesucht. Wie Leah letzte Woche ja auch schon gesagt hat, bin auch ich der Meinung, dass jeder irgendeinen persönlichen Bezug zu seinem Thema hat. Sonst hätte man es nicht gewählt. Was mein Bezug zu dem Thema ist, wisst ihr ja alle nur zu gut.« Eine Einleitung, die so nicht geplant war, aber wahrscheinlich wollte sie das nach Leahs Vortrag einfach loswerden.

»Das Wort LGBTQ kommt aus dem Englischen und ist ein Akronym für lesbian, gay, bisexual, transgender und queer. Als Erstes möchte ich euch etwas über die Rechtslage der LGBTQ-Community in Deutschland erklären. Mia wird danach noch ganz kurz etwas zu der Rechtslage in Saudi-Arabien und den USA sagen.« Luca sieht kurz zu mir rüber.

Dann beginnt sie zu erzählen. Wenn man nicht selber spricht, ist das sehr viel leichter.

Zum Glück arbeitet Luca diesen Teil genau nach Plan ab, so dass ich weiß, wann ich dran bin. Mein Blick fixiert einen Punkt ganz hinten im Raum, während ich zu sprechen beginne.

Als ich fertig bin, übernimmt Luca, und dann bin ich wieder dran. Wahrscheinlich hat spätestens jetzt auch der Letzte begriffen, dass es sich hierbei nicht nur um irgendwelche trockenen, lebensfernen Vorträge handelt. Es geht darum, ein bisschen mehr über den Menschen zu erfahren, der über dieses Thema berichtet. Wir erzählen von positiven und negativen Reaktionen und davon, wie man selbst reagiert, wenn man merkt, dass man nicht hetero ist. Luca legt jetzt richtig los; sie brennt für diese Thematik. Ich muss zwar noch ab und zu auf meinen Zettel gucken, aber vor allem bei der Frage, wie andere Leute und man selbst reagiert, weiß ich, was ich zu sagen habe. Schließlich stecke ich nicht nur in diesem Referat mittendrin, sondern auch im echten Leben.

Zehn Minuten lang reden wir nonstop, dann ist es vorbei. Und irgendwie bin ich froh darüber, aber ich habe auch Angst, was jetzt kommen wird. Geklopfe ertönt, mehr automatisch als ehrlich, aber das ist ja immer so. Ein paar Leute sagen etwas zum Vortrag, doch eigentlich ist es immer dasselbe. Frei gesprochen. Laut. Deutlich. Tolle Bilder. Und so weiter.

Mein Blick wandert zu Jonas. Nur kurz, aber ich möchte wissen, wie sein Gesicht aussieht, wenn er mich über dieses Thema sprechen hört. Auch wenn unsere Trennung mittlerweile schon einige Zeit zurückliegt, glaube ich, dass es nicht so einfach für ihn ist, das hier zu hören. Er weiß das mit Luca. Und er hat gesagt, dass es okay ist. Aber vielleicht hat er auch gelogen, weil er zu nett ist, um mir die Wahrheit ins Gesicht zu sagen.

Doch seine Augen lächeln. Auch sie sagen, dass es in Ordnung ist; sie sehen glücklich aus. Vielleicht hat ja auch er eine neue Liebe gefunden. Ich würde es ihm gönnen. Er ist immer noch ein toller Junge, und ich bereue unsere Beziehung nicht.

Unser SoWi-Lehrer beginnt zu sprechen. Deshalb löse ich meinen Blick von Jonas, um Herrn Krülwitz angucken zu können.

»Ich fand euren Vortrag auch sehr gut. Ihr habt sehr frei gesprochen, und man hat euch gerne zugehört. Genau wie bei Leah letzte Woche war auch bei euch der persönliche Bezug zum Thema ein großer Pluspunkt. Dadurch wusstet ihr genau, wovon ihr sprecht und konntet euch richtig in die Thematik einfühlen.« Er macht eine kurze Pause, überfliegt das Blatt vor sich, auf dem er sich wahrscheinlich Notizen gemacht hat. Dann sieht er wieder hoch. »Luca hat ja eben schon kurz angerissen, welchen Bezug sie dazu hat. Ihr könnt euch auch gerne wie Leah und Melissa letzte Woche einen Stuhl holen und noch etwas dazu sagen. Müsst ihr aber natürlich nicht, Leah hat es ja auch vollkommen freiwillig getan.«

Ich löse meinen Blick von Herrn Krülwitz und schaue Luca an. »Holen wir uns einen?«

Sie nickt. Kurze Zeit später sitzen wir vor der Tafel, unsere Präsentation im Rücken.

»Ich habe mich aus zwei Gründen für das Thema entschieden. Zum einen liegt es daran, dass ich mich natürlich gut damit auskenne. Wenn du merkst, dass du ›anders‹ bist, setzt du dich automatisch damit auseinander. Du liest Blogbeiträge, meldest dich in Foren an, suchst Gleichgesinnte, weil nur die dich wirklich verstehen können. Deine Gefühle werden zu deinem ständigen Begleiter.« Sie wirft einen Blick auf ihre Hände. Wahrscheinlich denkt sie darüber nach, wie sie das, was sie jetzt sagen möchte, am besten formulieren kann.

»Zum anderen gibt es noch einen Grund: euch. Viele von euch haben entweder ein Problem damit, dass ich lesbisch bin, oder ihr habt nicht den Mut, den Mund aufzumachen. Kaum jemand von euch sagt ›Hey, klasse, ist doch in Ordnung so!‹ – doch ich will, dass ihr das tut. Ihr müsst nicht alle meine beste Freundin werden, und es ist auch vollkommen okay, wenn ihr auf Jungs steht und euch so überhaupt gar nicht vorstellen könnt, wie es sich anfühlt in ein Mädchen verliebt zu sein. Doch ihr sollt einfach akzeptieren, dass es Menschen gibt, die jemanden lieben, der dasselbe Geschlecht hat wie sie.« Sie hält kurz inne.

»Ich weiß, dass mein Referat nicht die Welt verändern wird. In Saudi-Arabien wird es trotzdem weiterhin die Todesstrafe für Homosexualität geben. Aber ich hoffe, dass es in unserer Stufe etwas verändern wird. In meiner alten Schule war es vollkommen egal, ob jemand lesbisch, schwul, bi oder hetero ist. Vielleicht lag das daran, dass wir in der Großstadt mit den unterschiedlichsten Leuten in Kontakt gekommen sind. Doch ihr Dorfkinder hängt irgendwie alle noch total an euren Stereotypen.«

Mein Blick wandert immer wieder von der einen Seite des Raumes zur anderen. Und ich meine, selbst in Simons Gesicht eine Veränderung bemerken zu können. Vielleicht hat unser

Vortrag ja wirklich etwas gebracht und das gezeigt, was er zeigen sollte: Liebe muss frei sein.

Diese Gespräche nach den Vorträgen sind viel wichtiger als der Vortrag selbst. Und sie haben viel mehr Tiefe.

»Lasst euch davon nicht einengen. Ihr seid freie Menschen. Und euch steht nichts im Weg. Außer vielleicht eure Zweifel und ihr selbst.« Ich spüre, dass sie mit ihren Worten jeden einzelnen in diesem Raum wachrütteln will. Und ich glaube, dass sie das schafft.

»Was ich sagen will, ist: Lasst eure Gefühle nicht von anderen beeinflussen. Ihr könnt sie sowieso nicht steuern. Steht zu der Person, die ihr liebt. Und vor allem: Akzeptiert es, wenn andere Menschen vielleicht jemanden lieben, bei dem ihr es überhaupt nicht nachvollziehen könnt. Ihr müsst sie ja nicht heiraten. Ihr müsst nur die Klappe halten. Denn niemand hat das Recht, etwas gegen die Gefühle anderer zu sagen – auch nicht gegen die von Lesben.« Luca steht auf und ballt ihre Fäuste. Man sieht ihr an, wie wichtig ihr das ist, was sie gerade sagt. »Glaubt an euch und eure Träume. Lasst euch nicht von anderen beeinflussen. Es sind eure Entscheidungen, eure Gefühle, euer Herz. Das Leben ist ein Regenbogen. Es wird immer Sonne und Regen geben, aber eigentlich erstrahlt es in tollen Farben. Ihr könnt glücklich werden. Wenn ihr euch und andere akzeptiert wie sie sind – und ganz egal, wen sie lieben!« Mit diesen Worten setzt sich Luca wieder auf ihren Platz inmitten aller anderen. Auch ich stehe auf, stelle den Stuhl zurück und setze mich wieder. Mein Kopf fühlt sich überfüllt an. Lucas Worte haben mich berührt. Leahs letzte Woche auch. Und ich kann mir vorstellen, dass da noch viele weitere berührende Vorträge folgen werden. Am Ende dieser Unterrichtsreihe wird unser Kurs ein ganz neuer sein. Denn jeder hat mehrere Gesichter. Und zum ersten Mal zeigen wir das auch.

Kapitel 33

»Mama, ich muss euch jemanden vorstellen.« Die warme Nachmittagssonne durchflutet das Haus mit Licht. Als ich das letzte Mal hier war, hatten meine Eltern mir gerade offenbart, dass sie gegen unsere Beziehung sind. Und heute wird Luca mich ihren Eltern offiziell vorstellen. Ein flaues Gefühl liegt mir im Magen, eine Mischung aus Nervosität und Freude.

»Wir sind im Wohnzimmer!«, schallt es zurück.

Zielstrebig steuert Luca auf die Stimme zu. Ich folge ihr mit kleinen Schritten. Die Reaktion meiner eigenen Eltern spukt mir immer noch im Kopf herum. Es ist schwer, gegen die eigenen Eltern anzukämpfen, wenn man noch zu Hause wohnt. Ich weiß, dass Lucas Eltern viel offener sind als meine eigenen. Vielleicht werden sie mir ein Nest bieten, einen Ort der Ruhe und der Zuflucht. Vielleicht wollen sie aber auch nicht, dass ihre Tochter mit einem Mädchen zusammen ist, dessen Eltern homophob sind. All diese Gedanken drehen sich in meinem Kopf. Und auch wenn ich mir sage, dass es nichts bringt, wenn ich mich so verrückt mache, bevor irgendwas passiert ist, werde ich all diese Zweifel nicht los. Ich atme tief durch, versuche, mich zu beruhigen und stelle mich neben Luca. Sie sieht mich aufmunternd an. Scheinbar ist mir meine Nervosität deutlich anzusehen, denn sie scheint mit ihrem Lächeln sagen zu wollen: *Hey, alles wird gut, beruhige dich!*

Dann sieht sie zu ihren Eltern. »Das ist Mia. Meine feste Freundin.« Über ihre Direktheit bin ich schockiert. Eigentlich hätte ich das von ihr erwarten müssen, aber dennoch hätte ich das nicht gedacht.

Ihre Eltern stehen sofort lächelnd auf. Noch unerwarteter. Doch ich nehme mir vor, einfach so zu tun, als sei alles in Ordnung und lächle auch. Sie scheinen echt locker zu sein.

Ihr Stiefvater reicht mir die Hand. »Hallo Mia, ich bin Ralph, Lucas Stiefvater.« Ich erwidere seinen festen Händedruck.

»Ich bin Carolina.« Ihre Mutter lächelt. Ihr schwarzes Haar fällt in dichten Locken über ihre Schulter.

»Setzt euch doch zu uns«, bietet Ralph uns an.

Das tun wir. Ein bisschen flacht die Nervosität ab, doch ganz verschwindet sie nicht. Vielleicht liegt das einfach daran, dass ich gerade ihre Eltern kennenlerne, aber vielleicht bin ich in Lucas Gegenwart einfach immer ein bisschen nervös. Ich habe Angst, eine falsche Bewegung zu machen, obwohl ich mir vornehme, möglichst natürlich zu sein. Doch diese Sorge hat doch eigentlich jedes frisch verliebte Pärchen. Ob es Luca neben mir auch so geht?

»Wir freuen uns, dich kennenzulernen. Wir haben uns ja schon einmal kurz gesehen, erinnere ich mich!«, beginnt Ralph.

Ich nicke. »Stimmt.«

»Es ist schön, dass Luca in der neuen Schule so schnell Anschluss gefunden hat.« Ihre Mutter lächelt die ganze Zeit. Bei solchen Menschen frage ich mich immer, ob ihnen nicht irgendwann der Kiefer weh tut.

»Seit wann seid ihr denn zusammen?«

Jetzt geht das Gespräch ins Detail. Bei Jonas war das anders. Er hat mich eines Tages einfach mit nach Hause gebracht, wir haben kurz mit seinen Eltern geredet, sie haben mich gefragt, wie ich heiße und gesagt, dass sie sich für ihren Sohn freuen und uns viel Glück wünschen und dann war das Gespräch vorbei. Ich weiß gar nicht, wie so was normalerweise abläuft. Muss ich die ganze Zeit reden oder soll ich auch mal Luca zu Wort kommen lassen? Und soll ich vielleicht ihre Hand nehmen oder meinen Arm um sie legen? Momentan sitzen wir beide noch versteift nebeneinander, als würden wir darauf warten, dass die Zwangsjacke endlich aufplatzt, damit wir uns wieder frei bewegen können.

»Keine Ahnung, wir haben keinen bestimmten Tag. Aber ist doch auch nicht so wichtig, oder?«, beantwortet Luca die Frage ihrer Eltern.

»Nein, das ist nicht wichtig.«

»Haben deine Eltern Luca auch schon kennengelernt?« Diese Frage ist ganz klar an mich gerichtet. Meine Eltern. Ein heikles Thema.

»Ja, haben sie.«

»Haben sie sich auch so gefreut?«

Soll ich ihren Eltern jetzt einfach die Wahrheit sagen? Ihnen erzählen, wie meine Eltern drauf sind? Vielleicht würde sie das abschrecken. Vielleicht würden sie es aber auch verstehen. Ich sehe Hilfe suchend zu Luca. Sie lächelt schon wieder beruhigend und legt jetzt eine Hand auf meine. Die Wahrheit muss raus.

»Nein, sie sind der Auffassung, dass es nicht richtig ist, lesbisch zu sein. Sie haben Luca und mich dabei erwischt, wie wir uns geküsst haben. Seitdem ist bei uns zu Hause die Stimmung auf dem Tiefpunkt.« Ich atme tief durch.

»Das klingt ja furchtbar!« Carolina sieht mich erschrocken an. »Also, wir sind da ganz anders. Solange unser Kind glücklich ist, kann sie lieben, wen sie will. Ob das ein Mädchen oder ein Junge ist, ist vollkommen egal.«

»Das ist schön.« Ich mache eine Pause und überlege, ob ich ihnen von Jonas erzählen soll.

»Ist unsere Tochter deine erste Freundin?« Als Ralph das *unsere Tochter* ausspricht, sehe ich zu Luca. Ob das für Luca so in Ordnung ist? Immerhin ist er nicht ihr Vater. Und so wie sie am Bahnhof über ihren Papa gesprochen hat, klang das, als würde er immer ihr Vater bleiben, als hätte kein Stiefvater dieser

Welt die Chance, diese Lücke zu füllen. Vielleicht habe ich das aber auch nur falsch aufgenommen. Sie sieht vollkommen entspannt aus. Vielleicht denkt sie in Momenten wie diesen aber auch besonders intensiv an ihren Vater. Eigentlich müsste jetzt er hier sitzen und mich kennenlernen, nicht Ralph.

»Meine erste Freundin, ja, aber nicht meine erste Beziehung«, erzähle ich. Ihre Eltern sind so offen und nett, sie haben die Wahrheit verdient, auch wenn ich mich dabei ziemlich komisch fühle.

»Du hattest also schon einmal einen Freund?«

Ich nicke.

»Vielleicht ist das das Problem deiner Eltern. Sie wissen, dass du auch auf Jungs stehst und können sich nicht vorstellen, dass beides funktioniert. Dass es auf den Menschen ankommt und nicht auf das Geschlecht.« Weise Worte.

»Ja, ich denke, dass das auf jeden Fall dazu beiträgt. Sie haben Jonas echt gemocht, und sie waren schockiert, als sie gehört haben, dass es zwischen uns aus ist. Aber es wäre schön, wenn sie es einfach respektieren würden. Wenn sich zwei Menschen nicht mehr lieben, dann ist das eben so. Es ist doch *mein* Leben.«

»Deine Mutter hat echt total erschrocken ausgesehen, als sie uns zusammen gesehen hat. Den Blick werde ich nie vergessen. Wenn wir nicht selbst betroffen wären, es wäre fast lustig gewesen.« Ich bin froh, dass Luca auch einmal etwas sagt.

»Ja, da hast du recht.«

»Das klingt ja nicht so schön. Also, ich kann nachvollziehen, dass sie erst einmal verwundert war, dass du ein Mädchen küsst, aber nach dem ersten Schock sollte es dann auch gut sein. Das ist doch ein vollkommen überholtes Weltbild.« Carolina schüttelt fassungslos mit dem Kopf. Meine Nervosität ist verschwunden. Lucas Eltern sind ganz anders als meine. So weltoffen.

»Natürlich waren wir auch erst einmal überrascht, als wir

erfahren haben, dass unsere Tochter auf Mädchen steht. Das ist ja auch okay. Aber wir haben ihr immer gezeigt, dass wir sie lieben wie sie ist. Wir haben sie nie anders behandelt. Schade, dass es Eltern gibt, die das nicht so sehen.«

»Und wenn was ist, kannst du immer zu uns kommen. Wenn dir die Situation mit deinen Eltern mal zu Kopf steigt und du ein bisschen Ruhe vor ihnen brauchst: Unsere Tür steht dir offen. Wir möchten, dass Luca und auch ihre Freundin glücklich sind.« Ralph sieht mich aufmunternd an. Das sind die Worte, auf die ich gewartet habe. Die Worte, von denen ich gehofft habe, sie zu hören. Sie heißen mich in ihrer Familie willkommen.

»Danke. Das ist nett von euch.« Ich weiß nicht, was ich sonst noch sagen könnte. Mir kommt dieses schlichte *Danke* wie viel zu wenig vor, doch es gibt kein besseres Wort.

Lucas Eltern strahlen mich an. Luca wächst in einer wirklich positiv gestimmten Familie auf. Meine Eltern sind nur zum Schein so, aber Lucas kaufe ich das wirklich ab. Bestimmt steht für sie an oberster Stelle, dass ihr Kind genug Freiheiten hat, um sich so entwickeln zu können, wie es möchte. Und ich glaube, dass das auch der beste Weg ist, um ein glückliches Kind zu haben.

»Du darfst gerne jederzeit auf das Angebot eingehen. Aber ich hoffe, dass du es eines Tages nicht mehr brauchen wirst, weil deine Eltern erkennen werden, dass ihr Verhalten vollkommener Quatsch ist. Natürlich kenne ich sie nicht, aber ich hoffe, dass sie sich nur ein bisschen daran gewöhnen müssen. Vielleicht wird sich ihre Meinung ja doch noch ändern.« Carolina ist ein wirklich optimistischer Mensch. Ich mag sie schon jetzt total, obwohl ich noch kaum etwas über sie weiß. Sie strahlt einfach so viel Freude aus.

Ich seufze. »Ich glaube es zwar nicht, aber die Hoffnung stirbt ja bekanntlich zuletzt!« In dieser Familie stirbt sie wahrscheinlich nie.

»Wollt ihr jetzt noch ein bisschen hochgehen? Wir werden sicherlich noch die ein oder andere Möglichkeit haben, um uns besser kennenzulernen!« Dieses Angebot kommt uns beiden sehr gelegen.

Diesmal lasse ich mich nicht traurig, sondern glücklich auf ihr Bett fallen.

»Deine Eltern sind ja richtig nett! So ganz anders als meine.«

»Ja, sie sind echt cool. Ralph ist ein toller Stiefvater. Er macht das super.« Luca setzt sich neben mich. »Sie sind einfach sehr tolerant.«

»Ja, wenn meine bloß auch so wären ...« Ich möchte mir meine gute Laune jetzt aber nicht von ihnen verderben lassen. Deshalb wechsle ich schnell das Thema. »Und was machen wir jetzt?«, frage ich herausfordernd.

Sie rückt näher zu mir, legt ihre Hand auf meine Wange und ihre Stirn an meine. Dann flüstert sie: »Spaß haben. Und das, ohne Angst davor zu haben, erwischt zu werden. Vollkommen frei. Kopf ausschalten.« Ohne mir die Chance auf eine Antwort zu geben, küsst sie mich. Ich hätte aber auch gar nicht gewusst, was ich daraufhin hätte sagen sollen. Deshalb erwidere ich ihren Kuss einfach voller Leidenschaft, und bevor ich mich fragen kann, was meine Eltern wohl dazu sagen werden oder was die Zukunft bringen wird, schalte ich meinen Kopf aus. In diesem Augenblick gibt es nur sie und mich. Bitte für immer.

Kapitel 34

So muss es sich anfühlen, wenn man Drogen schluckt und einen Höhenflug erlebt, denke ich, als ich zum gefühlt hundertsten Mal in der letzten halben Stunde wieder aufstehe, weil ich es nicht schaffe, ruhig zu bleiben. Wir hatten einen wunderschönen Nachmittag. Lucas Mutter hat uns Sandwiches gebracht und nur gelacht, als sie gesehen hat, dass wir gerade in eine wilde Knutscherei verwickelt waren. Und jetzt sitze ich wieder in meinem Zimmer und weiß nichts mit meiner Zeit anzufangen. Ständig gucke ich auf mein Handy, ob Luca mir geschrieben hat, aber noch ist nichts gekommen. Wahrscheinlich macht sie gerade Hausaufgaben oder isst zu Abend.

Ich vermisse ihre Lippen schon jetzt. Zum Glück sind es nicht mehr so viele Stunden, bis wir uns wiedersehen.

Ich könnte gerade platzen, würde am liebsten die ganze Welt umarmen, weil ich so glücklich mit ihr bin und ich mich so freue, dass ihre Eltern auch glücklich über unsere Beziehung sind. Gleichzeitig betrübt es mich aber auch, dass meine Eltern so vehement dagegen sind. Doch ich habe mir vorgenommen, heute nicht die Konfrontation zu suchen. Sie wissen, dass ich verliebt bin. Also werden sie sich nicht fragen, warum ich die ganze Zeit strahle wie ein Honigkuchenpferd. Aber sie sollen es einfach ignorieren. Einfach nichts sagen und mir meine Laune nicht verderben. Ob sie das schaffen werden?

Ich setze mich wieder auf mein Bett und checke meine Nachrichten. Ich tippe auf Lucas Profilbild, obwohl ich es schon hundert Mal angesehen habe und genau weiß, wie sie darauf aussieht. Sie war noch nicht wieder online, seitdem ich nach Hause gegangen bin. Ich schaue bei Facebook rein, scrolle ein bisschen durch meine Startseite, schaue, was es so Neues gibt, um die Zeit irgendwie totzuschlagen.

Dann schaue ich auf Instagram, like ein paar Beiträge, schreibe einen Kommentar und sehe mir auch da Lucas Profil an. Sie ist so schön. Ich könnte sie mir stundenlang einfach nur ansehen.

Ich höre meine Mutter von unten rufen. »Mia, das Abendessen ist fertig!« Ich stehe schneller auf als gewohnt. Endlich Beschäftigung! Auch wenn meine Eltern in meiner jetzigen Situation natürlich nicht meine erste Wahl sind. Mein Handy stecke ich ans Ladekabel, damit es in der Zeit ein bisschen aufladen kann. Vielleicht hat sie mir ja geschrieben, wenn ich wiederkomme. Ob sie auch die ganze Zeit an mich denkt? Vielleicht hätte ich ihr einfach schreiben sollen, um ihr zu zeigen, dass ich sie schon vermisse. Aber nein, das wäre zu aufdringlich.

»Na, Mia, wie war dein Tag?« Mein Vater kommt ins Esszimmer.

»Gut und deiner?« Ich bin gespannt, ob er das Gespräch auf Luca lenken wird. Ich hoffe nicht.

»Viel Arbeit so kurz vor Ende des Schuljahres. Ich freue mich schon auf die Sommerferien.«

»Diesen Satz solltest du nicht in der Öffentlichkeit sagen«, sage ich lachend und hoffe, dass ich damit das Gespräch von mir auf ihn lenken kann.

»Warum das nicht?«

»Na ja, ein Lehrer, der sich auf seinen Urlaub freut? Ihr Lehrer chillt doch eh das ganze Jahr über!«, sage ich ironisch. Wenn der eigene Vater Lehrer ist, sitzt man mit einem ganz anderen Blick in der Schule, denn man weiß genau, dass diese

Menschen alles tun, aber nicht den ganzen Nachmittag chillen.

»Oh ja, das hab ich ganz vergessen! Aber in den Sommerferien hat die Welt es noch einmal schwarz auf weiß, dass ich nur vor mich hin gammle! Ein Wunder, dass ich noch nicht verwest bin!«

»Oh ja! Du stirbst praktisch vor Langeweile!«

»Ich weiß gar nichts mit meiner Zeit anzufangen, schrecklich. All die Arbeitsblätter machen sich von selbst, und auch der Ablauf der Stunde wird mir morgens zugeflüstert! Nachmittags schaue ich nur fern!«

»Nicht zu vergessen all die Klausuren, die sich schon von selbst korrigieren, Papa!«

Für einen Moment herrscht eine ausgelassene Stimmung zwischen uns. Wir albern herum und haben einfach Spaß.

Doch dann kommt meine Mutter zu uns und es ist, als wäre die Leichtigkeit von jetzt auf gleich verflogen.

Wir beginnen zu essen, reden über irgendwelche banalen Sachen, das Wetter, den Verkehr. Dann schweigen wir. Ich esse schnell, weil ich wieder hoch will, um auf mein Handy zu schauen. Das ist die einzige Möglichkeit, Luca jetzt nah zu sein. Obwohl es erst wenige Stunden her ist, dass wir uns gesehen haben.

Als ich fertig gegessen habe, lege ich mein Besteck auf meinen Teller.

»Darf ich schon mal aufstehen? Ich stelle auch meinen Teller in die Spülmaschine!« Dieses Argument zieht eigentlich immer.

»Nein, wir essen noch!«, erwidert meine Mutter.

»Könnt ihr nicht alleine weiteressen?«

»Warum möchtest du unbedingt wieder hoch?«

Natürlich weiß sie warum. Aber sie provoziert mich. Diesmal ist es mein Vater, der sich zurückhält. Vielleicht ist er zur Vernunft gekommen und hat gemerkt, wie glücklich ich mit Luca bin. Und dass das das Einzige ist, was zählt.

»Warum nicht?«, versuche ich der anbahnenden Diskussion aus dem Weg zu gehen. Darauf habe ich jetzt wirklich keine Lust. Diskutieren können sie morgen wieder, heute sollen sie mich einfach mal glücklich sein lassen.

»Weil ich gerne hätte, dass du zumindest noch wartest bis wir aufgegessen haben!« Meine Mutter sieht mich mahnend an. Und genau in diesem Moment schaufelt sie sich ein neues Stück Auflauf auf ihren Teller und ich frage mich, ob sie das extra macht.

Ich seufze. Jetzt heißt es weitere Minuten überbrücken, in denen ich hoffen muss, dass das Thema nicht aufkommt. Gelangweilt kaue ich noch auf einem Stück Broccoli herum, das sich vom Rest des Auflaufs gelöst hat.

»Wie läuft es in der Schule?«, fragt meine Mutter.

»Gut«, erwidere ich kurz angebunden.

»Und was ist mit diesem Mädchen, das letztens hier gewesen ist?« Was sie damit meint, ist nicht zu überhören. Was sie eigentlich fragen will, ist: *Ist diese Phase immer noch aktuell?* Jetzt hat sie es doch geschafft, die halbwegs gute Stimmung zu zerstören. Ich habe gespürt, dass sie dieses Thema auf den Tisch bringen wird. Und sie klingt nicht gerade so, als hätte sich irgendwas an ihrer Einstellung verändert.

»Was soll mit ihr sein?«, erwidere ich trotzig. Auch an meiner hat sich nichts geändert. Wir werden da nicht auf einen grünen Zweig kommen.

»Na ja … Denkst du immer noch, dass du sie liebst?«, druckst sie herum. Eigentlich will sie nicht so offen zugeben, dass es etwas gibt, das zwischen ihr und ihrer Tochter steht. Das passt nicht zu ihrem *perfekten* Image. Aber ihre Tochter passt nun mal auch nicht dazu.

»Natürlich liebe ich sie noch! Mama, ob du es glaubst oder nicht: Das ist keine Phase, die nach ein paar Wochen wieder vorbeigeht! Ich habe mich in Luca *verliebt*, für mich ist vollkommen egal, ob sie ein Junge oder ein Mädchen ist! Ich bin bisexuell. Und weißt du was? Mir ist auch vollkommen egal, was *du* davon hältst!«

Meine Mutter sieht mich fassungslos an. »Aber Mia, du bist in einer Phase, in der du noch nicht weißt, wohin du gehörst. Und das ist okay.«

»Ich weiß genau wohin ich gehöre. Natürlich ist es auch für mich neu und unerwartet, dass ich mich in ein Mädchen verliebt habe! Aber jetzt ist das Kind in den Brunnen gefallen und wir müssen damit leben! Und ihr müsst es akzeptieren!«

Die Spannung lädt den Raum auf wie eine Stromleitung, die auf Hochtouren läuft. Ich schaue zu meinem Vater, der aufgehört hat zu essen. Er sagt nichts, aber sein Blick sagt genug. *Ich habe nicht gewollt, dass sie dieses Thema wieder aufbringt. Ich habe gewollt, dass wir einen schönen Abend miteinander verbringen. Einmal zusammen zu Abend essen, ohne dass es gleich Zoff gibt.*

Und obwohl er diese Worte nicht ausspricht, bin ich ihm dankbar dafür, dass er sich nicht auf die Seite meiner Mutter stellt. Ganz egal, was er darüber denkt. Das zählt momentan nicht. Denn er zeigt, dass es für ihn auch noch ein Leben neben meiner Beziehung gibt. Und das sehe ich auch so. Jedes Gespräch, das wir führen, wird sofort auf Luca gelenkt. Als wäre sie der einzige Mensch auf der Welt, über den wir uns unterhalten dürften. So ein Quatsch.

Ich beginne mich nach Lucas Eltern zu sehnen. Sie reden bestimmt kaum über unseren Beziehungsstatus, und wenn dann weil sie wirklich Interesse daran haben und nicht, weil sie hoffen, dass es endlich vorbei ist. Luca kann mit ihnen sprechen, ohne dass sie ständig Angst haben muss, dass das Gespräch auf mich gelenkt wird. Möglicherweise sollten sich die vier mal kennenlernen, das würde meine Eltern vielleicht aufwecken. Ich scheine ihnen ja egal zu sein. Meine Mutter öffnet den Mund, schließt ihn aber wieder, als mein Vater ihr das Wort abschneidet.

»Können wir jetzt bitte einfach in Ruhe beisammensitzen, ohne dass es gleich um dieses Mädchen geht?« Zum Glück spricht er es doch aus. Er sieht zu meiner Mutter. »Mia weiß, wie wir über ihre Beziehung denken. Und sie weiß auch, dass das noch so manches Mal zum Streitthema werden wird, aber wir müssen uns doch nicht immer über dasselbe unterhalten! Oder gibt es jetzt kein anderes Thema mehr?«

»Doch, gibt es«, erwidert meine Mutter knapp. Keine Widerrede. Nichts.

Und dann schweigen wir wieder, als gäbe es tatsächlich kein anderes Thema, über das wir uns unterhalten könnten.

»Darf ich denn jetzt aufstehen?«, frage ich, als mein Vater endlich aufgegessen hat.

»Ja, stell deinen Teller aber in die Spülmaschine!«, sagt er.

Sofort stehe ich auf, nehme meinen Teller und räume ihn in die Spülmaschine. Dann renne ich hoch in mein Zimmer.

Als ich auf mein Handy gucke, habe ich tatsächlich eine Nachricht von Luca.

Luca
hey, süße. was machst du so?

Ich antworte ihr sofort. Wie auf Knopfdruck ist auch das breite Grinsen auf meinen Lippen wieder da und meine Eltern geraten in Vergessenheit. Sie können mein Glück immer nur kurzweilig ins Wanken bringen.

Ich
Wir haben gerade zu Abend gegessen und jetzt liege ich auf meinem Bett und höre Musik.

Ich mache die Musik an. Sofort hat meine Nachricht blaue Haken und das *online* geht in ein *schreibt* über.

Luca
ich vermisse dich

Ich
Ich dich auch

Luca
es tut mir leid, pocahontas

Ich lache.

Ich
Wohl eher bist du Pocahontas

Luca
vielleicht sind wir beide die pocahontas des jeweils anderen. die, die alles durcheinanderbringt. einverstanden?

Ich grinse. Sie hätte schreiben können, was sie will, und ich wäre mit allem einverstanden gewesen.

Ich
Einverstanden.

Luca
du fehlst mir immer noch, pocahontas

Sie wiederholt sich, aber ich kann diesen Satz von ihr gar nicht oft genug hören. Außerdem geht es mir ja nicht anders.

Ich
Nicht mehr lange, dann sehen wir uns wieder!

Luca
ich hätte nicht gedacht, dass ich mich jemals auf die schule freuen würde!

Ich
Hahaha!

Kurz denke ich darüber nach, einfach meine Sachen zu packen und zu ihr zu fahren, aber das habe ich schon nach der letzten Diskussion mit meinen Eltern gemacht. Damit würde ich nur noch mehr Öl ins Feuer gießen, und das will ich nicht. Deshalb bleiben wir heute Nacht nur virtuell verbunden, aber es sind nur noch ein paar Stunden, dann werde ich sie wiedersehen. Und bis dahin muss ich mich mit ihren geschriebenen Worten und ihrem Foto zufriedengeben.

Kapitel 35

»Und, was hast du gestern Abend noch gemacht?«, frage ich. Luca und ich sind gerade aus dem Kino rausgekommen. Wir haben uns einen Film über eine Band angeguckt, deren Leadsänger plötzlich verschwindet – am Tag ihres ersten Gigs in den USA. Der Film war nichts Herausragendes, aber meine Augen klebten sowieso mehr an meiner Sitznachbarin als an der Leinwand. Ich weiß gar nicht, warum es so beliebt ist, bei einem Date ins Kino zu gehen – man kann sich gar nicht unterhalten, und auf den Film konzentrieren kann man sich auch nicht. Aber doch macht man es immer wieder.

»Ich hab noch schnell Biohausaufgaben gemacht und mit meinen Eltern zu Abend gegessen.«

»Frau Korn macht auch echt Unterricht bis zur letzten Minute«, sage ich und seufze.

»Ja, stimmt. An meiner alten Schule hat man so wenige Wochen vor den Ferien nichts mehr gemacht. Die Noten stehen jetzt sowieso schon, und es ist an der Zeit, Filme zu gucken und so was. Eis essen gehen oder Pizza bestellen, essen und fernsehen; so sah das bei uns aus. Ihr Dorfkinder scheint da anders gestrickt zu sein!«

»Das liegt nicht an *uns*, sondern an unserer zauberhaften Biolehrerin. *Sie* ist da anders gestrickt. Herr Glover wird ab nächster Woche nur noch Filme mit uns gucken und auch Frau Wolfsgarten wird bestimmt mal mit uns ein Eis essen gehen.«

»Das beruhigt mich.« Luca lacht theatralisch erleichtert und wischt sich mit dem Handrücken über die Stirn.

»Ich bin aber noch sehr gespannt auf die restlichen SoWi-Vorträge«, sage ich.

»Ich auch. Ich hätte nicht gedacht, dass diese Referate so schonungslos ehrlich gestaltet werden, und dass wir uns danach noch einmal ganz neu kennenlernen. Ich meine, ich kenne euch erst seit wenigen Monaten, aber für euch ist das doch bestimmt echt heftig, oder?«

»Ja, klar. Dass Leah Bulimie hat, hätte ich nie erwartet. Sie hat immer so selbstbewusst gewirkt. Und ich glaube nicht, dass das die einzige Überraschung bleiben wird.« Draußen schlägt uns sofort die Hitze ins Gesicht. Ein bisschen Schnee wäre jetzt toll. Oder ein Ventilator, der immer über uns kreist.

»Das glaube ich auch nicht. Jeder schweigt bis zum Tag seines Vortrages beharrlich über sein Thema. Die Geheimniskrämerei wäre doch nicht nötig, wenn man über irgendwas Banales reden würde.«

»Ich weiß nur, dass Sophie und Ben über Depressionen reden werden, weil Sophies Mutter nach ihrer Geburt depressiv wurde und sich erst nach einer Therapie um sie kümmern konnte. Aber der Rest des Kurses sagt wirklich nichts. Irgendwie finde ich das aber auch gut, das macht die ganze Sache noch einmal ein bisschen spannender.«

»Guck, das hätte ich zum Beispiel nicht gedacht. Ich bin gespannt, was Sophie uns erzählen wird.« Wir bleiben an der roten Ampel stehen. Ich betrachte die Menschen, die uns gegenüberstehen, und frage mich, welches Päckchen sie wohl mit sich herumtragen. Eine Baustelle, die man ihnen nicht ansieht. Ein junger Mann sitzt auf seinem Fahrrad und hält sich am Ampelmast fest. Vielleicht hat er keine Eltern mehr. Vielleicht würde er darüber referieren, dass man sich niemals mit Alkohol im Blut ans Steuer setzen sollte, weil seine Eltern bei einem solchen Unfall ums Leben gekommen sind. Vielleicht sitzt er gerade auf seinem Fahrrad, weil er Angst hat, ins Auto zu steigen. Ich kenne ihn nicht und ich werde ihn auch nie kennenlernen – deshalb werde ich auch nie erfahren, was ihn bedrückt. Nur eins weiß ich seit unserer Vorträge: Nur selten sind Menschen wirklich die, für die wir sie halten. Vor allem sind sie eins: gute Schauspieler und Marionetten des Lebens.

Als die Ampel auf Grün springt, gehen wir los, der Mann auf seinem Fahrrad fährt an uns vorbei. Und mit jedem Meter, den er sich von uns entfernt, gerät er mehr in Vergessenheit. Weil er nur einer von acht Milliarden ist.

»Freust du dich auf die Sommerferien?«, fragt Luca nach einer Weile. Die Minuten, in denen wir geschwiegen haben, waren nicht unangenehm. Wir hingen unseren eigenen Gedanken nach. Mit Luca geht das.

»Ja, schon. Sechs Wochen einfach keine Schule, nur ausschlafen und entspannen. Energie tanken fürs letzte Jahr.«

»Oh ja! Aber wir müssen uns dann auch ganz oft treffen. Es gibt hier doch bestimmt auch einen See oder ein Freibad in der Nähe!«

»Ja, gibt es. Hoffen wir mal, dass meine Eltern bis dahin ein bisschen gechillter sind. Als ich gestern nach Hause gekommen bin, haben sie schon wieder so ein Fass aufgemacht. Ich habe keine Lust, mir das in den Ferien dann täglich anhören zu müssen!« Ich seufze. Meine blonden Haare wehen in der leichten Brise, die aufkommt. Sie ist angenehm, wenn auch nicht sonderlich abkühlend.

»Was haben sie denn jetzt schon wieder gemacht?«

»Wir haben ganz normal gegessen. Mein Vater war sogar richtig entspannt, wir haben rumgealbert und uns über Leute lustig gemacht, die den Lehrerberuf und die Mühen dahinter nicht zu schätzen wissen. Wir hatten mal wieder richtig Spaß. Und dann haben wir zu essen begonnen und uns über unwichtige Sachen unterhalten. Ich war froh, dass sie mal nicht über dich gesprochen haben. Ich war immer noch so glücklich darüber, dass du so tolerante Eltern hast – das wollte ich nicht kaputtmachen.« Ich werfe ihr einen kurzen Blick zu. Wir steigen die Treppen zum Bahnsteig hoch.

»Doch dann habe ich irgendwann gefragt, ob ich aufstehen darf – ich wollte gucken, ob du mir geschrieben hast, aber ich habe mich auch einfach gelangweilt.« Kennen meine Eltern dieses Gefühl nicht? Wir haben nicht mehr geredet und wenn, dann über Dinge, die mich nicht interessiert haben. »Aber das ist natürlich für meine Mutter der Anlass gewesen, um wieder über dich zu reden. Ich würde ja nur wegen dir zu meinem Handy wollen, hat sie gesagt. Und dann hatten wir mal wieder eine riesengroße Diskussion, weil wir beide nicht von unserer Position weggerückt sind«, erzähle ich.

»Ich verstehe einfach nicht, was ihr Problem ist. Für mich ist es vollkommen normal, dass Menschen offen gegenüber verschiedenen Sexualitäten sind. Ich wurde eben so erzogen. Aber deine Eltern sind total engstirnig.« Sie schüttelt mit dem Kopf.

»Ich weiß es auch nicht. Mein Vater hat meiner Mutter dann aber auch mal seine Meinung gesagt: Sie redet über nichts anderes mehr. Das nervt nicht nur mich, sondern auch ihn. Er hat ihr dann gesagt, dass sie auch mal ein anderes Thema finden soll.«

»Das ist das erste wirklich Geistreiche, was ich von deinen Eltern höre. Was hat deine Mutter dann getan?«

»Sie hat aufgehört zu reden. Ich bin gespannt, wann sie das Thema zum nächsten Mal auf den Tisch bringen wird. Dauert sicher nicht mehr lang. Sie wird immer zwischen uns stehen, so wurde *sie* eben erzogen.« Ich atme tief durch. Die Bahn rollt ein, wir warten, bis alle Leute ausgestiegen sind, dann steigen wir ein und suchen uns einen Sitzplatz.

»Denkst du, bei deinem Vater hat sich irgendwas verändert? Oder hat er einfach keine Lust mehr gehabt, weiter zuzuhören?« Ein bisschen Hoffnung und Optimismus schwingen in ihrer Stimme mit.

»Ich weiß nicht. Irgendwie glaube ich schon, dass sich etwas verändert hat. Ich denke, dass er zwar immer noch nicht sonderlich begeistert von uns ist, aber ihm ist bewusst, dass das Glück seiner Tochter wichtiger ist. Weißt du, was ich meine?«

»Ja, klar. Und ich glaube, dass auch genau das die richtige Einstellung ist. Er muss ja nicht unser größter Fan werden. Er muss nur akzeptieren, dass wir uns lieben.«

Ich nicke. Mein Blick geht aus dem Fenster. Häuser ziehen an uns vorbei, Landschaften, Vorgärten.

»Natürlich weiß ich es nicht genau, weil ich noch nicht mit ihm darüber gesprochen habe, aber ich glaube, dass er es schon irgendwie akzeptiert. Vielleicht zeigt er das nicht so offensichtlich, aber mit so kleinen Gesten wie der, dass er nicht ständig darüber reden will, zeigt er mir seine Haltung, ohne es zu offensichtlich zu machen.«

»Das reicht für den Moment.« Luca lächelt. »Und deine Mutter bekommen wir auch noch überzeugt.«

»Das hoffe ich.«

»Was, wenn wir gemeinsam mit den beiden reden? Vielleicht können sie sich besser vorstellen, dass wir uns lieben, wenn sie uns zusammen sehen. Und zu zweit können wir sie vielleicht auch besser überzeugen.«

Ich nicke. »Das ist eine gute Idee! Das können wir machen. Wann denn?«

»Warum nicht jetzt? Je früher, desto besser. Und wenn sie wirklich komplett dichtmachen sollten, weißt du ja, dass du bei meinen Eltern immer willkommen bist.«

»Ja, das weiß ich, danke.« Ich lächle. »Dann lass es uns gleich in Angriff nehmen.«

Sie nickt. »Und jetzt reden *wir* mal über etwas anderes.«

»Eine gute Idee.«

»Fahrt ihr in den Sommerferien in den Urlaub?«

»Meine Eltern wollen drei Wochen nach Kroatien fahren, aber ich habe gesagt, dass ich eigentlich nicht drei Wochen mit ihnen wegfahren möchte. Keine Ahnung, ob ich jetzt etwas anderes mache oder ob sie mich überreden, mitzukommen. Wir haben danach nie wieder darüber geredet«, erzähle ich.

»Kroatien klingt aber cool! Ist bestimmt toll da. Aber drei Wochen mit deinen Eltern, ich kann mir vorstellen, dass das ziemlich anstrengend wäre.« Luca wird unterbrochen, weil die nächste Haltestelle angesagt wird und wir aussteigen müssen. Langsam bildet sich ein nervöses Loch in meinem Bauch, weil ich weiß, was uns bevorsteht. Aber ich versuche mir nichts anmerken zu lassen.

»Wir fahren nur zehn Tage weg – Schweden! Ich freu mich schon total. Ich wollte schon immer mal dorthin, total cool. Und zehn Tage sind auch nicht zu lang, das halten wir alle gut aus.«

»Wie cool! Schweden find ich auch super schön. Und mit deinen Eltern ist das bestimmt toll, sie sind ja total entspannt«, sage ich. Die Bahn kommt zum Stehen und wir steigen aus. Gleich werden wir wirklich mit meinen Eltern reden, Luca macht keine Anstalten, es sich anders überlegt zu haben. Vielleicht wird dieses Gespräch etwas verändern. Vielleicht werden wir unseren Streit aber auch nur noch mehr anheizen. Ich wische meine feuchten Hände an meinen Hotpants ab. Zum Glück sind es noch ein paar Minuten bis zu unserem Haus.

Wir schweigen beide vor uns hin, versunken in unseren eigenen Gedanken. Ich sehe zum ersten Mal eine richtig nervöse Version von Luca. Nicht einmal an ihrem ersten Schultag hat sie so angespannt ausgesehen; etwas, wofür ich sie sehr bewundert habe. Aber jetzt hat sie doch ordentlich Muffensausen. Sie wird mit meinen Eltern auf Konfrontationskurs gehen, und ich weiß, dass sie da kein Pardon kennt. Sie steht dazu, dass sie lesbisch ist. Und meine Eltern sollen auch zur Liebe ihrer Tochter stehen. Dafür wird Luca kämpfen wie eine Löwin. Das wissen wir beide.

Kapitel 36

Meine Eltern sitzen noch draußen auf der Terrasse. Ihre Stimmen sind auch im Hausinneren nicht zu überhören.

Luca und ich ziehen unsere Schuhe aus, sehen uns noch einmal an. Keine Ahnung, was uns jetzt gleich erwartet. Vielleicht der große Knall, der alles zerstört, vielleicht kapitulieren sie aber auch endlich.

»Wir schaffen das, Mia.« Luca lächelt mir noch einmal aufmunternd zu, dann drückt sie mir einen Kuss auf die Stirn.

Ich erwidere ihr Lächeln und gehe in Richtung Garten. Dieser Kuss gibt mir Kraft.

»Mama, Papa, wir müssen noch mal miteinander reden.« Ich stelle mich vor meine Eltern, die gleichzeitig von ihren Zeitungen aufsehen. Als sie Luca entdecken, wird ihnen augenblicklich klar, worum es geht.

»Ihr könnt euch sicherlich denken, worüber«, sage ich, um einen Anschluss zu finden.

Sie nicken.

Luca und ich nehmen uns jeweils einen Stuhl und setzen uns ihnen genau gegenüber, als wären wir in einem Duell. Bereit, um zu kämpfen. Obwohl es meine Eltern sind, die mir gegenübersitzen, habe ich das Gefühl, dass Luca entspannter ist als ich. Sie wirkt viel sicherer, wahrscheinlich, weil sie ihren Optimismus immer noch nicht verloren hat.

Es hat nicht den Anschein, als würden meine Eltern etwas sagen wollen, also rede ich einfach weiter. »Wir haben gestern schon wieder so eine große Diskussion geführt. Warum? Weil ich bisexuell bin. Bestimmt führt das in mehreren Familien zu Reibereien, aber ihr seid ja wirklich strikt dagegen. Sagt Luca einmal warum, sie kann das nämlich nicht nachvollziehen.« Meinen letzten Satz spreche ich so aus, als wäre Luca ein kleines Kind, dem man alles erst beibringen muss. Sie weiß natürlich, dass ich uns so nur Munition gegen meine Eltern in die Hand geben will.

»Ich würde nicht sagen, dass ich strikt dagegen bin, aber es hat mich natürlich schon sehr überrascht. Du hast auf mich nie wie ein Mädchen gewirkt, das auf andere Mädchen steht. Das ist alles«, sagt mein Vater. Und nach seiner Aktion von gestern kaufe ich ihm das sogar ab. Auch wenn das bei unseren ersten Gesprächen anders geklungen hat – vielleicht war das tatsächlich nur der erste Schock, und jetzt ist er zur Besinnung gekommen. Ich sehe erwartungsvoll zu meiner Mutter, ehe ich etwas erwidere. Auf ihrer Stirn hat sich ein dünner Schweißfilm gebildet, und ich frage mich, ob der von der Hitze oder ihrer Anspannung kommt.

»Ach Mia … natürlich war ich bloß überrascht. Und vielleicht ist es auch nicht meine Wunschvorstellung. Ich hätte mir Enkel gewünscht und eine Hochzeit, bei der du von deinem Vater zum Altar geführt wirst – und danach einen anderen Nachnamen trägst.« Immerhin lügt meine Mutter nicht und sagt Luca offen ins Gesicht, wie sie denkt.

»Und was hindert uns daran? Kinder kann man adoptieren, und heiraten können gleichgeschlechtliche Paare jetzt auch – und da kann die Braut auch von ihrem Vater zur Trauung geführt werden, wenn das unbedingt sein muss. Das sind also nur Probleme, die sich auf den ersten Blick ergeben. Die wären hiermit gelöst. Das war's?« Luca hat das Wort ergriffen.

Meine Mutter schnappt nach Luft. Sie hätte nicht gedacht, dass ihr jemand so die Stirn bieten würde. »Zwei Bräute, die vom Vater zum Altar gebracht werden? Das sieht doch unmöglich aus!«

»Ich persönlich brauche das gar nicht unbedingt, also kann gerne Mia diejenige sein, die zum Altar geführt wird. Auch das wäre abgehakt.«

»Aber das ist einfach etwas anderes«, beharrt meine Mutter auf ihrer Meinung.

»Okay, ja, das ist es. Aber es ist auch etwas anderes, ob der zukünftige Ehemann braune oder blonde Haare hat – was ist denn, wenn eine Mutter sich immer einen Schwiegersohn mit braunen Haaren gewünscht hat, der aussieht wie Johnny Depp und ihre Tochter entscheidet sich für einen Ed Sheeran?« Ich wusste, dass dieses Gespräch genau das Richtige für Luca sein würde. Sie lässt sich auch nicht von ihrer Position abbringen. Und damit kann sie meine Mutter wirklich in die Ecke drängen. Dass sie so schnell kurz vor der Kapitulation stehen würde, hätte ich nicht gedacht. Sie öffnet ihren Mund, aber dann schließt sie ihn wieder.

»Was halten denn deine Eltern davon, dass du auf Mädchen stehst?«, fragt mein Vater. Aus Interesse – nicht aus Boshaftigkeit.

»Meine Eltern sind tolerant, leben im 21. Jahrhundert und finden es demnach vollkommen okay. Für sie macht es gar keinen Unterschied, ob ich auf Männer oder auf Frauen stehe, solange ich glücklich bin. Und das bin ich.« Sie sieht mich lächelnd an. Ich erwidere es, wenn auch deutlich zaghafter.

»Vielleicht haben wir uns tatsächlich ein wenig zu schnell ein Urteil darüber gebildet. Du scheinst ein nettes Mädchen zu sein und ich merke, wie ernst es euch ist. Und es ist ja eigentlich wirklich egal.« Mein Vater ist eingeknickt. Und gibt es offen zu.

Meine Mutter sagt nichts, auch wenn ich mir das wünschen würde. Sie soll es einfach zugeben. Ein einziges Mal. Es fällt ihr nicht leicht sich einzugestehen, dass sie unrecht hat. Wochenlang hat sie versucht mich davon zu überzeugen, dass es nicht richtig ist, auf Frauen zu stehen, und dass es bestimmt nur eine Phase ist, die schnell wieder vorübergeht. Und dann kommt

Luca plötzlich um die Ecke, sagt ein paar Sätze und schon zwingt sie meine Eltern in die Knie. »Wissen Sie, es war auch nicht leicht für mich als ich gemerkt habe, dass ich auf Frauen stehe. Ich bin zwar immer sehr offen erzogen worden, aber ich habe mir trotzdem Gedanken gemacht – über Menschen wie Sie. Aber in meiner alten Klasse waren alle total entspannt. Doch dann bin ich in dieses Dorf gekommen und plötzlich gab es Leute, die gesagt haben, dass Lesben scheiße sind. Damit habe ich nicht gerechnet und es hat erst einmal gedauert, bis ich damit klargekommen bin. Aber ich stehe dazu, dass ich lesbisch bin. Und ich gehe offen damit um, weil es nichts bringt, sich zu verstecken. Sie müssen es nicht toll finden, dass Ihre Tochter und ich zusammen sind. Sie müssen es nur akzeptieren. Das ist das Einzige, was wir wollen.« Als Luca fertig ist, sieht sie mich an.

Ich nicke. »Ja, bitte, Mama. Akzeptiert es nur.«

Meine Mutter antwortet nicht. Sie atmet tief durch und schweigt, aber ich habe das Gefühl, sie ist schon ein wenig sanfter gestimmt. Und vielleicht ist das der erste Schritt in die richtige Richtung. Denn Schweigen ist besser als etwas gegen Luca und mich zu sagen. Vielleicht ist es tatsächlich am besten, wenn sie einfach ruhig ist, denn ich weiß, dass sie für eine offene Kapitulation zu stolz ist. Doch so kann sie immerhin auch nichts Falsches sagen. Das hat sie in den letzten Wochen ja schon oft genug getan.

Kapitel 37

»Es ist ein Anfang, Mia.« Luca sieht mich optimistisch an und setzt sich auf mein Bett.

»Aber ich hätte mir so sehr gewünscht, dass sie es akzeptieren. So richtig«, erwidere ich zerknirscht.

»Vielleicht werden sie das eines Tages auch tun. Deine Mutter sah wirklich so aus, als würde sie sich Gedanken machen. Und ich glaube, egal, wie sehr sie sich innerlich gegen eine Liebe zwischen zwei Mädchen sträuben – sie werden es eines Tages gutheißen, einfach, weil du es bist. Weil du ihre Tochter bist.«

Ich seufze.

»Lass dich davon nicht runterziehen. Lass uns lieber was Schönes unternehmen. Was hältst du von einem Picknick im Park?«

»Die Idee find ich super.« Luca schafft es immer wieder, meine Laune zu heben.

»Dann lass uns schnell ein paar Sachen packen und losziehen.«

Ich nicke und springe auf.

In der Küche suchen wir ein paar Leckereien zusammen, dann gebe ich noch kurz meinen Eltern Bescheid, dass wir aufbrechen. Immerhin scheint der Abend jetzt noch richtig schön zu werden.

Im Park breiten wir die Picknickdecke aus und holen das Essen aus dem Korb. Der Himmel ist klar, und man kann sogar die

Milchstraße richtig gut sehen – das hat man in der Großstadt nicht.

»Ist das schön«, flüstert Luca.

»Finde ich auch.« Ich mache auf meinem Handy die Musik an. Gewohnheit. Aber man kann gar nicht zu viel Musik hören.

»Wie krass eigentlich, dass wir uns kennengelernt haben. Nur durch Zufall bin ich in deinen Kurs gekommen!«

»Stimmt! Aber ich habe sofort gesehen, dass du etwas Besonderes bist.«

»Damals warst du noch mit Jonas zusammen …«

»Als ich dich gesehen habe, ist mir noch einmal richtig klargeworden, dass ich mit ihm nicht mehr so richtig glücklich bin. Und mein Herz wusste vom ersten Moment an, dass du nicht irgendwer bist. Da hatte Frau Korn noch nicht einmal deinen Namen gesagt gehabt.«

»Das hast du mir nie erzählt! Bei mir ging das nicht so schnell – mir wurde es so richtig klar, als du mich in der Bioklausur hast abschreiben lassen. Schon auf der Party fand ich dich interessant, aber nach der Klausur wusste ich, dass da mehr draus werden könnte.«

»So hat diese Sache mit Leah ja doch noch etwas Gutes an sich: Ohne unser Gespräch danach würdest du mich vielleicht noch immer nicht interessant finden.«

»Quatsch! Irgendwann hätte ich das auch ohne diesen Aufriss gecheckt!« Luca steckt sich eine Traube in den Mund.

»Ich finde es immer noch unglaublich, wie sich die Sache mit Leah entwickelt hat. Ich habe immer wieder gesehen, wie sie kurze Momente der Unsicherheit gehabt hat, aber ich hätte nie geglaubt, dass wirklich mehr dahintersteckt«, sage ich nachdenklich.

»Stimmt! Ich bin echt mal gespannt, wie sie so sein wird, wenn wir uns in ein paar Jahren zum Abitreffen wiedersehen.«

»Oh ja, ich auch. Ich hoffe für sie, dass sie ihre Krankheit dann vollständig überwunden hat.«

»Das hoffe ich auch. Obwohl ich glaube, dass man so etwas nie ganz abschütteln kann. Auch wenn sie nicht mehr kotzt, Gedanken über zu viele Kalorien wird sie sich vielleicht immer machen.«

»Glaubst du, sie hat mittlerweile mit ihren Eltern darüber geredet?« Ich trinke einen Schluck aus unserer Wasserflasche.

»Keine Ahnung, aber wenn nicht sie, dann hat es bestimmt Herr Krülwitz getan. Das kann man als Lehrer doch nicht für sich behalten.«

»Da hast du recht.«

»Aber schau mal, Mia: Leah hat uns am Anfang auch verurteilt. Einfach, weil die gleichgeschlechtliche Liebe in der Gesellschaft nicht so angesehen ist wie die heterosexuelle. Sie wollte mit dem Strom mitschwimmen, cool sein. Wer weiß, ob das Verhalten deiner Eltern gar nicht so viel mit ihrer inneren Überzeugung zu tun hat, sondern viel mehr mit der deiner Nachbarn.« Daran habe ich auch schon gedacht. Das nächste Lied springt an und Henning verkündet: *Du und ich, wir waren wunderlich – nicht für mich, für die, die es störte …* Ist das so? Sind wir wunderlich, anders, seltsam? Für die, die es stört, die immer etwas zu meckern haben vielleicht. Aber für mich nicht. Für mich sind wir okay.

Aber geht es nicht eigentlich jedem Menschen so? Will man sich nicht viel lieber anpassen anstatt aufzufallen? Auch wenn es manchmal so viel besser wäre, den Mund aufzumachen und zu seiner eigenen Meinung zu stehen. So wie Luca das macht.

»Könnte sein …« Ich betrachte die Sterne am Himmel.

»Siehst du. Und dann wird ihnen eines Tages wie aus dem Nichts klarwerden, dass es hier verdammt noch mal nicht um deine Nachbarn, sondern um dich geht. Da bin ich fest von überzeugt.«

»Ich hoffe es.« Ich lasse mich nach hinten fallen. Mein Kopf ragt ein wenig über die Decke hinaus und Gras verfängt sich in meinen Haaren, aber das ist mir egal.

»Komm, lass uns jetzt keinen Trübsal blasen, sondern den Abend genießen. Hier sind keine Eltern, keine Leah, nur wir beide. Lass uns das genießen, ja?« Luca nimmt meine Hand und lässt sich neben mich fallen.

»Ja, nur wir beide.«

»Weißt du, was ich auch mal gerne machen würde, Mia?«

»Nee, was denn?«, frage ich.

»In ein Dunkelrestaurant gehen. Ich stelle mir das total cool vor, im Dunkeln zu essen. Natürlich nur mit der richtigen Begleitung.« Bei ihrem letzten Satz müssen wir beide grinsen.

»Stimmt, das ist eine coole Idee. Obwohl ich meine Begleitung dann ja überhaupt nicht sehe, und das wäre echt verdammt schade …«

»Gerade das finde ich so reizend – wir müssen uns einfach vertrauen.«

»Stimmt.« Ich will nicken, aber das ist im Liegen eher schwierig.

»Das müssen wir auf jeden Fall mal machen.«

»Und ich möchte unbedingt mal ins Autokino«, sage ich.

»Auch cool! Ach, wir werden so Großartiges zusammen machen, da bin ich mir sicher. Aber mit dir würde es mir sogar Spaß machen, auf einer dreckigen Straße zu sitzen und Chips zu essen.«

»Oh ja, die Begleitung macht viel aus, aber ich weiß, dass du die Richtige bist – mit dir wird bestimmt auch ein Putzmarathon zum größten Spaß«, erwidere ich und neige meinen Kopf zur Seite, um ihr Profil ansehen zu können. Sie ist so schön, geht es mir wieder durch den Kopf. Wie immer, wenn ich sie sehe. Sie ist so schön. Luca drückt meine Hand und sieht mich auch an.

»Ich liebe dich«, haucht sie. Es ist das erste Mal, dass sie diese drei Worte ausspricht. Und es fühlt sich so unglaublich gut an. Sofort verstärkt sich das nervöse Kribbeln in meinem Bauch, das ich immer spüre, wenn Luca in meiner Nähe ist.

»Ich dich auch«, flüstere ich zurück. Dieser Moment gehört nur uns beiden. Ihr und mir und all den Sternen, die über uns tanzen.

Ich habe es von Anfang an gewusst. Ich wusste, dass sich an dem Tag, an dem sie in unseren Kurs gekommen ist, etwas verändern würde. Für immer. Als hätte mir jemand ein Zeichen gesandt. Und jetzt, nach vielen Puzzleteilen, scheint das Bild komplett zu sein. Das weiß ich jetzt, in dem Moment, in dem ihre wunderschönen grünen Augen mit den Sternen über uns um die Wette funkeln. Denn ich bin okay, endlich okay.

ENDE

Danksagung

Jeder neue Roman ist eine Reise, auf die man mit seinen Protagonisten geht – und jedes Romanprojekt ist etwas Besonderes, auf seine ganz eigene Art und Weise –, doch ohne bestimmte Menschen wäre ich wahrscheinlich nie auf diese Reisen, mit all den unterschiedlichen Charakteren, gegangen.

Als Erstes möchte ich dir danken, Janne. Du hörst dir jederzeit all meine verschiedenen Ideen an und stehst mir immer mit Rat und Tat zur Seite – und das nicht nur dann, wenn es um neue Projekte geht. Danke. Für alles.

Ein ganz großes Danke geht außerdem an Andreas Müller, ohne den ich so oft schon nicht mehr weitergemacht hätte. In diesen Momenten war er immer mit einer Portion Motivation zur Stelle – Danke. Zur Belohnung gibt's bald mal wieder ein Ü-Ei ;–)

Auch Jennifer Waschke, meine super tolle Testleserin, hat wieder einmal ganze Arbeit geleistet. Ich danke dir für deine Begeisterung, deine Kritik und deine Zeit. Danke, dass du Luca und Mia auch so ins Herz geschlossen hast wie ich.

Ein ganz liebes Danke geht außerdem an Nina MacKay – oh Nina, auf deinem Sofa hat diese Reise begonnen und mit dem Lektorat ist sie dort geendet – ich liebe es – danke, dass du immer einen Platz für mich auf deiner Couch freihältst.

Hildegard Gensior bekommt in dieser Danksagung ebenfalls ihren Platz. Sie wird wissen, wieso. Danke. Vor allem für die aufbauenden Worte, als ich sie am meisten gebraucht habe. Du bist (auch) schön.

Auch in diesem Roman gibt es eine Band, die eine große Rolle spielt – meine zweite, musikalische große Liebe. AnnenMayKantereit. Ich könnte mich nicht entscheiden, welches das beste Lied von ihnen ist – deswegen habe ich einfach mehrere Schätze in diesem Roman versteckt. Danke für eure Musik.

Danke auch an Samira B., die dieses Projekt schon in ihren Kinderschuhen geliebt hat und sich so sehr darüber gefreut hat, dass Mia und Luca ein Zuhause gefunden haben – das haben sie, weil es Menschen wie dich gibt, die von Anfang an an die beiden und ihre Geschichte geglaubt haben – danke dafür.

Danke an die beste Tante der Welt, für alles – ich liebe deine Sprachmemos, deine Aufmunterungen und Tipps. Und vergiss nie: Nur Mut.

Last but not least ein riesen Danke an Kathrin für ihre tolle Arbeit – damit hast du auch dieses Herzensprojekt von mir wieder einmal zu etwas ganz Besonderem gemacht. Danke, dass du jeden noch so dummen Fehler von mir ertragen und behoben und einen großen Teil dazu beigetragen hast, dass diese Geschichte zu dem geworden ist, was sie heute ist. Es war mal wieder wunderbar mit dir!

Und zum Schluss möchte ich noch ein ganz großes Danke an dich richten. Danke, dass du diese Geschichte gelesen hast. Ich hoffe, sie hat dir gefallen.